闽籍学者文丛　第三辑

闽南师范大学学术著作出版专项经费资助

文学纵横论

许怀中　著

海峡出版发行集团
THE STRAITS PUBLISHING & DISTRIBUTING GROUP
福建人民出版社

图书在版编目（CIP）数据

文学纵横论 / 许怀中著．--福州：福建人民出版社，2021.7
（闽籍学者文丛．第三辑）
ISBN 978-7-211-08679-5

Ⅰ.①文… Ⅱ.①许… Ⅲ.①文艺思潮—研究—中国—现代 Ⅳ.①I209.6

中国版本图书馆 CIP 数据核字（2021）第 104515 号

文学纵横论
WENXUE ZONGHENGLUN

丛书主编：林继中　张　炯　吴子林
作　　者：许怀中
责任编辑：韩腾飞
出版发行：福建人民出版社　　**电　　话：**0591-87533169（发行部）
网　　址：http://www.fjpph.com　　**电子邮箱：**fjpph7211@126.com
地　　址：福州市东水路 76 号　　**邮政编码：**350001
经　　销：福建新华发行（集团）有限责任公司
印　　刷：福州德安彩色印刷有限公司
地　　址：福州市金山浦上工业区 B 区 42 幢
开　　本：700 毫米×1000 毫米　1/16
印　　张：17.75
字　　数：233 千字
版　　次：2021 年 7 月第 1 版　　2021 年 7 月第 1 次印刷
书　　号：ISBN 978-7-211-08679-5
定　　价：45.00 元

本书如有印装质量问题，影响阅读，请直接向承印厂调换。

总　序

本丛书为闽籍知名学者的学术论著精选集。

福建地处我国东南海隅，南临大海，有一条美丽绵长的海岸线，让人联想起一种开放性，其北为武夷山脉等群山所隔，又略显局促、逼仄。地理位置的这种矛盾性特点，一方面，使闽地学者不安于空间狭小的故园，历经磨难而游学四方，冲出“边缘”进入“中心”；另一方面，又有一种与“中心”相疏离的“外省”特色，在“中心”与“边缘”之间保持着必要的张力。这有力地塑造了闽地文化独特的“精神气候”：有比较开阔的世界性视野，善于借助异域文化经验、文化优势来实现自己、完成自己，建构属于自己的原创性理论话语，占据着学术思想的高地。

自魏晋南北朝以来，中原文化渐次南移，尤以唐宋为甚，故闽地学人辈出不已。在 19 世纪末、20 世纪初中国社会文化的转型期，福州、厦门被列入“五口”开放，西学进入沿海城市，闽地涌现许多文化先驱，一度成为中国的文化中心之一，如“开眼看世界第一人”的林则徐，引进西方社会科学理论的严复，译介域外小说的林纾，等等。此后，闽地文化人如鲍照诗所云“泻水置平地，各自东西南北流”，以其才智和气魄在激烈竞争中居于重要地位。

在 20 世纪 80 年代的中国文化又一转型期，闽地文化人再次异军突起、风云际会，主动发起、参与了当代中国文坛数次意义重大的论战，发出时代的最强音，大大深化了80年代以降的文学变革和思想启蒙，成为学界思想潮流的尖兵。为此，当代著名作家王蒙提出了文学理论、批评界的“京派”“海派”“闽派”三足鼎立之说。这对于一个文化边缘省份而言，既是悠久历史传统的复苏，也是未来文化前景的预期，既是一项殊荣，也是一种鼓舞。

当代学术中“闽派”的提法，不仅仅是一个地域概念，更是一种文化概念。这个以地域命名的学术群落，散布全国各地学术重镇，每个人的文化素养、价值观念、审美向度和言述方式大相径庭，但都在全国产生了辐射性的影响力，充分展现了八闽大地包容万象的气势。职是之故，我们不拘于一“派”之囿，以“闽籍学者”定位这一丰富的文化现象。古人云：“文章千古事，得失寸心知。”受福建人民出版社的委托，我们欣然编选、推出“闽籍学者文丛”。闽籍学者阵容强大，我们分期分批分人结集出版，一方面是检阅闽地学人的学术实绩，另一方面则志在薪梓承传，泽被后学。

这是“闽籍学者文丛”第三辑。第一辑入选的著者有谢冕、张炯、童庆炳、孙绍振、程正民、陈仲义、陈晓明、林丹娅、吴子林、黄发有，第二辑入选的著者有郑敏、陈骏涛、刘登翰、林兴宅、俞兆平、曾镇南、王光明、南帆、李朝全、谢有顺。与前两辑一样，本辑推出的同样是我国当代文坛著名的文艺理论家、文学史家、文学评论家，既有年逾九旬的老学者，也有中青年学术新锐；每人一集，收录“有分量”的代表性论文，凸显“一家之言”的戛戛独造。这些闽籍学者都有学术体系的内在经纬，都有思想体系的结构支点，都有话语体系的文体风格；他们的每一个作品都是一次旅行，一个生命在构成理念的言语活动中的旅程；作为一个生成事件，他们的写作永远没有结束，永远在进行之中……

我们深信，“闽派批评”的后来者，只要坚持文化创新的理念，赓续“闽派批评”的精神品格，在“中心”与“边缘”之间保持必要的张力，定能如20世纪“闽派批评”的先行者一样，胸中有大义，心里有人民，肩头有责任，笔下有乾坤，不忘初心，锐意进取，成为新时代名副其实的文化先锋或“引擎”，给当代文坛持续提供崭新的世界观与方法论，为筑就中华民族伟大复兴时代的文艺高峰，贡献出自己所有的聪明才智。

“闽籍学者文丛”第三辑得到了闽南师范大学学术著作出版专项经费资助，福建人民出版社付出了诸多心力，在此一并致谢！正是源于大家的齐心协力，“闽籍学者文丛”第三辑才得以顺利出版。

是为序。

林继中　张　炯　吴子林

2021年6月15日

文学创作与文学研究同行（代序）

在厦门大学中文系求学时，有位老师在课堂上说：到50岁的那年，忽然吓得一跳。这话后广为流传，他便是陈梦韶（笔名），鲁迅先生在厦大执教时，他是教育系的学生，鲁迅为他据《红楼梦》改编的剧本写《〈绛洞花主〉小引》。像我这辈人，如今早已是吓一大跳、又一大跳的年龄了。

岁月如流。在人生的道路上，我从念书到教书、从政，这其中文学创作与文学研究相伴随，一左一右地同行。然而，严格地说，是文学创作先行，起步要早。创作可说是有家学渊源，从懂事起，就听家父用莆仙方言背诵古典诗词，他留下一本诗词集，潜移默化，我渐渐懂得“春花秋月何时了，往事知多少……”的意思。念初中时，读了《红楼梦》等古典小说，又热衷于五四以后新文学作品。还从课本上接触鲁迅的名篇。课堂上的习作，被登在校刊上。正式在报刊上发表作品，是高中二年级开始。那是一个偶然的契机：同班好友陈秋玉（他是现在的中国工程院院士陈森玉的亲哥）写了一首诗，要我交给在仙游报社当排字工人的堂哥，请他转给副刊编辑。过几天这首诗见报了。我受启发，也去投稿。就以班上的一位同学为模特儿，写了一篇小小说《阿槽》（阿槽是同学名字的谐音），果然不出几天也化成报上的铅字。从此，夸张地说，便“一发不可收”，写了小说、诗歌、散文，一开始在当地报刊发表，后来在莆田、惠安、福州、台湾等地报刊发表，剪报集成一大本。赴福州高考，夜宿涵江口小旅店，我把剪报视为“家珍”随身带，放在小包袱里。天明，那位同房“客人”不见了，小包袱也不翼而飞。最心疼的是那剪报，再也寻不到了，只剩剪报外的几篇，后收进第一本散文集《秋色满山楼》中。这书名便是当时发表在惠安报纸副刊《离离草》上的散文题目。从发表第一篇作品时算起，也已60多载了。凡是好友建议办个创作多少周年的纪念活动，我都婉言谢绝。正如我不喜欢为自己过生日、做寿之类。对自己过去的“文龄”、年龄，自以为还是淡化为好。

高中阶段，我主要写诗歌，除了古典诗词的陶冶，还受臧克家《烙印》等诗集的影响。年轻时，诗情较浓，动不动就写诗。此外，也写小说，如写女佣人受主人虐待投河自尽的题材。散文如《人力车夫》，写的是同情下层人之类的事情。有时也莫名其妙地“感伤”，在故乡报纸上发表感慨人生的文章。父亲看了对我说：年纪轻轻，别写这样的文章。

那时把作家看成是最神圣、最高尚的代名词。怀着当作家的梦，去投考大学中文系。高等学府的校园，学术氛围浓郁，我虽也写些作品，但文学创作激情不如中学阶段。我常常怀念那时的文友。仙游虽只是个小县城，那时却有两家报纸，都有副刊。文学刊物，确是培养作者的摇篮、园地。念高三时，我还和几位文友成立大风文学社，在报纸上借个版面，编副刊，叫《关山月》。校外师范学校我也认识一些文友，有的只见文不见人，但常通信。如一位笔名叫“田家儿”，是仙游师范学校学生，毕业后回惠安编副刊，向我约稿。直到念大学去惠安土改，我到一个乡镇报到，镇长便是“田家儿”，这时才初见面。

我在大学教书的岁月里，可谓文学创作和文学研究同行。虽高校往往看重学术研究，对创作并不看重，然在文学刊物上发表作品，莘莘学子倒是很羡慕。那时，我经常写些杂文，似乎成为《厦门日报》副刊《海燕》专栏作者。同时我也是《福建文学》的作者。记得在大学读书时，我便看到《福建文学》的前身《园地》，毕业后到上海党校学习，看到其改为《热风》，后又易名《福建文艺》，其编者常到学校约稿。我又曾参加该刊在福州仓前山办的学习班。学习班留下的照片，被我作为珍贵的史料保存。我文章的发表带动了一批学生，他们也开始在副刊上发表作品，后来成为作家、专家、学者。对文学的爱好，创作的锻炼，为他们的成长打下扎实的基础。他们中的一批人在省报、研究所成为中坚力量，便是那时从报纸副刊起步的。

为了教学需要，文艺理论、学术研究必须提上日程。我担任文艺理论和中国现当代文学教学，就这个学术领域进行研究，但在那批判丁玲“一本书主义”的风气下，只写些鲁迅研究和评论作品之类的论文，却不敢滋生写专著的念头。我在“文化大革命”期间，回故乡当“逍遥派”。那时学校都在罢课，我借居仙游师范教师宿舍，“躲进小楼成一统”，借一套《鲁迅全集》，日夜苦读，做卡片。每天下午从楼下传来的学生练钢琴的琴声，伴随着鲁迅的思想源泉，流淌在枯竭的心灵沙漠，让我多了几分慰藉滋润。没有想到，这却成为我后来撰写鲁迅研究专著的基础。厦大招收工农兵试点班集体编写《鲁迅在厦门》一书，我是主笔。后我带学生“开门办学”，到绍兴鲁迅纪念馆，合撰对鲁迅《朝花夕拾》一书的赏析部分。“文化大革命”刚结束，我又到绍兴定稿。大雪纷飞、天寒地冻，但我心里充满民族复苏的希望。利用这机会，我阅读了一些馆藏资料，建构第一本鲁迅研究著作《鲁迅与文艺批评》，很快在江西人民出版社出版。之后，我以专著形式，把鲁迅研究系列化，一连撰写了几本书。暑假写完《鲁迅与文艺思潮流派》，我的人生道路发生了不期然的变化，告别了平静的书斋，来到省里宣传文化部门工作。停写一年半后，我又开始艰难地写作，继续完成鲁迅研究系列写作计划，并扩大到中国现代文学史研究。利用在京脱产学习半年时间，我撰写了《中国现代小说理论批评的变迁》（上海文艺出版社约稿）。退休后，我完成国家社科基金课题“中国现代文学史研究史论”。关于我的学术研究道路，2017 年青岛大学学报《东方论坛》约稿，我以《学术道路自述》为题，做了历史的回顾。文末我引了鲁迅在厦大写的《写在〈坟〉后面》中的一段话：“……以为一切事物，在转变中，是总有多少中间物的……或者简直可以说，在进化的链子上，一切都是中间物。”这“中间物”对我来说是“过渡物”。此外，又像是“两栖物”。记得有位外省文联领导对我说，当作家时，省里领导对他很客气，以作家看待，当文联领导后，省领导便视他为干部，而文艺界也不再把他当作家，而是官员了。这是作家兼官员“两栖人物”的心态。

20 世纪 80 年代以后是我散文创作的旺盛期。工作性质变化后，出差机会多了，社会接触面广了，便利用空隙写散文，不知不觉，这些年来结集出版 10 本散文集，而且一本比一本厚。王瑶教授读了我的第一本散文集后，来信热情地写道：“……《秋色满山楼》，我已仔细读过，谨申谢忱。我以前仅读过您的学术著作和论文，甚佩功力之深厚。自您调动工作以来，私意颇感惋惜，盖搜集资料，掌握动态、细致分析、潜心著作，皆与目前之工作不易协调。今读此书，不特对您之经历等有更多了解，且文笔深沉优美，富有个人风格，因思今后似可多写一些此类文章，一则较易与繁忙之日常工作协调，二则此书篇幅似太少，大有发展余地。福建之诗人及散文家颇多，或与地域文化有关，故建议勿放过稍纵即逝之思绪，长短不拘，暇即命笔……”冰心老奶奶也为拙作写过序，把我视为乡亲中的“散文名家”。郭风老散文家在我的散文集序中说我的散文是“学者散文”。这是我文学创作和文学研究同行的注释。他们对后辈的厚爱和鼓励，使我刻骨铭心，终生难忘。

散文写作是我生活的一部分，是我生命存在的不可或缺的精神寄托。往往忘记的往事，都从散文集里寻回，散文也是我人生经历的印记。这些年来，写序占去了许多时光，想再撰写学术著作，颇感艰难。这百多篇的序言和评论，已结集成册出版。好心的朋友，对写序也许有不同的看法和想法，我都能理解。但要推掉任何一篇序，我都于心不忍。回到本文开头鲁迅为学生写序的事，鲁迅能为一个名不见经传的普通学生作序，虽是短文，但对《红楼梦》的见解极其深刻。可见名人不摆架势，且不敷衍。每当我想起鲁迅的这篇小引，便以此为楷模，认认真真地为他人作“嫁衣裳”。我曾在《福建文学》所写的《心灵的叩问》中，表达过“文人切忌势利”，文学主真、主情，文人更应该讲真情。潮起潮落，花开花谢，韶光易逝，似水流年。多年来，文的真情，我的感谢之情，犹如一江向东流的春水，滔滔不尽，流淌不绝。

目　录

试论鲁迅

伟大的文艺批评家——鲁迅

在记述鲁迅与文艺批评这个论题的时候，我们不能离开毛主席的光辉论断："鲁迅是中国文化革命的主将，他不但是伟大的文学家，而且是伟大的思想家和伟大的革命家。"①

我们从文艺批评这个角度，完全证明了毛主席对鲁迅崇高评价的无比正确性。

作为伟大的文学家、思想家、革命家的鲁迅，在我国和世界的思想文化及其他领域的贡献，是极其巨大的。鲁迅的文艺批评，是他伟大的革命精神和战斗业绩的一个重要组成部分，是他在文化战线上从事斗争的一个重要方面。鲁迅文艺批评的理论和实践，不仅在当时起了巨大的战斗和革命作用，指导了当时的文化批评，推动了文艺创作，而且对今天的文艺批评和文艺创作，仍有重大的指导作用。鲁迅对当时形形色色的反动文艺思想和倾向的批判像照妖镜，照出今天"四人帮"利用文艺作品和文艺批评，进行篡党夺权的狰狞嘴脸。鲁迅的文艺批评的光辉思想，将产生深刻的历史影响。

---

① 毛泽东：《新民主主义论》（1940 年 1 月），《毛泽东选集》第 2 卷，人民出版社 1991 年版，第 698 页。

鲁迅是伟大的文艺批评家这是毋庸置疑的。否认鲁迅是伟大的批评家，就如同否认他是伟大的文学家一样，是绝对不可能的。有人曾经抬出瞿秋白，说他“奠定了中国马克思主义文学批评的初步的基础”。后来的一些文章中，便径直把“中国马克思主义文艺批评的奠基者”的桂冠，加在瞿秋白的头上，否认鲁迅在文艺批评上的巨大贡献，这是十分错误的。事实是：在那旧中国的黑暗年代，在那国民党反动派反革命文化“围剿”的血雨腥风中，革命文艺工作者努力传播马克思主义文艺理论，建立和发展马克思主义文艺批评，这中间，鲁迅做了很多艰苦卓绝的工作。我们可以毫不含糊地说：奠定了中国马克思主义文艺批评基础的不是别人，正是鲁迅。

一

无产阶级革命家鲁迅，为建立无产阶级文艺批评而奋斗不息。鲁迅在文艺批评上的重要功绩，就表现在他始终为发展革命的无产阶级批评而斗争。当鲁迅以一个马克思主义者的战斗姿态出现在思想文化战线的时候，他掌握马克思主义文艺批评武器，留下了系统、深刻的文艺批评理论。

鲁迅以文艺为斗争的武器，从事革命活动，写下了浩如烟海的作品。鲁迅的文艺创作、战斗杂文、书信和专著，专论或散论作家、作品、文艺思潮、文艺社团、文学流派等问题，真是博大精深，不必说那些资产阶级的文艺批评“大师”，是不可企及的，就连同时代的其他文艺批评家也无法与其相比。

鲁迅的浩瀚著作中，除了《对于批评家的希望》《反对“含泪”的批评家》《我们要批评家》《新月社批评家的任务》《辱骂和恐吓决不是战斗》之类的杂文，较集中论述了文艺批评的问题之外，还有大量的论著涉及文艺批评的问题。鲁迅对文艺批评提出了系统的、全面的、深刻的见解和主张，从文艺批评的重要性，文艺批评的武器，文艺批评的性质、任务、标准，文艺批评的态度和方法等方面，作了全面精辟的论述。鲁迅在翻译作品的批评理论，对于文艺批评家、批评队伍的建设的论述，对于古典作家作品的评论等方面，有卓越的建树，为我们提供了极其丰富的文艺批评理论遗产。

要全面概括鲁迅文艺批评方面的论述，是很不容易的。这里，只能举其要者：

第一，鲁迅强调文艺批评的重要性，大声疾呼“文艺必须有批评”。

第二，鲁迅认为“战斗一定有倾向”，主张文艺批评要有鲜明的政治立场，揭穿所谓“不偏不倚”的“公允”之论的欺骗性，反对“和事佬”的批评，痛斥文艺批评上的阶级调和论。

第三，鲁迅总结文艺批评的规律，揭示文艺批评都是有“圈子”的，批判所谓否定文艺批评的“圈子”，而实际是以反动的“圈子”来扼杀革命文艺的反动文艺批评观。鲁迅深刻论述了文艺批评标准的阶级属性。

第四，鲁迅一贯重视文艺批评的武器，希望出现“能操马克思主义批评的枪法”的大批战士。他不遗余力地介绍马克思主义文艺理论，和资产阶级及其他形形色色的错误、反动文艺批评论作不调和的斗争。

第五，鲁迅明确地指出，文艺批评“不但是剪除恶草，还得灌溉佳花”，指明了文艺批评的任务。鲁迅认为，文艺批评家一方面要和文艺创作上的一切不良倾向作坚决的斗争，另一方面要重视发现和培养文艺上的新人才。他特别注意青年的创作，对他们的好的苗头，予以热情肯定，并加以分析、指导。

第六，鲁迅反对求全责备。他对求全责备的反马克思主义的文艺批评，从党的政策高度去批判，对其危害性和阶级根源、思想基础，作了许多精辟的分析和深刻的揭露。

第七，鲁迅深刻论述了文艺批评的方法。批评的方法，是辩证的方法。批评要从作品的实际出发，要辩证地看待作家主观动机和客观效果的关系；要从作品的社会实际效果去看。对作品的评论，要实事求是，坚持严格的科学性；要两点论，反对绝对化。鲁迅明确地说："批评必须坏处说坏，好处说好"。但这不是机械并列，而要看总的倾向。鲁迅批判文艺批评中的主观片面、强调"动机"及孤立地看作品的资产阶级观点。

第八，鲁迅指出，对于古典作家作品，"要知道作者的环境、经历和著作"。要"知人论世"，要联系时代的阶级斗争、政治斗争；要了解那一时代的社会经济状态和社会思想。只有全面地了解作家所处的时代环境和作家的思想、作品，进行阶级的分析，才能有正确的评论。

第九，鲁迅要求文艺批评家要懂得社会和革命的实际，要有丰富的生活经验和丰富的知识。鲁迅嘲笑那种连起码知识都不懂的无知妄说的"批评家"。

第十，鲁迅坚决与文艺批评上的反动资产阶级垄断和宗派主义等恶劣倾向作斗争，打破"自有一伙"的行帮习气和资产阶级帮派体系。他在理论上揭穿文艺批评领域的反动资产阶级文化专制的反动实质。

二

鲁迅在文艺批评的实践上，做出了卓绝的贡献。他树起了革命文艺批评的丰碑，为革命文艺批评家作出了光辉的榜样。后期的鲁迅，是马克思主义文艺批评的伟大实践家。

首先，鲁迅写的大量序跋，是其文艺批评实践的重要部分。

鲁迅为中国和外国文艺作品写的序跋，多得不胜枚举。他写的中国文学和艺术作品的题记和后记有《〈何典〉题记》《为半农题记〈何典〉后，作》《〈绛洞花主〉小引》《〈游仙窟〉序言》《叶永蓁作〈小小十年〉小引》《柔石作〈二月〉小引》《〈草鞋脚〉小引》《淑姿的信》《田军作〈八月的乡村〉序》《〈中国新文学大系〉小说二集序》《萧红作〈生死场〉序》《叶紫作〈丰收〉序》《徐懋庸作〈打杂集〉序》《白莽作〈孩儿塔〉序》。美术方面的评论有《当陶元庆君的绘画展览时》《看司徒乔君的画》《一八艺社习作展览会小引》《〈木刻纪程〉小引》《〈木刻纪程〉告白》《〈无名木刻集〉序》《〈陶元庆氏西洋绘画展览会目录〉序》，以及《重印〈十竹斋笺谱〉说明》《〈北平笺谱〉序》等。

为外国文学作品写的序跋，有《〈劲草〉译本序》《〈坏孩子〉附记》《〈十二个〉后记》《〈穷人〉小引》《〈争自由的波浪〉小引》《〈痴华鬘〉题记》《〈小约翰〉引言》《〈近代世界短篇小说集〉小引》《关于〈关于红笑〉》《〈夏娃日记〉小引》《林克多〈苏联闻见录〉序》《译本高尔基〈一月九日〉小引》《〈小彼得〉译本序》《〈总退却〉序》《曹靖华译〈苏联作家七人集〉序》《〈浮士德与城〉后记》《〈勇敢的约翰〉校后记》《〈铁流〉编校后记》《〈解放了的堂·吉诃德〉后记》《〈俄罗斯的童话〉小引》等等。

鲁迅为外国美术家的画集、画作写的序言、后记和评介如《〈蕗谷虹儿画选〉小引》《〈比亚兹莱画选〉小引》《〈新俄画选〉小引》《〈近代木刻选集〉(1)小引》《〈近代木刻选集〉(1)附记》《〈近代木刻选集〉(2)小引》《〈近代木刻选集〉(2)附记》《〈梅斐尔德木刻士敏土之图〉序言》《墨西哥理惠拉壁画之一——〈贫人之夜〉》《介绍德国作家版画展》《〈死魂灵百图〉小引》《〈引玉集〉后记》《〈母亲〉木刻画序》《〈凯绥·珂勒惠支版画选集〉序目》《记苏联版画展览会》《〈苏联版画集〉序》《〈城与年〉插图本小引》《题〈凯绥·珂勒惠支版画选集〉赠季茀》等。

鲁迅对古代、近代、当代绘画作了多方面的评论，他整理和研究了中国美术遗产，介绍中国美术史上的各种流派，提倡插图与连环图画。鲁迅又是国际艺术的介绍者、拓荒者，是艺术的理论家、批评家，是革命美术运动的倡导者。鲁迅的评论为中国革命美术奠定了基础，并为革命美术的发展指明了方向。鲁迅重视中国艺术的传统手法，但他感到中国美术表现力不够，时常勉励青年“多看外国名家的作品”。他是介绍英国画家比亚兹莱到中国的第一个人，鲁迅从英、俄、德、法、日各国收集许多木刻，作了推荐、评介。

从鲁迅所写的序跋以及其他评论中，还看到他时时介绍各国革命的宣传画、讽刺画等，并对其作了批评。

还有一部分是鲁迅为自己的作品所写的序跋，如《〈呐喊〉自序》《〈朝花夕拾〉小引》《〈野草〉题辞》《〈野草〉英文译本序》《英译本〈短篇小说选集〉自序》《〈自选集〉自序》《〈故事新编〉序言》，以及许多杂文集的题记、后记、小引、序言等。

其次，鲁迅的文学史著作，如《中国小说史略》《中国小说的历史的变迁》《汉文学史纲要》等，深刻地论述了我国古典文艺作品产生和发展的历史，是其文艺批评实践不可分割的内容。

再次，鲁迅对他自己所翻译的外国作品，往往都加以评介，如《〈域外小说集〉序》、《现代小说译丛》每篇作品之后的译后记、《译了〈工人绥惠略夫〉之后》、《〈一个青年的梦〉译者序》、《〈一个青年的梦〉译者序二》、《〈爱罗先珂童话集〉序》、《〈桃色的云〉序》、《坏孩子和别的奇闻》的前记和译者后记，以及《〈竖琴〉前记》《〈竖琴〉后记》《〈一天的工作〉前记》《〈一天的工作〉后记》《〈山民牧唱序〉译后附记》《〈死魂灵〉第二部第一章译后附记》《〈死魂灵〉第二部第二章译后附记》等，都是鲁迅文艺批评的具体实践。

最后，鲁迅的杂文、书信和其他文章中，涉及文艺批评的也是非常之多的。鲁迅在 1907 年写的《摩罗诗力说》，可以说是他第一篇革命的文艺批评文章。这篇论文综合评论了世界文学及其作家，着重评介了“摩罗诗人”的反抗精神，是鲁迅早期的重要文艺批评文献。其中对普希金的评价，是十分精辟的。鲁迅认为普希金学习拜伦，只学外表，等到他一结束放浪生活，便立刻恢复了本来面目，不能像莱蒙托夫那样敌视黑暗的现实。普希金回到莫斯科后，他的“立言”力求和平，“凡足与社会生冲突者，咸力避而不道，且多赞诵，美其国之武功”[①]。这就是说，他竭力赞颂老沙俄的对外扩张政策。1831年，波兰抵抗俄军的侵略，西欧各国纷纷支持波兰，对帝俄表示很大的愤慨，而普希金写了《俄国之谗谤者》《波罗及诺之一周年》“以自明爱国”。鲁迅引用丹麦批评家勃兰兑思对他的批评，指出这种借武力侵犯别国自由的所谓“爱国”，只是一种“兽性之爱”。鲁迅评论俄国作家，站在反对沙皇侵略、支持被压迫民族解放的革命立场，灼然可见。

又如鲁迅在1923年年底所作的讲演《娜拉走后怎样》中，有对伊孛生及其代表作《娜拉》很精彩的评论。鲁迅联系中国妇女解放的问题，指出伊孛生只提出问题，而不能解答问题，这是伊孛生思想的局限。鲁迅当时虽不是一个马克思主义者，但他的见解比伊孛生深刻得多，就是比当时评论界也深刻得多。鲁迅指出：妇女光是出走，是不能解决问题的。表面上的“参政权”是容易做到的，因此不能说妇女已经解放。当时妇女为参加政治活动，成立什么“女子参政协会”组织，这不过是资产阶级上层妇女的政治活动罢了。鲁迅看到“经济，是最要紧的”，这“比要求参政权更要用剧烈的战斗”。[②] 鲁迅主张“韧性的战斗”。鲁迅的这个见解，实际是对伊孛生作品的深刻批评。

后期的鲁迅，运用了马克思主义、列宁主义的文艺批评原则，写出《流氓的变迁》《谈金圣叹》，指出《水浒》的要害，揭露金圣叹腰斩《水浒》的反动实质。至于《新月社批评家的任务》《“硬译”与“文学的阶级性”》《中国无产阶级革命文学和前驱的血》《黑暗中国的文艺界的现状》《上海文艺之一瞥》《“民族主义文学”的任务

---

① 《鲁迅全集》第1卷，人民文学出版社1973年版，第87页。

② 同上书，第147页。

和运命》《论“第三种人”》《辱骂和恐吓决不是战斗》《答〈戏〉周刊编者信》《〈出关〉的“关”》《三月的租界》《答徐懋庸并关于抗日统一战线问题》《论现在我们的文学运动》等等，都是以马克思主义观点批判种种错误和反动文艺思想的名篇。

总之，鲁迅文艺批评实践的范围，是个广阔的天地，它古今中外，无所不包。从古代的文艺到当代的创作，从国内外文学艺术名家，到不引人注目的无名作者，甚至一般青年学生的习作，都在鲁迅评论之列。

鲁迅文艺批评的领域，涉及文学艺术所有的门类、样式、体裁，如小说、诗歌、散文、散文诗、杂文、历史小说、戏剧、电影、连环画、漫画、宣传画、版画、插图、民间绘画、剪纸以及寓言、童话、儿童文学等，真是海阔天空，无比广阔。

鲁迅文艺批评的深度和广度，说明了其文艺批评实践的光辉和丰富。我们可以毫不夸张地说，鲁迅是世界文艺批评史上的巨人！

三

鲁迅的文艺批评，具有高度的艺术性。它的艺术特色表现在：

其一，摇曳多姿，丰富多彩，千变万化，不拘一格，脱尽八股气味，显示出无可比拟的丰富性和多样性。这是鲁迅文艺批评文章的一个显著的特点。

就以鲁迅写的序跋来说，文章都没有固定的模式，既没有“一、优点，二、缺点”的简单罗列，也没有“一、主题，二、情节，三、结构”的机械公式。《〈朝花夕拾〉小引》含蓄隽永，带有散文的特点，和整个散文集铢两相称。这篇小引写于广州四一五反革命政变后的半个月。鲁迅采用曲折的笔调，迂回的战术，向敌人进行不屈不挠的战斗。作者以极其简练的笔墨，介绍《朝花夕拾》的写作背景、缘由、内容及编书的环境等，同时强烈抗议国民党反动派屠杀共产党人的血腥罪恶，表达了对革命前途的信念。鲁迅开头以“目前是这么离奇，心里是这么芜杂”概括现实的黑暗和自己思想矛盾的激化，揭露国民党反动派的罪行。接着鲁迅通过编书的季节、环境、气氛的抒写，流露出对革命前景的信心。鲁迅写了书桌上的“水横枝”的青葱可爱，似是顺带几笔，但使人们在沉郁重压之中感到生意盎然，联想到革命的不可扑灭。总之，这篇散文性的序言，写得含蓄深沉，宛如平静的水面，而水底鱼龙变幻，激流滚荡，读之令人回味无穷。

有的序跋带有凌厉锋利杂文的特色；有的则采用抒情和议论结合、作品内容的介绍和气氛环境渲染交错的手法（如《萧红作〈生死场〉序》）；有的是从批判入手，引出作品，从对作品的强烈肯定，说明革命文艺战斗作用的道理（如《叶紫作〈丰收〉序》）；有的是战斗性很强的散文诗，字里行间蕴含着火样炽热的感情，犹如运行的“地火”，将奔突、喷出“熔岩”。

这些序跋，有长有短，毫不刻板雷同，体现出生动活泼的革命文风。

其二，以鲜明的形象性表现高度的思想性、科学性。鲁迅的文艺批评文章，具有高度的思想性和科学性，但它们是通过鲜明的形象加以表现，而不是空洞抽象的议论，往往做到分析的具体性和理论的形象性相结合。鲁迅分析作品，没有把作品抽象化，而是在高度概括中更加具体化、形象化，其中既有鲜明的形象，又有丰富的思想和理论。

试以《柔石作〈二月〉小引》为例。首先鲁迅对作品的人物形象，作了具体的概括：这里“有冲锋的战士，天真的孤儿，年轻的寡妇，热情的女人，各有主义的新式公子们”。要是谁读过《二月》，谁就能立刻领会出其中所指。这许多人物组成了“死气沉沉而交头接耳的旧社会”。这里的“死气沉沉”而又是“交头接耳”，形象地描绘出旧社会的面貌和状况。然而这社会“倒也并非如蜘蛛张网，专一在待飞翔的游人”，只有那寻求“安静的青年的眼中，却化为不安的大苦痛”。鲁迅用形象性的语言，点出作品的主人公对社会生活的不安和大苦痛的缘由，而且指出这种大苦痛对社会毫无作用，不过像“可怜的椒盐”，给无聊的社会增加一点味道，使生活在这个社会圈子的人们，无聊地持续他们的生活。鲁迅的人物评价，道理很深刻，形象感又很强。

鲁迅在小引里，进一步分析主人公的特点：浊浪拍岸的时代，隔岸观火者和“飞沫不相干”，投身于生活激流的革命者，则于“涛头且不在意”，而衣履尚洁，徘徊海滨的人，一溅到水花，便狼狈起来，“但我们书中的青年萧君，便正落在这境遇里”。鲁迅高度概括出这个小资产阶级的面貌——“他极想有为，怀着热爱，而有所顾惜，过于矜持”，这就准确地刻画出萧君的矛盾，指出产生大苦痛的阶级根源，以及他逃到女佛山去的必然结果。鲁迅从萧君的遁走，联想到释迦牟尼的愤然出家，鲁迅并不是简单的类比，而和指出萧君的“无从明白其前因”的缺点联系起来分析。鲁迅认为，作为“近代青年中这样的一种典型”，“那实在是很有意义的”。鲁迅评论作品的深刻思想，完全溶化在形象之中，而这种形象性，牢固地建筑在高度的思想性、科学性的基础之上。类似这样的特点，贯穿在鲁迅的许多文章中。

其三，强烈的感情，鲜明的爱憎。鲁迅的文艺批评，分析的深刻具体、理论的形象性和感染力，是和他的感情强烈，爱憎分明的特点分不开的。

鲁迅对于革命文艺作品的分析，饱含着热情，蕴藏着力量，笔墨不多，情感浓厚。只要读一读鲁迅给萧红写的《生死场》序言，便可看出这个特点来。序里鲁迅揭露国民党反动派扣压作品的罪行，由于作者写出人民“对于生的坚强和死的挣扎”，抗击了日本侵略军，因而“大背”反动派的“训政”之道。鲁迅联系近来反动派的谣言，闸北居民的逃命，反动报纸的讽刺，毫不含糊地写道：“我却以为他们也许是聪明的，至少，是已经凭着经验，知道了煌煌的官样文章之不可信。他们还有些记性。”① 被反动派看成“庸人”或“愚民”的人，鲁迅却旗帜鲜明地为他们说话，认为他们的行动，不仅不可笑，而且正是他们看透反动派骗局的表现。鲁迅的恨，是如此的强烈。对于作品，鲁迅充满着爱，他赞扬作品写出群众的斗争和反抗，作者对生活观察的细致。鲁迅的结语是：“……不如快看下面的《生死场》，她才会给你们以坚强和挣扎的力气。”② 没有对作品的爱的感情，是不可能写出这样的文字的。

为自己作品写的序跋，鲁迅以强烈的感情和热烈的爱憎去打动读者。《〈野草〉题辞》写在国民党反动派反革命政变之后不久。蒋介石反革命集团叛变革命，鲁迅万分愤慨，无比憎恨，他在文章里，虽未出现抨击国民党反动派的字眼，但用愤火照出了蒋匪帮的狰狞面目。鲁迅彻底否定过去、迎接新的战斗的激情力透纸背。鲁迅直抒胸臆：“过去的生命已经死亡。我对于这死亡有大欢喜”。对于“野草”被践踏删割直至死亡，鲁迅称“但我坦然，欣然。我将大笑，我将歌唱”。鲁迅毫不迷恋过去，他憎恨虚伪的装饰，看到了革命力量：

> 我自爱我的野草，但我憎恶这以野草作装饰的地面。
>
> 地火在地下运行，奔突；熔岩一旦喷出，将烧尽一切野草，以及乔木，于是并且无可朽腐。

共产党人转入新的斗争，对一场更大的革命风暴的预见和期待，流露在鲁迅的笔下。鲁迅以“去罢，野草，连着我的题辞”作为结语。纵观通篇，我们感到鲁迅彻底和旧世界的决裂，思想上正在酝酿和产生着新质的飞跃！

这个评论的艺术特色，首先是由于他的坚定的立场、高度的政治热情和对作品有深刻的认识，不能仅仅理解为技巧问题。

---

① 《鲁迅全集》第 6 卷，人民文学出版社 1973 年版，第 403 页。

② 同上书，第 404 页。

其四，丰富、生动、精练的语言。鲁迅的这个语言特点，是形成其文艺批评特色的重要因素之一，也是他文艺批评艺术精湛、高超的一个重要表现。

从上述几个例证中，可以看到鲁迅文艺批评的艺术性。《柔石作〈二月〉小引》概括作品人物，用排比句，而且以“冲锋”形容“战士”，“天真”形容“孤儿”，“热情”形容“女人”，准确地点出人物个性。论述主人公萧涧秋既不同于旁观者，又有别于战斗者时，这样写：“浊浪在拍岸，站在山冈上者和飞沫不相干，弄潮儿则于涛头且不在意，惟有衣履尚整，徘徊海滨的人，一溅水花，便觉得有所沾湿，狼狈起来。”形容生活和斗争的潮流，用了四个不同的词“浊浪”“飞沫”“涛头”“水花”，而这不同的词，又很精当地说明了事物本质。浊浪拍岸，说明时代生活的混杂，而“飞沫”“浪头”“水花”和远离斗争者、处于斗争激流者、徘徊者相配搭，精确地表明了这三者和时代的关系及态度。

《〈野草〉题辞》，从野草写到它“装饰的地面”的可憎，接着很自然地联想到“地下”。鲁迅用“地火”形容革命的酝酿和进行。“运行”“奔突”表现出了革命的趋势。“熔岩”比喻了革命的力量，“一旦喷出，将烧尽一切野草，以及乔木，于是并且无可朽腐”。这就十分生动地写出将破坏旧世界的革命威力，表达了作者对革命的信念和期待。

让我们再以鲁迅评论《小小十年》为例。他概括作品内容所用的词是准确而又丰富的：“旧的传统和新的思潮，纷纭于他的一身，爱和憎的纠缠，感情和理智的冲突，缠绵和决撒的迭代，欢欣和绝望的起伏，都逐着这‘小小十年’而开展，以形成一部感伤的书，个人的书。”① 这一段，鲁迅用丰富确当的字眼，如“纷纭”“纠缠”“冲突”“迭代”“起伏”，把主人公的矛盾的心理以及复杂的事件点出，进而以主人公点出这本书的性质。

---

① 《鲁迅全集》第 4 卷，人民文学出版社 1973 年版，第 154 页。

鲁迅的文艺批评总是鲜明地体现他的爱憎，而这些又总是通过高度概括、形象的语言表达出来。这些批评本身就是出色的散文，读了往往给读者留下深刻难忘的印象。比如他热情评价殷夫的诗集《孩儿塔》，采用一系列排比句："……这是东方的微光，是林中的响箭，是冬末的萌芽，是进军的第一步，是对于前驱者的爱的大纛，也是对于摧残者的憎的丰碑。"[①] 这里的排比句，造成了强烈的气势，正确、深刻地传达了殷夫诗作的精神实质：它是有别于当时"一般诗人"作品的崭新的创作，是别的诗歌所不能比拟的。这篇序把诗的革命内容和健壮风格都一一介绍出来，然而又恰如其分地告诉人们：它是新文学的萌芽，是时代的微光，不带一丝一毫的虚夸和矫饰。

鲁迅是一个语言艺术的巨匠，他的文艺评论和他的其他作品一样，纵横泱荡，舒卷自如，珍藏着语言的宝藏，值得我们永远挖掘。

必须强调，鲁迅文艺批评的艺术，是和他作为一个伟大的思想家、革命家和文艺家的特点联系在一起的。他的艺术性，使文艺批评这一斗争武器发挥得更充分，更有力。在明确地把文艺批评当作斗争武器的今天，我们应该继承鲁迅的这一份遗产，发挥文艺批评的战斗作用。

（收入许怀中：《鲁迅与文艺批评》，江西人民出版社1978年版，有改动）

---

① 《鲁迅全集》第6卷，人民文学出版社1973年版，第495页。

鲁迅论创作与生活的辩证关系

伟大的文学家、思想家、革命家鲁迅，在他光辉的战斗的一生中，以文学为斗争的锐利武器，奠定了我国现代文学的基础。同时，鲁迅经过了长期的努力探索，进行了坚忍不拔的工作，在建立中国化的马克思主义文艺理论中，留下了永不磨灭的功绩。

鲁迅早在日本留学时期，就决定从事文艺活动，选择了文艺为他毕生战斗的武器。五四运动时期，鲁迅在十月革命的鼓舞和马克思主义思想的影响下，首先以自己的小说创作，显示了“文学革命”的实绩。鲁迅又在战斗的硝烟中，写下了许多随感录和论文，创造性地运用了匕首投枪般的新式武器——杂文，刺向帝国主义和封建势力的心窝。在文学革命的理论主张上，鲁迅发表了不少深刻的见解，体现了彻底的革命精神，包含着唯物论和辩证法的思想因素。

在第二次国内革命战争时期，鲁迅成了马克思主义者。他在坚持创作的同时，从中国的革命文艺实际出发，努力建设中国的马克思主义文艺理论。鲁迅在粉碎反革命文化“围剿”中，进一步阐明了文艺与政治、文艺与生活、文学的倾向性与真实性、思想与技巧、继承与创新等的辩证关系，并在题材、典型、表现形式和手法等一系列问题上，提出了精辟的看法。所有这些，都闪耀着马克思主义辩证法的光芒。我们应当总结鲁迅留下的这份极为璀灿的文艺理论遗产，促进社会主义文艺的繁荣。

这里着重谈鲁迅论文艺和生活的辩证关系。文艺和生活的关系，是文艺理论中最根本的问题。对于文艺与生活关系的认识，鲁迅从朴素唯物论，发展到辩证唯物论。

30年代，鲁迅在论述文艺与生活关系中，已闪烁着马克思主义唯物辩证法的光芒：

> 文学与社会之关系，先是它敏感的描写社会，倘有力，便又一转而影响社会，使有变革。这正如芝麻油原从芝麻打出，取以浸芝麻，就使它更油一样。①

文艺是对社会生活的描写，这正如麻油取之于芝麻一样。但是这种描写，是作家敏感地反映社会的产物。因此，这种对社会的描写，如果有力，它就可以反转过去影响社会生活。鲁迅这个形象的比譬还使人明白文艺作品来源于社会生活，即：作品是从社会生活中取来的，没有生活，就没有作品。正如没有芝麻便没有芝麻油。但是，文艺作品反映了社会生活，又影响社会生活，正如麻油可以使芝麻更油一样。鲁迅的这段话，集中而且生动地体现了他的辩证法思想。

一

文艺和生活这对矛盾中，生活是第一性的，是矛盾的主要方面。文艺是社会生活的反映，没有被反映物，就谈不上有反映物。

---

① 《鲁迅书信集》上卷，人民文学出版社 1976 年版，第 464 页。

鲁迅早期所写的《文化偏至论》，有一段这样的话："如诗歌说部之所记述，每以骄蹇不逊者为全局之主人。此非操觚之士，独凭神思构架而然也，社会思潮，先发其朕，则移之载籍而已矣。"诗歌小说中，常把傲慢不羁、反抗世俗的人当作主人公，这并非单凭作者的想象虚构而成，而是社会思潮先露出苗头，然后才被描绘到作品中去。鲁迅反对把文艺作品描绘的对象看成是作者主观臆造，而认为是客观存在的社会思潮的影响和反映。

1913 年，鲁迅在《拟播布美术意见书》中，从理论上进一步阐明："盖凡有人类，能具二性：一曰受，二曰作。"什么叫"受"和"作"？鲁迅的解释是："受者譬如曙日出海，瑶草作华，若非白痴，莫不领会感动；既有领会感动，则一二才士，能使再现，以成新品，是谓之作。"[①] 这是说："受"就是作家对客观自然界的感受。"作"就是作家在感受之后，进行的艺术创造。感受是创作的前因，创作是感受的后果。但是这种感受，是由于客观事物引起的。如鲁迅说的"曙日出海，瑶草作华"，这是客观存在的。没有它们的存在，感受便不可能产生，也就不可能有创作。

五四时期，鲁迅进一步表述了作品是社会生活的描绘的观点："凡有所说所写，只是就平日见闻的事理里面，取了一点心以为然的道理"[②]。在鲁迅的文学史著作中，他从社会存在说明神话、诗歌的由来："昔者初民，见天地万物，变异不常，其诸现象，又出于人力所能以上，则自造众说以解释之：凡所解释，今谓之神话。"[③] 在原始社会生产力低下的状况下，人们不能给自然现象的变异以科学的说明，群众对自然种种幼稚的解释和幻想，便是神话的缘起。神话不是初民凭空想象的，它不过是自然变异现象的幻化，是对外界矛盾斗争的曲折反映。鲁迅认为诗歌也是诗人对客观生活的感受而发

---

① 鲁迅：《集外集拾遗初编》上卷，人民文学出版社 1978 年版，第 58 页。

② 《鲁迅全集》第 1 卷，人民文学出版社 1973 年版，第 117—118 页。

③ 《鲁迅全集》第 9 卷，人民文学出版社 1973 年版，第 158 页。

的，“诗人感物，发为歌吟”[①]。

在文艺和生活关系问题上，有人认为，文艺不过是作家主观的产物。这显然是唯心的片面的。忽视甚至看不到文艺的源泉是社会生活，难免使文艺变作无源之水。

有些“革命文学”的倡导者，也不承认文艺是社会生活的反映这一唯物主义原理，形而上学地谈论文艺的宣传作用。有的搬运波格丹诺夫“普遍组织”的唯心主义原理，抽象地主张文艺“总是为它自身的阶级宣传”，还以为文艺“负有组织生活的秘密”之类的职责。波格丹诺夫是俄国哲学家，列宁曾批判了他的经验一元论的哲学观点。他于1913年写的《普遍组织起来的科学》一书，为布哈林等人所吹捧。苏联十月革命以后，他提出“无产阶级文化”理论，对中国文艺界有过影响。鲁迅批评那些受影响者“踏了‘文学是宣传’的梯子而爬进唯心的城堡里去了”[②]。当作家不确当地强调文艺的宣传作用，为了配合某个政治任务的时候，容易产生忽视生活基础的倾向，从而漠视文艺反映生活的客观性，把文艺看成是“宣传阶级意识的武器”，传达阶级意识的传声筒：“文学，与其说是社会生活的表现，毋宁说是反映阶级的实践的意欲”。这就颠倒了文艺与生活的关系，割断了文艺的源泉。

形形色色的资产阶级和小资产阶级唯心论者，在文艺和生活的辩证关系上，散布许多迷雾。他们的共同点是以为文艺是作家主观臆造的，它不是社会生活的反映。这种错误的观点，遭到了鲁迅的批判和驳斥。

一是批判唯心主义的“天才论”。唯物论者并不一概否认天才，但资产阶级的“天才论”，把文艺创作神秘化，是一种唯心主义的文艺理论。如挂着“革命文学家”招牌的一些人，大力贩卖“天才论”，自我吹嘘，互相标榜，招摇撞骗。他们在搞所谓“革命咖啡

---

① 《鲁迅全集》第10卷，人民文学出版社1973年版，第520页。

② 《鲁迅全集》第16卷，人民文学出版社1973年版，第10页。

店”，一边喝咖啡，一边创作“革命文学”，还造谣说鲁迅也进这“咖啡店”里去。鲁迅无情嘲讽这伙“天生的文学家”，说他们才有资格出入“革命咖啡店”，别人是不配去的。

鲁迅以事实驳斥了“天才论”的梦呓，指出如果没有社会生活的依据，怎样的天才都无法想象。如 1934 年，畸形社会所存在的光怪陆离的现象：反动当局大演迎神拜佛的迷信活动，上海“保护动物会”呈请公安局禁止捕龟，江西伪省府颁布“裤长最短须过膝四寸”，等等。对此，鲁迅加以锋利的嘲笑：如果写成一部《格列佛游记》那样的讽刺小说，那是绝妙不过的。鲁迅由此推想，倘是将来的人以为这是随意捏造，完全是误解。鲁迅认为，其实这些如果写进作品，是有根据的。因为“世界上有许多事实”，“是天才也想不到的”。没有客观存在的事物，“天才”也无用武之地。

文艺要反映生活，作者对生活就需要有真切的了解。可是“天才论”者却诘难道：那么，写杀人难道要自己杀人吗？写妓女还得去卖淫吗？这不过是理屈词穷之后所用的下作方法。鲁迅答得好：“不然，我所谓经历，是所遇，所见，所闻，并不一定是所作，但所作自然也可以包含在里面。”“经历”不等于“亲历”，经历是作家广泛的社会经验，可以靠他的所遇、所见、所闻获得。当然，也包括作家的“所作”。能有“亲历”的事，自然最好，但非事事要亲历。鲁迅指出：“天才们无论怎样说大话，归根结蒂，还是不能凭空创造。描神画鬼，毫无对证，本可以专靠了神思，所谓‘天马行空’似的挥写了，然而他们写出来的，也不过是三只眼，长颈子，就是在常见的人体上，增加了眼睛一只，增长了颈子二三尺而已。这算什么本领，这算什么创造？”[①] 鲁迅的这些话，驳得“天才论”者无法回答，狼狈不堪。

二是批判资产阶级的“灵感论”。资产阶级文人陈西滢之流，宣扬唯心主义的所谓“创作冲动”“灵感”之类的思想，把文艺创作说

---

① 《鲁迅全集》第 6 卷，人民文学出版社 1973 年版，第 224 页。

得神乎其神。他们假情假意地为鲁迅的作品被书贾私自选印而抱不平。鲁迅看清他们的用心，阐明自己的创作是为战斗需要，绝不是“灵感”之类的产物。鲁迅说他的文章是“挤”出来的：“至于所谓文章也者，不挤，便不做。挤了才有，则和什么高超的‘烟士披离纯’呀，‘创作感兴’呀之类不大有关系，也就可想而知”①。这里的“挤”，包含着创作的必要性和艰苦性，和所谓“烟士披离纯”（英语“灵感”的译音）是根本对立的。鲁迅说明自己创作不靠“灵感”，他以马克思的《资本论》、陀思妥耶夫斯基的《罪与罚》为例，说明“都不是啜末加加〔咖〕啡，吸埃及烟卷之后所写的”②。马克思主义巨著和伟大的文艺作品，绝不是“灵感”的恩赐，而是对社会生活的科学分析和艺术反映。

资产阶级的文艺家，往往在“灵感”的掩盖下，宣扬他们腐朽的人生观。如胡山源等人搞了个弥洒社，在其宣言中说：“我们乃是艺文之神；我们不知自己何自而生，也不知何为而生……我们一切作为只顺着我们的 Inspiration（灵感）!”似乎他们创作没有目的，只为了“灵感”。鲁迅以胡山源短篇小说《睡》为靶子，揭露他们所谓“灵感”是有目的的：“正如这面的过度的睡觉一样，显出那面的病的神经过敏来了。‘灵感’也究竟要露出目的的”③。这篇发表在《弥洒》第一期的作品《睡》，宣扬的是一种没落的资产阶级思想，它的结尾写道：“人生呀！你是必须睡的；你究竟喜欢那一种睡呢？你还是喜欢作看睡的茶房，和尚，头陀，向导，老婆婆呢？你睡罢！你可以睡你惟一的睡了!”通篇充满的是“睡”，“睡”就是“人生的不二法门”。正如鲁迅所揭穿的：它是唯心主义文艺观的“实践宣言”。他们所谓的“灵感”的反动面目，在“昏睡”中暴露无余了。

鲁迅在杂文中，不止一次地讽刺“灵感论”者。1933 年秋，骚

---

① 《鲁迅全集》第 3 卷，人民文学出版社 1973 年版，第 149 页。

② 同上。

③ 《鲁迅全集》第 6 卷，人民文学出版社 1973 年版，第 247 页。

人墨客大做起“迎秋”“悲秋”“哀秋”“责秋”的文章。如 9 月 2 日《申报》的《春秋》栏刊载的散文《秋色》，描写“都市之秋声”，什么叫卖声，“那勾摄着都市饥饿之群浓郁的淀粉与赤糖的香味，真够使人爱的!”5 日有《由热而凉》，大叫：“秋凉了！秋凉了！怪不得大地是这样地宁静。”10 日《春秋》栏特刊《秋》，其中有《秋》《小城市的新秋》《秋夜》《新秋水画》《秋的象征》《秋的西子湖》等等。有的发出“秋风秋雨愁煞人”的感慨，有的是女郎娇滴滴的心儿“破碎”的“伤秋”，有“一时儿啼哭——秋雨，一时儿狂号”——秋风的“悲秋”……鲁迅写了《新秋杂识（三）》，以讽刺的笔调写道：“我想，就是想要‘悲秋’之类，恐怕也要福气的，实在令人羡慕得很。”但是最好生点小病，有父母爱护，那就有了兴味。可是“自从流落江湖以来，灵感卷逃，连小病不生了”，就写不出好诗来。鲁迅故意说他因为闻虫鸣而“诗兴勃发”，写了“两句新诗”，但比之“新诗人的由‘烟士披离纯’而来的诗，还是‘相形见绌’”。[①]这对“新诗人”邵洵美之流鼓吹的“灵感论”，是个莫大的讽刺。

资产阶级的“灵感论”必定破产。鲁迅严肃指出：“以为艺术是艺术家的‘灵感’的爆发，象鼻子发痒的人，只要打出喷嚏来就浑身舒服，一了百了的时候已经过去了，现在想到，而且关心了大众。”[②] 然而，唯心论的“灵感论”远离人民大众，和大众不相干，它难免要为大众所唾弃。林彪宣扬的“灵感论”并不是新发明创造，不过是捡人牙慧而已。“灵感论”绝不是什么新发明。早在古希腊的哲学家苏格拉底就已经指出了。他说：“凡是高明的诗人，无论在史诗或抒情诗方面，都不是凭技艺来做成他们的优美的诗歌，而是因为他们得到灵感，有神力凭附着。”林彪贩卖的“灵感论”，也已经破产。唯物主义者并不否认作家在长期积累的情况下，偶然得之的情况，如果说这是“灵感”，它和资产阶级唯心主义的“灵感论”不

---

① 《鲁迅全集》第 5 卷，人民文学出版社 1973 年版，第 348 页。

② 《鲁迅全集》第 6 卷，人民文学出版社 1973 年版，第 30 页。

可混为一谈。唯物主义者给予“灵感”以科学的解释，“灵感”是深入生活实践和艰苦劳动的赐予，绝不是什么神秘莫测的东西。正如俄国著名画家列宾说的：所谓“灵感”，不过是“顽强地劳动而获得的奖赏”。车尔尼雪夫斯基说得好：“灵感”“是一个不喜欢拜访懒汉的客人”。海涅嘲笑那些高谈阔论什么“天启和灵感”的人。他说：“而我却像首饰匠打金链那样精心地劳动着，把一个个小环非常合适地联接起来”。

三是批判“超时代论”“超现实论”“超然论”。所谓文艺“要超时代，创造时代”，“超越时代的这一点精神就是时代作家的唯一生命”，这是“超时代论”的表现之一。鲁迅一针见血指出：“超时代其实就是逃避”，是没有勇气正视现实。[①] 鲁迅善意帮助革命队伍内部一些同志克服这些错误思想。但当“第三种人”鼓吹“超现实”论时，鲁迅唯恐其抨击不力。鲁迅指出文艺家都必须为现在而写，“将来是现在的将来，于现在有意义，才于将来会有意义”[②]。所谓“超现实”，就是反对文艺为现实斗争服务，实际上是反对革命文艺的作用。

所谓“超现实”的作家，常常抬出佛洛伊特说为理论根据。鲁迅分析道：“佛洛伊特以被压抑为梦的根柢——人为什么被压抑的呢？这就和社会制度，习惯之类连结了起来”。鲁迅又说：“不过，佛洛伊特恐怕是有几文钱，吃得饱饱的罢，所以没有感到吃饭之难，只注意于性欲。”[③] 鲁迅的剖析是深入肌理的。他不但指出人的压抑，是由于社会制度的不合理性、旧的习惯势力等等所产生的，而且指出佛洛伊特是资产阶级的学者，他的阶级地位使他看不到社会方面的原因，而归结于所谓“性欲”上去，这是荒谬的。资产阶级文人鼓吹“超现实”，要人们逃进虚无缥缈的象牙之塔里，这也是反动透

① 《鲁迅全集》第 4 卷，人民文学出版社 1973 年版，第 94 页。

② 《鲁迅全集》第 5 卷，人民文学出版社 1973 年版，第 37 页。

③ 同上书，第 62、63 页。

顶的。

四是批判“以意为之”的主观创作论。资产阶级的文人韩侍桁出于“想动摇文学上的写实主义”的目的，说什么小说上的典型人物，本无其人，乃是作者按照他在社会上有存在之可能，凭空造出，于是社会上就有了这种人物。鲁迅拆穿了这种说法的欺骗性：“他之不以唯心论者自居，盖在‘存在之可能（二字妙极）’句，以为这是他顾及社会条件之处。其实这正是呓语。”鲁迅接着质问：“莫非大作家动笔，一定故意只看社会不看人（不涉及人，社会上又看什么），舍已有之典型而写可有的典型的么？倘其如是，那真是上帝，上帝创造，即如宗教家说，亦有一定的范围，必以有存在之可能为限，故火中无鱼，泥里无鸟也。”① 鲁迅的话，说得再透彻不过。他指出作家去写所谓“社会上有存在之可能”，如果离开人，还有什么社会？离开实际存在的人物，而去写什么“可有”的人物，这种视典型为凭空创造，可以不根据实际人物，岂不如上帝创造人类一样是唯心主义的梦呓？这种“以意为之”的唯心主义，甚至比宗教家的偏见，距离真理还要遥远得多。

“以意为之”是违反文艺是社会生活的反映的原则的，是不从生活实际出发，而从主观出发，以作家的“意”，凭空去“为”（创作）他的作品的唯心主义创作态度和方法。鲁迅坚定地认为，“一个艺术家”必须“表现他所经验的”，如果“以意为之”，那么作品决不能写得“真切，深刻，也就不成为艺术”。② 鲁迅极其重视作家的生活实践，认为缺乏生活经验，单凭想象，单靠主观意图创作的东西不能算做艺术品。这是由于作家没有生活感受，就不可能产生艺术形象，要表现深切、深刻的思想，是完全不可能的。

鲁迅彰明昭著地驳斥了“以意为之”的论调。

可是有人说鲁迅的创作是：“或者先有了题材，于是再找一个适

---

① 《鲁迅书信集》上卷，人民文学出版社 1976 年版，第 465 页。

② 《鲁迅书信集》上卷，人民文学出版社 1976 年版，第 746 页。

当的主题来配合他；或者先有了主题，于是再在现实生活中，或想象世界中，找取适当的题材，加以显现”。这是完全错误的。先有主题再找题材正是鲁迅所强烈反对的，怎能强加在鲁迅的头上呢？

五是批判“忠于主观论”。杨振声在他的小说《玉君》的序言中说：“历史家用的是记忆力，小说家用的是想象力。”他“取的是艺术态度，要忠于主观”。鲁迅持相反的看法，他指出：杨振声“要忠实于主观”，要用人工来塑造理想的人物，“他先决定了‘想把天然艺术化’，唯一的方法是‘说假话’，‘说假话的才是小说家’”。于是依照这个“定律”创造出来的《玉君》，“不过一个傀儡，她的降生也就是死亡”。[①] 鲁迅的见解是非常精辟的：所谓不从生活感受出发，单凭主观想象，违反生活规律所写出来的人物，难免是十足虚假的，是毫无生命力的，它的诞生之日，便是死亡之时。

鲁迅坚持唯物反映论的观点，十分重视作家的生活积累，随着斗争的发展，他的认识也越加深化。鲁迅前期曾经翻译了厨川白村的《苦闷的象征》，对其中的唯心主义文艺观，还缺乏认识。鲁迅掌握了马克思主义文艺观以后，表明了他对厨川白村的态度：“日本的厨川白村曾经提出过一个问题，说：作家之所以描写，必得是自己经验过的么？他自答道，不必，因为他能够体察。所以要写偷，他不必亲自去做贼，要写通奸，他不必亲自去私通。”对于这个问题，鲁迅的回答很好：“但我以为这是因为作家生长在旧社会里，熟悉了旧社会的情形，看惯了旧社会的人物的缘故，所以他能够体察；对于和他向来没有关系的无产阶级的情形和人物，他就会无能，或者弄成错误的描写了。”[②] 鲁迅正确地阐明了作家所以能够体察、描写自己没有做过的事情，是因为对产生这种事情的社会情形很熟悉，即是说有一定的生活积累为依据，凭空捏造是无论如何也写不好的。他以描写旧社会和新兴阶级为例，指出写无产阶级必须熟悉无产阶

---

① 《鲁迅全集》第6卷，人民文学出版社1973年版，第244、245页。

② 《鲁迅全集》第4卷，人民文学出版社1973年版，第288页。

级的情形和人物，否则，就将束手无策，无能为力，只好掷笔长叹了。鲁迅说："以前的文艺，如隔岸观火，没有什么切身关系；现在的文艺，连自己也烧在这里面，自己一定深深感觉到；一到自己感觉到，一定要参加到社会去！"[①] 把"自己"也"烧"在作品里面，这是多么警策的话呀！鲁迅在"左联"成立后，发出了响亮的号召："革命文学家，至少是必须和革命共同着生命，或深切地感受着革命的脉搏的"。这语言，犹如日月经天，给前进者以无限的热力和光亮。

在谈到叶紫的《丰收》时，鲁迅称赞说："作者还是一个青年，但他的经历，却抵得太平天下的顺民的一世纪的经历，在转辗的生活中，要他'为艺术而艺术'，是办不到的。"[②] 激急奔腾的斗争生活潮流，能给投身于其中的革命作家以丰富的生活宝库，而这个宝库，是那些远离斗争的海洋的旁观者，永远也得不到的。鲁迅翻译了法捷耶夫的《毁灭》，他在后记中热情洋溢地讴歌这部作品，说"文艺上和实践上的宝玉，其中随在皆是"。这里的无产阶级崭新生活和斗争的描写，不但夜袭的情况，就是泰茄的景色，"非身历者不能描写"。许许多多生动的描绘，"都是得于实际的经验，决非幻想的文人所能著笔的"。鲁迅用生动的事实说明了革命作家的生活经历的重要，革命文艺只能是革命斗争生活的反映。

作品中成功的描写，也只能从生活给它提供的启示去解释。正如巴尔扎克小说里人物对话的巧妙，并不描写人物的模样，"却能使读者看了对话，便好像目睹了说话的那些人"。这个问题究竟如何看待呢？有人感到不可理解，简直"奇特"得很。鲁迅正确解释说："其实，这也并非什么奇特的事情，在上海的弄堂里，租一间小房子住着的人，就时时可以体验到。"他和周围的住户，是不一定见过面的，但只隔一层薄板壁，人家的谈话，大抵可以听到，"久而久之，

---

① 《鲁迅全集》第7卷，人民文学出版社1973年版，第47页。

② 《鲁迅全集》第6卷，人民文学出版社1973年版，第225页。

就知道那里有那些人，而且仿佛觉得那些人是怎样的人了”[1]。客观的生活，为作家描写的生动性提供了基础。

二

鲁迅对于文艺与生活关系的看法之所以正确，不仅表现在他坚持文艺是生活的反映，而且表现在他揭示来自生活的文艺，还可以影响于生活。鲁迅的观点不但是唯物的，而且是辩证的。

我们不妨简略引用鲁迅的话：文艺“先是它敏感的描写社会，倘有力，便又一转而影响社会，使有变革”[2]。这里鲁迅除了肯定文艺来自生活这一面，还指明了它对生活反作用的另一面。

鲁迅告诉我们：文艺之能够影响生活，一是必须“敏感”地描写社会生活；二是必须描写得有力。前者是指作家的政治敏感性而言，要求作家以锐利的眼光，看出并善于揭示生活的底蕴，发出人民群众所要发出的声音，尖锐地提出和回答时代的问题。后者是指作家概括和表现生活的能力而言，要求作家能以高度的艺术力量，以艺术魅力，强烈地震动着人民群众的心弦。

文艺家的敏感来自生活，文艺家的敏感又获得“生活”。文艺是生活的教科书，其中不能不体现作家的社会观点、美学理想和对生活的评价，渗透着作家的思想感情。作家把生活的矛盾冲突揭示出来，帮助人们认识生活、理解生活、推动时代前进。

毛泽东同志谈到文艺对生活的作用，举例说：例如一方面是人们受饿、受冻、受压迫，一方面是人剥削人、人压迫人，这个事实

---

① 《鲁迅全集》第 5 卷，人民文学出版社 1973 年版，第 587 页。

② 《鲁迅书信集》上卷，人民文学出版社 1976 年版，第 464 页。

到处存在着，人们也看得很平淡；文艺就把这种日常现象集中起来，把其中的矛盾和斗争典型化，造成文学作品，或艺术作品，就能使人民群众惊醒起来，感奋起来，推动人民群众走向团结和斗争，实行改造自己的环境。日常生活中存在着大量阶级剥削和阶级压迫，存在着劳苦大众的苦难和艰辛，可是大家习以为常，或是麻痹了。但作家却敏锐地感受到了，他们把这种生活现象加以典型化，便产生强烈、有力的艺术力量。这说明鲁迅的看法和毛泽东同志的看法多么一致。20年代末，有人认为：生活是一切，现实主义的任务是采取客观立场，老老实实地描写生活。他们根据“一切存在都是合理的，一些概念都是虚伪的”信条，否认作家在反映存在中的主观作用，因而把“艺术”和“人生”完全等同起来：“艺术就是人生，人生就是艺术，又何必把两者分开来瞎闹呢?”这种论者，似乎很重视生活，其实是违反了文艺反映生活的能动性和特殊性，抹杀了作家的思想感情在反映社会生活中的重要地位，从根本上背离了“文艺作品中反映出来的生活可以而且应该比普通的实际生活更高，更强烈，更有集中性，更典型，更理想，因此就更带普遍性”的马克思主义原理。

鲁迅认为没有作家思想感情的活动，便没有艺术创作。他写道：“故作者出于思，倘其无思，即无美术。”自然景物是丰富多彩的，然而“必非圆满”，花有开有谢，木有荣有萎，所以作者“再现之际，当加改造，俾其得宜，是曰美化”。鲁迅认为没有这种“美化”，就没有艺术，所产生出来的也不是艺术品。鲁迅将艺术的三个要素归纳为：“一曰天物，二曰思理，三曰美化。”“美化”就是作者根据自然或社会的事物，通过作者思想感情的活动，进行艺术加工和艺术的再创造。没有这种“美化”，就不成为艺术品。有无经过这种艺术加工的活动，是区分艺术和工艺的界线，那些“刻玉之状为叶，髹漆之色乱金，似矣，而不得谓之美术”①。艺人的手工制作，模仿

① 鲁迅：《集外集拾遗补编》上卷，人民文学出版社1978年版，第59页。

自然物，他所制造出来的工艺品，和富有创造性的艺术作品是不同的。鲁迅认为这是个“不可不辩”的问题。

后来，鲁迅进一步阐明艺术家的“感受”，离不开作家的思想感情、政治立场。他说：“我以为文艺大概由于现在生活的感受，亲身所感到的，便影印到文艺中去。”鲁迅以挪威文学家哈姆生为例说明，他所写的小说《饥饿》，其中“描写肚子饿，写了一本书，这是依他所经验的写的”。《饥饿》的描绘对象是社会生活，它必然是作家所“经验”的那一部分，是他“感受”最深的东西，这就不是纯客观的“生活”。鲁迅又说：“俄国文学家托尔斯泰讲人道主义，反对战争，写过三册很厚的小说——那部《战争与和平》，他自己是个贵族，却是经过战场的生活，他感到战争是怎么一个惨痛。”鲁迅强调，托尔斯泰如果没有参加塞瓦斯托波尔保卫战，就不可能写出《战争与和平》。但是，正因为托尔斯泰是人道主义者，是反对战争的，所以他在作品中所选择的题材，所选择的角度，所表现的内容总和“战争是怎么一个惨痛”的思想关连着。①

三

鲁迅的全部艺术实践，有力地证明了文艺来自生活，又给生活以伟大影响的辩证法。

鲁迅历来把自己的创作，视为时代的产物。在鲁迅作品中，不论是塑造人物，或安排情节，不论是描绘生活场景，或选择细节，都来自生活。

在《呐喊》的自序中，鲁迅谈了他写小说的情况：“我在年青时

---

① 《鲁迅全集》第7卷，人民文学出版社1973年版，第437、474页。

候也曾经做过许多梦”，“这不能全忘的一部分，到现在便成了《呐喊》的来由”。这里的“梦”，可以理解为鲁迅革命生涯的一部分，是青年鲁迅对救国救民道路的寻求，是对辛亥革命所寄予的希望，这一切，鲁迅并没有把它们忘却，经过了历史的总结，认识了辛亥革命失败的原因。这里的“梦”，不是渺茫的梦幻，而是青年时代的革命热情和执着的追求。这一部分斗争生活的感受，是《呐喊》小说集创作的生活基础。鲁迅的第二部小说集《彷徨》，也是他革命生活实践的艺术结晶。

根据材料记载，鲁迅小说里的人物、情节、环境等，许多要素都可以在实际生活中找到根据。如果我们没有把生活素材和作品的题材混为一谈的话，那么，不妨把它们介绍出来，以资参考。《狂人日记》里的狂人，原型之一是鲁迅的表兄弟。他在外地游幕，忽听说同事要谋害他，逃到北京。他告诉鲁迅他们如何追踪跟迹。他在客栈里，听见楼板响动，就惊慌失措，要求换房。有次鲁迅留宿，他清早就来敲窗门，说今天将被杀，言之凄惨。路上见背枪的巡警，突然惊得面无人色。这些都是受迫害狂者的特色。《孔乙己》中的主人公，其中的一个模特儿，据说是姓孟的，大家叫他孟夫子。在鲁迅的本家中间，类似的人物也不少。《药》里的革命者夏瑜与秋瑾有点瓜葛，“古□亭口”在绍兴还可以看到遗迹。《头发的故事》里的N先生，有鲁迅先辈夏穗卿的影子。夏穗卿先前是“新党”，民初看了袁世凯执政的腐败，很灰心，专门喝酒。《风波》以张勋复辟为背景，其中所写的具体环境，带有浙东一带乡村的地方特点。《故乡》中的闰土，模特儿是章运水，是绍兴城东北道墟乡社浦村人，靠海，种沙地，是一个手艺工人。豆腐西施并非出于一人，但其中含有衍太太的成分。鲁迅搬家是在1919年冬天。《阿Q正传》中的阿Q，是概括性很强的人物，在许多原型中，有一个叫阿桂，做过小偷，打短工为生，有点游手好闲，做掮客。阿桂的胞兄，叫阿有，专给人舂米，勤苦度日，人很老实，大家多喜欢他。革命党到杭州，县城的官员都逃之夭夭，阿桂在街上嚷道：“我们的时候来了，到了明天，我们钱也有了，老婆也有了。”破落子弟对他说：“像我们这样的人家不要怕。”阿桂答道：“你们总比我有。”阿Q的“恋爱悲剧”，在生活中也可寻点实际材料：鲁迅的远亲中有个叫桐少爷的，没谋生能力。有天桐少爷在本家叔辈孝廉公家里，向在灶头的老妈子下跪道：“你给我做了老婆……”挨了孝廉公的大竹杠。《白光》中的陈士成，可从鲁迅本家叔祖辈周子京身上看到一点痕迹：一天醉倒的老仆妇忽叫道，眼前一道白光。主人立即遣派学生，叫石匠来挖起床前的石板，又连夜亲自挖掘，以为白光深处藏有银子。周子京应试不中，发狂致死。《社戏》中的平桥村，乃在赵庄，鲁迅少时，曾去看戏。《祝福》里狼吃小孩的悲凄事，也曾发生在乌石头看坟人的家里，他的小儿子便是被野兽吃去的。“抢亲”的事是鲁迅少年时寄居在皇甫庄就不断发生过的。男家雇了粗汉，摇着乌篷船来，当姑娘到河埠淘米或洗东西时，被抢入船中，嘴巴塞住花絮抢走。这都给鲁迅留下深深的生活印记。《长明灯》结尾小孩们猜谜，那个鹅谜，绍兴也有这样的儿歌：“白篷船，红划楫，摇到对岸”，“点心吃一些，戏文唱一只（出）”。

《离婚》所写的七大人，可能含有周家亲戚章介千的影子。他是三大人，是道墟的土皇帝，与会稽县知县俞凤冈是知交。玩汉玉是另一人的事，他叫章采彰。凡此种种，自然不过是一些零碎的材料，其中也许有出入，但它们可以作为鲁迅所说“启示我的是事实”的旁证。

就是鲁迅的杂文，也是有丰富的生活实践为依据的材料。其中所揭示的社会本质，概括的“类型”，深刻的揭露，犀利的语言，使买办文人以及形形色色的敌人的五脏六腑，暴露在光天化日之下。如《二丑艺术》中所刻画的二丑形象，不仅有现实生活的基础，而且有其他的依据。据说绍剧传统剧目《五美图》中有一折戏叫《游园吊打》，写的是一个传统的历史故事：唐宰相卢杞，陷害边关总兵。总兵儿子金文铭逃进朱文光府中花园，受到朱的女儿绣凤庇护。千总老丁搜园未遂，便怂恿卢杞儿子卢廷保强抢绣凤，却被朱府吊打。剧中的老丁，是一个具有特殊性格人物：他在捉拿金文铭时，胆小如鼠；怂恿卢廷保时，却又狡猾如狐；可是当他和公子两人被吊打时，不仅自嘲，而且嘲弄公子。他被吊打后发咒：如果下次再来抢姣姣（美女），便要“变猪变狗变阿猫”。这个角色，在绍兴戏里叫“二花脸”。经过鲁迅一概括，便以一个具有相当概括力的反面艺术形象出现在读者面前。

鲁迅是世界上具有惊人的丰富生活经验的伟大文学家，这自然与他是伟大的思想家、伟大的革命家分不开的。但是，为什么有些人同样也在生活，却没“生活”？为什么在生活里，却发现不了生活的矿藏？有的人为什么将生活里的“鱼目”当作“珍珠”？而鲁迅为什么那么懂得生活？那么善于生活呢？这些方面，给我们什么启示呢？

伟大的革命实践，渊博的理论知识，是使鲁迅获得丰富的生活宝藏的首要原因。鲁迅自小有机会接触农民，体会到农民的痛苦。他的家庭从小康坠入困顿，生活经历的重大变化，帮助鲁迅“看见世人的真面目”①。鲁迅是一直投身于革命的洪流中的，从他背井离乡到南京求学，寻求革命真理，到在日本从事革命活动，以及支持、参加辛亥革命，参加五四运动，支持女师大学潮，反对北洋军阀，和国民党反动派的短兵相接的斗争，贯串鲁迅一生的，是反帝反封建的伟大斗争实践。

鲁迅不是一个生活的旁观者。只有斗争实践，才能使一个作家得到丰富的生活源泉。社会生活是客观存在的，但它不会自动地扑进人们的胸怀，只有具有丰富实践的人，生活的泉源才会源源不绝地流进其心扉。作家所写的生活，必须是他所感动的部分。鲁迅谈叶紫的经历时说，由于他一直在斗争的激流里，所以他的经历不长，却能抵得“顺民”的“一世纪的经历”，这也完全适用于鲁迅自己。但可以进一步说，鲁迅的生活阅历，自然要比同时代的作家（包括叶紫在内）要丰富、复杂得多。鲁迅要求“革命文学家，至少是必须和革命共同着生命”，这也是他革命实践的总结。鲁迅不单是和革

① 《鲁迅全集》第1卷，人民文学出版社1973年版，第270页。

命共生命，做到“至少”的这一点，还始终生活在革命之中，身先士卒，冲锋陷阵，是伟大的革命家。

鲁迅不是盲目的实践者。他不断以科学的理论指导自己的实践。在斗争实践中，他逐渐把自己所学习的马克思主义理论，化为自己的血肉，获得了观察问题的最锐利的思想武器，用以观察生活，理解生活，为创作提供了可贵的养料。

注意观察，善于积累，也是鲁迅具有丰富的生活基础的重要原因。

鲁迅经常告诫青年作家必须观察生活，这是他的经验之谈。鲁迅在答《北斗》杂志的询问中，第一条就是“留心各样的事情，多看看，不看到一点就写”①。“看看”就是观察，就是分析，研究，思考。这个“看看”，不是看一眼半眼，却是“多”看看，经常地观察，不断地分析，要养成观察生活的习惯。

要特别注意观察“常见的，平时是谁都不以为奇的，而且自然是谁都毫不注意的”② 事物。鲁迅往往能透过平常的事物，发现不平常的、奇异的东西。客观地摹写生活现象，不是作家的神圣职责。“烛幽索隐，物无遁形”，一个伟大的作家，必须从常常被人们忽略的平常生活中，挖掘生活的哲理，发现其中的奥秘，揭示蕴藏在里面的必然性。作家所以能够说出别人想说而说不出的话，或想说而说不清的话，或先说出别人还来不及说出的话，这不是神秘莫测的，而是他善于观察的政治敏感性的表现。鲁迅深有体会：“文艺家的话其实还是社会的话，他不过感觉灵敏，早感到早说出来”③。

观察不是冷眼的旁观，它有时虽是对生活的冷静思考，但又是热情地去参与生活，干预生活。鲁迅是无限热爱生活的，他对生活中的丑恶现象，作了最无情、最冷峻的剖析，而对生活中美好的事物，充满爱的感情。这两者都统一在鲁迅的生活理想的追求上。鲁

---

① 《鲁迅全集》第 4 卷，人民文学出版社 1973 年版，第 353 页。

② 《鲁迅全集》第 6 卷，人民文学出版社 1973 年版，第 323 页。

③ 《鲁迅全集》第 7 卷，人民文学出版社 1973 年版，第 474 页。

迅早期从进化论中汲取了积极的思想，形成将来必胜当下的思想，这就使他在风雨如晦、乌云压城的社会中，对革命满怀信心，充满希望。尽管他的探索是痛苦的，有时他的思想是矛盾的，但是他不后退，不消极，不悲观，终于成为坚定的马克思主义者。鲁迅曾经翻译、介绍过俄国安特莱夫的作品，但他和安特莱夫走了两条截然不同的道路。安特莱夫虽然描写底层人民的不幸，但不相信他们的力量，看不清社会前途，走上了颓废的道路。高尔基开始也把自己的注意力倾注在下层人民的身上，但高尔基却和安特莱夫分手，成为无产阶级的作家。鲁迅在这点上是和高尔基相似的。

注意观察和积累，与生活结下不解之缘。鲁迅十分重视生活积累，扩大他的生活阅历和感受。有次鲁迅写信给友人，谈到了创作中的一件事：当他写到《阿 Q 正传》中阿 Q 被捕时，写不下去了，“曾想装作酒醉去打巡警，得一点牢监里的经验”①。鲁迅后来虽然没有这样做，用别的办法了解他所需要了解的生活细节，但这里可以看出鲁迅是如何重视生活积累和生活感受的。

鲁迅的经验还告诉我们：作家必须身处生活的海洋里，又应该立足于一个生活的基地。生活海洋，是指生活广度，是“面”的要求；生活基地是为了使生活有个深度，是“点”的深入。点和面是矛盾的统一体。作家要做到点面结合，在广中求深，以深带广。鲁迅的生活是最广阔不过的，但他也以浙东一带生活为基础。鲁迅作品里表现了浓厚的生活气息与地方色彩，这和他对这一带生活的熟悉息息相关。

鲁迅的思想深度和艺术修养，使他能“敏感”“有力”地反映和描写社会，他的作品产生了巨大的社会影响。

（收入许怀中：《鲁迅创作思想的辩证法》，福建人民出版社 1980 年版，有改动）

① 《鲁迅书信集》上卷，人民文学出版社 1976 年版，第 155 页。

鲁迅与中国古典小说

我国和外国学者们，往往称鲁迅为中国的“文学史家”“小说史家”，这是不错的，但我们还可以在这上面，加上“伟大”两个字。

打开鲁迅留下的光辉、丰富的文化遗产宝库，人们可以窥见鲁迅的文学史和小说史的著作，便是其中极其珍贵的部分。

我们应该研究鲁迅在研究中国古典小说方面有什么杰出的贡献，研究他和祖国文化遗产的关系。中国古典小说，是我国长期的封建社会和近代社会所产生的灿烂文化之一。它有着优良的传统和丰富的遗产。在鲁迅的一生中，他曾经花费了大量的时间和精力，从事整理和研究中国古典小说的活动。他所取得的辉煌成就，将永远在我国文化史上闪耀着光芒。

鲁迅的全部创作实践，无不显示出中国古典小说的浸润滋养，以及与中国古典小说家连接的丝缕。中国古典小说是构成鲁迅创作特色和民族风格的重要因素。我们研究鲁迅与中国古典小说的关系，不但有助于了解鲁迅的思想和创作，看出他对我国文化遗产的态度，而且将帮助我们更好地批判继承我国古典文学遗产，发展社会主义的新文艺。

一

鲁迅从小就喜欢阅读小说和神话传说。他幼年时，从一个远房叔祖那里看到绘图的《山海经》，惹起了他对这本书的渴慕。那“画着人面的兽，九头的蛇，三脚的鸟，生着翅膀的人，没有头而以两乳当作眼睛的怪物”[①] 引起鲁迅莫大的兴趣。虽然长妈妈替他买来的只是一部刻印十分粗拙的本子，但它成为鲁迅“最为心爱的宝书”。从此以后，鲁迅就搜集更多绘图的书，于是有了石印的《尔雅音图》《毛诗品物图考》，又有了《点石斋丛画》《诗画舫》之类。和中国古典小说有渊源关系的《山海经》，最早培养了鲁迅读书，尤其是读小说的兴趣。

鲁迅回忆说：“我最初去读书的地方是私塾，第一本读的是《鉴略》”[②]。这引起了鲁迅探索历史的兴趣，这和他后来广泛阅读各种野史杂说、笔记小说不能说没有关系。

根据回忆文章，鲁迅的祖父“教人自由读书，尤其是奖励读小说”[③]。“他所保举的小说，便是《西游记》、《镜花缘》和《儒林外史》这类为封建传统教育所排斥的‘闲书’”。鲁迅的祖父还给孙儿们讲说《西游记》，称它“是小说中顶好的作品”[④]。据说鲁迅七八岁时，就从祖父那里读到了《西游记》《水浒》等书，使得被禁锢在书香门第的幼年鲁迅，吸到一丝自由空气，受到封建文化中民主思想的熏陶。

---

① 《鲁迅全集》第 2 卷，人民文学出版社 1973 年版，第 357 页。

② 《鲁迅全集》第 6 卷，人民文学出版社 1973 年版，第 137 页。

③ 周作人：《自己的园地・镜花缘》。

④ 周作人：《知堂回想录》。

鲁迅在三味书屋念书的时候，在课堂上私下画画，用“荆川纸”蒙在小说的绣像上一个个描下来，像习字时候的影写一样。“读的书多起来，画的画也多起来”[①]。这培养了鲁迅阅读古典小说的爱好。据有些回忆文章说：鲁迅自己买的第一部书是《唐代丛书》。这虽是一部书贾汇刻的十分芜杂的书，但其中收集很多唐人传奇笔记，鲁迅当时是极其喜爱的。

鲁迅大概从十六岁（1896 年）开始，有意识地，更多地搜集、抄录、阅读各种书籍。他读了许多被封建统治阶级视为“邪书”的野史笔记，打下了研究中国小说的基础。

鲁迅在南京求学时期，课外仍然博览群书，他寄回家的书目中，就有《百鸟图说》《百兽图说》《芥子园全集》《阅微草堂笔记》等多种。鲁迅二十一岁那年，便开始进一步阅读大量宣传维新思想的书刊，并涉猎了中外古今的一些文艺作品。他卖掉得来的奖章，到书店买书，约买了数百种，里面就有《红楼梦》等小说。

在日本弘文学院，鲁迅进一步阅读大量中外文史书籍，有希腊、罗马神话，特别对屈原的《离骚》很感兴趣。他曾对许寿裳说：“《离骚》是一篇自叙和托讽的杰作，《天问》是中国神话和传说的渊薮。”[②] 从中可以证明鲁迅多么注意中国神话传说。

从辛亥革命前后到五四运动，是鲁迅辑录和校勘中国古典小说的重要时期。鲁迅自日本归国后，在杭州、绍兴教了两年多的书，他以极大的热情迎接辛亥革命。辛亥革命失败后，鲁迅在南京和北京教育部任职，利用公余辑录和校勘古书，收集画册拓片，研究佛经，抄写古碑。他钻研着古代的文学艺术和哲学、历史。

鲁迅进行《古小说钩沉》和《会稽郡故书杂集》的辑录工作，是从 1910 年上半年开始的。当时鲁迅在杭州浙江两级师范教书，课余时间博览群书，辑录古代小说，半年中，仅六朝小说便已辑录了

---

① 《鲁迅全集》第 2 卷，人民文学出版社 1973 年版，第 389 页。

② 许寿裳：《亡友鲁迅印象记·屈原和鲁迅》。

十册之多。1911 年的上半年，鲁迅在绍兴府学堂任监学，这年他辑录了《小说备校》，计有干宝《搜神记》等七种，以备校勘之用。1912 年，鲁迅负责编辑《越社丛刊》，创刊号刊出《〈古小说钩沉〉序》。1912 年 2 月至 4 月，鲁迅在南京教育部工作，时常去江南图书馆阅读和抄录古书，其中有后来编入《唐宋传奇集》中的《湘中怨辞》等篇。5 月底，鲁迅随部抵京，仍从事古书的辑录、校勘工作，先后辑录了谢承《后汉书》、虞世南《史论》《虞世南诗》等。另从《沈下贤集》中抄录了一些传奇故事，继续纂辑《唐宋传奇集》。1913 年鲁迅用明丛书堂刊本校勘《全三国文》刊本。

五四时期，鲁迅积极从事中国小说史的著作。1920 年底，鲁迅从京师图书馆分馆借阅《文苑英华》。约从这时开始，鲁迅多方搜集中国小说史料，以便编写中国小说史讲义。就在这年，他开始到北京大学讲小说史，每周一小时。他结合在北京大学、北京高等师范学校的教学工作，系统而深入地研究中国小说史，从《文苑英华》《说郛》等古籍中钩稽中国小说史料。

鲁迅早就注意文学史，早年常常介绍外国作品，翻译一些文学史片断，如在 1921 年就评过凯拉绥克的《斯拉夫文学史》的一部分，以及凯尔沛米斯的《文学近史》的一部分。

1921 年鲁迅到北京高师讲授中国小说史，至 1926 年 8 月，达五年零八个月之久。1923 年 7 月至 1926 年 1 月，鲁迅在北京女子师范大学开设小说史课；1923 年至 1925 年在北京世界语专门学校讲授小说史；1925 年 9 月至 1926 年 5 月，在北京中国大学部文科讲小说。鲁迅在北京的讲课主要是中国小说史。

鲁迅为了写作中国小说史讲义，通过书肆及私人关系，购入不少中国古代小说、笔记之类书籍，如《宋人小说十五种》《忠义水浒传》《新话宣和遗事》《拾遗记》等。1923 年 10 月 7 日鲁迅作《〈中国小说史略〉序言》。这年的 12 月 1 日，新潮出版社出版《中国小说史略》（上）。1924 年 3 月 3 日鲁迅作《〈中国小说史略〉后记》，根据新发现的史料，对个别小说作者情况作了补注。1924 年 3 月 4

日，鲁迅校讫《中国小说史略》（下），6 月 20 日印成出版。

《中国小说史略》初版后，大受读者欢迎，到 1925 年 9 月，经过一些修订，由北新书局将上下两卷合成一册再版。一直到 1936 年 10 月，该书共印刷十一版。

这部著作，是一部比较系统地论述中国小说历史发展的专著，是中国小说史研究的奠基之作。它的诞生，结束了长期零散评论中国小说的状况，改变了“中国之小说自来无史”的局面。

鲁迅写《中国小说史略》时准备工作做得扎实、充分。这部著作体现了他对于中国古典小说的精湛研究和深邃的修养，表现出他的深知卓见，反映了鲁迅谨严精密的治学精神。

《中国小说的历史的变迁》是鲁迅于 1924 年 6 月 28 日应西北大学邀请，在该校所作“暑假学校”讲授的讲题。鲁迅从 7 月 21 日讲到 29 日。他提取了《中国小说史略》的精华，并进一步加以发挥，在个别论点上，例证的阐释上，又比《中国小说史略》充实和丰富。根据当时听者的回忆，学校大礼堂座无虚席，及至讲到唐宋以后，就有不少人争不到座位站着听讲了。9 月间，应西北大学出版部的要求，他将《中国小说的历史的变迁》讲稿修改订正，寄往西北大学出版部，后于 1925 年 3 月出版。

《小说旧闻钞》是鲁迅在编写《中国小说史略》时搜集的有关四十一种小说史料的结集。在辑录时有所考证，鲁迅汰去重见与重稽者，写出三十四条按语。这些材料对小说故事的来源、异说、增益、订正都有参考价值，能够丰富读者见闻，提高读者的鉴别能力。1926 年 8 月 1 日鲁迅作《〈小说旧闻钞〉序言》，12 月由北新书局出版。

继《古小说钩沉》之后，便是唐宋传奇小说的搜集。1927 年 8 月，在白色恐怖气氛弥漫下的广州，鲁迅编就《唐宋传奇集》，9 月作《〈唐宋传奇集〉序例》。

《小说旧闻钞》《古小说钩沉》《唐宋传奇集》是鲁迅整理古典文学遗产的一个重要劳绩。

此外，鲁迅的《破〈唐人说荟〉》从七个方面揭破了《唐人说荟》的谬误，并追根溯源，找出讹夺、窜改、错乱等种种弊病。又如删节、硬派、乱分乱改句子、乱题撰人，妄造书名，弄错了时代等等存在的问题。鲁迅指出："只是因为是小说，从前的儒者是不屑辨的，所以竟没有人来掊击，到现在还是印而又印"①。

《宋民间之所谓小说及其后来》（1923 年 11 月），是鲁迅在研究中国小说史过程中写的一篇专门论述中国白话短篇小说起源和发展的论文。它简要地论述了宋话本特点以及后来白话短篇小说的演变，提出了许多创见。

1927 年 7 月间，鲁迅为章川岛校点的唐代早期传奇小说《游仙窟》作序言。《游仙窟》在唐代传到日本，国内久已失传，鲁迅竭力鼓励川岛校点出版。川岛尚未校点完毕，鲁迅就写好了序言，介绍《游仙窟》作者张鷟的生平简历，指出该书以骈俪文作传奇，比清朝陈球的《燕山外史》早千余年，是研究我国文学史"不能废"的参考资料。鲁迅写道："《游仙窟》为传奇，又多俳调，故史志皆不载；清杨守敬作《日本访书志》，始著于录，而贬之一如《唐书》之言。日本则初颇珍秘，以为异书"②。鲁迅实际上是说，这部作品，中国不注意，评价也不高，倒是得到外国承认后，由外国传进来的。鲁迅肯定作品的历史地位："不特当时之习俗如酬对舞咏，时语如嗛咶嫈嫇，可资博识；即其始以骈俪之语作传奇，前于陈球之《燕山外史》者千载，亦为治文学史者所不能废矣。"③ 鲁迅为了写这篇短序，向京师图书馆借参考书，借不到，多方设法去借。鲁迅还借了善本，亲笔正楷抄录下来，供川岛校阅。在印书的过程中，鲁迅对书的封面、版心、字体、墨色，以及书的样式、装订、校对，都提出严格的要求，为这一本书的出版付出心血。鲁迅听到印行后销路很好，

---

① 鲁迅：《集外集拾遗补编》，人民文学出版社 1978 年版，第 103 页。

② 《鲁迅全集》第 7 卷，人民文学出版社 1973 年版，第 739 页。

③ 《鲁迅全集》第 7 卷，人民文学出版社 1973 年版，第 739 页。

他高兴地写信告诉友人。这一个例子，就足够说明鲁迅对于我国古典小说的重视。

鲁迅还为刘半农在书摊买来的古典小说《何典》校点，并写了两篇序言——《〈何典〉题记》和《为半农题记〈何典〉后作》。在鲁迅浩如烟海的杂文、书信和论文中，论述我国古典小说以及有关古典小说的记载，真是比比皆是，可谓表微举仄，精辟警策。例如鲁迅20年代与胡适的通信中，讨论中国古典小说问题，其中涉及《西游记》《西游补》《水浒传》《水浒后传》《花月痕》《边雪鸿泥记》《海上花列传》《海上繁花梦》《七侠五义》《品花宝鉴》等书。1925年3月15日给傅筑夫、梁绳祎的信中，谈及如何研究中国神话问题。鲁迅认为研究中国神话，可“先搜集至六朝（或唐）为止群书”，内容分类可“参照希腊及埃及神话”的方法而“加以变通”。而对于“天地开辟，万物由来”，亦应加以搜集。[①] 在鲁迅恳切指导下，后来梁绳祎编写神话研究三册。鲁迅1926年6月写的《马上支日记》，记载了《茶香宝丛钞》的几条材料，其中关于《水浒传》的有宋洪迈《夷坚志》之类。《茶香宝丛钞》乃清俞樾所著笔记。洪迈系宋朝江西鄱阳人，《夷坚志》是他著的笔记小说，共四百二十卷。

鲁迅当面辅导《中国小说史略》的日本译者增田涉历时十个月，每天从下午两点或三点开始，直到傍晚五六时，约有三个月的时间花在《中国小说史略》的讲解上。鲁迅又和增田涉通了七八十封信，解答和谈论许多有关古典小说的问题。1935年翻译出版的《中国小说史略》，实际上是增田涉和鲁迅友好合作的珍贵果实。这些千真万确的事实，说明鲁迅毕生的精力很多都花在整理、研究我国古典小说以及指导研究等活动上，多么令人惊异！

---

① 《鲁迅书信集》上卷，人民文学出版社1976年版，第66—67页。

二

鲁迅和中国古典小说如此密切的关系，说明了什么呢？

这和鲁迅的革命思想和爱国主义精神分不开。

鲁迅回忆过清朝末年在日本抱有革命思想的留学生们“钞旧书”的活动，认为那是“可以使青年猛省的”。鲁迅记得那本辑录的书的封面写的是：“怀旧之蓄念，发思古之幽情，光祖宗之玄灵，大汉之发天声”[①]。这种爱国主义的热忱，也是民主革命的要求。清末民主革命的首要任务，在于推翻清朝统治者。“光复旧物”的口号，在当时起过一定的积极作用。这在青年心目中，就自然地表现出对祖国传统文化的积极方面的向往和追求。鲁迅自然和那些具有一定民主思想的留学生不同，这些留学生中许多仅有民族革命的思想，他们把“排满”和“复古”联结一起。鲁迅从不把自己的视野局限在“光复旧物”的思想上。鲁迅不仅仅是在“光复”，更主要的是批判继承文化遗产。这就必然在鲁迅面前提出一个发展它们的任务。

值得思索的是，鲁迅为什么在辛亥革命前后，进行大量的辑录古典小说的活动呢？鲁迅曾对辛亥革命寄予极大的希望与热情，而且参加过辛亥革命活动。辛亥革命的失败，给鲁迅带来了失望和苦闷。他说：“见过辛亥革命，见过二次革命，见过袁世凯称帝，张勋复辟，看来看去，就看得怀疑起来，于是失望，颓唐得很了。”[②] 但是，倘说鲁迅的辑录和校勘古书，单纯是为了排遣苦闷，不免失之偏颇。鲁迅固然失望，但他并没有停止前进的步伐，也从未放弃他

---

① 《鲁迅全集》第 3 卷，人民文学出版社 1973 年版，第 420 页。

② 《鲁迅全集》第 5 卷，人民文学出版社 1973 年版，第 49 页。

的探索。鲁迅辑录、校勘古典小说，抱着积极的目的：总结文化遗产，解剖中国的历史，认真思考中国社会问题的症结，探索中国革命的道路。这就说明：鲁迅从回国以后，面临着中国的政治和社会现实的一场急剧变化，他的思想正在经历着非常深刻、复杂的矛盾和斗争，这一时期是鲁迅沉思与摸索的时期。这主要是因为辛亥革命未完成它的历史使命，引起了他的失望，因而他进入了怀疑和重新探索的思想境界之中，也陷于失望与希望交错的矛盾状态之中。围绕着中国革命的出路问题他进行着痛苦的思索。围绕这一中心问题，他默默地观察社会和人民的思想动态，研究和解剖中国的历史和传统文化。

但是，把鲁迅在辛亥革命前后辑录、校勘古书，认为是直接为某种具体的政治任务服务，那也会陷入绝对化的困境。学术研究，归根到底是脱离不了政治的。但如果片面强调学术要为政治服务，过分夸大它的政治作用，并一定要按照当时那种变化不定的政治观点去研究，随着政治气候转移摇摆，那就既达不到社会和政治的效果，又丧失了学术价值，弄得毫无科学性。鲁迅给许寿裳的信中，谈了他为什么要整理古书："仆荒落殆尽，手不触书，惟搜采植物，不殊曩日，又翻类书，荟集古逸书数种，此非求学，以代醇酒妇人者也。"① 这信写在辛亥革命前夕，他说当时的翻类书，整理、辑录小说，并不存在某种具体、明确的革命功利，只能从整理祖国文化遗产的更广泛的意义上去理解。同时也不能撇开研究者的个人兴趣。

要了解中国的历史，野史杂说是不可忽略的。中国的史书和小说，有时难以严格区别。所谓野史杂说，便是如此。鲁迅经常告诫人们要读史，认为读经不如读史，而读史不如读野史。他说："……而且尤须是野史；或者看杂说。"② 因为这些书的作者和御用文人、

① 《鲁迅书信集》上卷，人民文学出版社 1976 年版，第 6 页。

② 《鲁迅全集》第 3 卷，人民文学出版社 1973 年版，第 136 页。

帮闲文人不同，他们多是不得志的文人，帮闲味少，其作品比较真实地反映了历史的面貌。当然鲁迅也不是一概否定历史书，“历史上都写着中国的灵魂，指示着将来的命运，只因为涂饰太厚，废话太多，所以很不容易察出底细来。正如通过密叶投射在莓苔上面的月光，只看见点点的碎影”。如果以正确的观点去看，还可以透过假象，看到历史的某些“碎影”来。鲁迅接着说：“但如看野史和杂记，可更容易了然了。因为他们究竟不必太摆史官的架子。”① 史官的“架子”，含有以统治阶级“正统”思想去写历史的意思。鲁迅认为野史杂说自然免不了有“讹传”，也“挟恩怨”，但它不像正史那样地“装腔作势”，而保留了较多的历史真实性，“读史，就愈可以觉悟中国改革之不可缓了”②。我国不少古典小说，带有史的价值。其实，研究小说，可以从不同的侧面认识中国社会，了解中国的国情，总结历史经验教训、问题所在，以革命的风暴，洗刷长年来积累起来的社会的污垢。

五四新文化运动，配合着反帝反封建的政治要求，具有进步的历史意义。但当时对旧文化的扫荡，确实存在着资产阶级形而上学的偏向，连祖国优秀的文化遗产也在冲击之列。资产阶级文人主张全盘欧化，便是这种片面性的表现。鲁迅是打击旧思想文化的勇猛闯将，但他避免了资产阶级文人的片面性。他倾注精力去研究中国古典小说，便是重视祖国优秀文艺遗产的证明。谁要是给鲁迅戴上“民族虚无主义者”的帽子，谁就要在历史事实的面前破产。

应该承认，鲁迅对我国古典小说的认识，是有发展的。其后期研究中国古典小说，已经不仅仅是以爱国主义思想为出发点，而是具有如何继承和发展古典文学和小说中有价值的部分，建设新文学的明确目的。鲁迅对古典小说的评价和论述，上升到了马克思主义

---

① 同上书，第 23 页。

② 同上书，第 138 页。

思想高度。如鲁迅认为可以从古典小说中“学学描写的本领”[①]，提高艺术水平。

鲁迅正确对待中国古典小说的态度和精神，无疑给现代文学创作以积极的影响。几十年来，现代文学创作中比较成功的作品，总在艺术风格上带有浓厚的民族色彩。鲁迅开始从事文艺创作，的确是在阅读许多外国文学的基础上进行的。不去吸收外国文学表现手法和形式，不去突破我国艺术的传统写法，文艺是难以发展的。可是，这种发展必须建立在民族的传统上，不能完全抛开它们。鲁迅一直重视古典文学的优良传统，这其中自然也包括古典作家的艺术表现手法。鲁迅作品与中国古典小说有不可分割的联系，接受它的积极影响，向我们说明了继承民族优良传统的重要性。同时由于它们的思想和艺术的价值，其自身已经成为我们民族艺术传统的一个组成部分，成为我们应该学习的重要遗产。认真地学习鲁迅的作品和创作经验，对于建设社会主义文艺，具有重大的意义。

中国现代文学奠基者鲁迅作品的特色，联系着民族文化的渊源。因此，我们可以这样说：发掘鲁迅作品在这方面的特色，不仅可以了解到鲁迅的独创性，同时也可以由之明确中国现代文学与古典文学的历史联系，更能帮助我们理解鲁迅在中国文学史上的继往开来的重要地位。

三

鲁迅的思想不是一个突然的、孤立的现象，也绝不会偶然产生。鲁迅研究中国古典小说而形成的思想观点，必然和他当时或稍前稍

---

① 《鲁迅全集》第 5 卷，人民文学出版社 1973 年版，第 343 页。

后一些人的思想，发生着这样和那样的联系。

关于在中国古典小说研究领域活动的人物，我们不能不首先提起胡适。胡适是五四时期研究中国古典小说的资产阶级重要代表人物。他的研究从总体和研究方向、方法上看，是有错误的。众所周知，他曾直言不讳，他的“整理国故”，“要教人一个不受人惑的方法。被孔丘朱熹牵着鼻子走，固然不算高明；被马克思列宁斯大林牵着鼻子走，也不算得好汉。我自己决不想牵着谁的鼻子走”[①]。学术上的独立见解，除非疯子才会去反对。问题是不用任何一种观点和方法指导，不受它的一点影响，正如拔着自己头发要离开地面一样，是不可能的。胡适他自己，不正受美国杜威的影响吗？他的所谓“大胆假设，小心求证”，不正是实用主义哲学的思想基础吗？但胡适在五四前后所写的一系列研究中国古典小说的论著里，就其论述中国古典小说的广泛，搜集和挖掘资料的价值，以及对作品的评论，提出对某些问题的看法和探讨，不能说毫无可取之处，我们必须实事求是地进行分析，给以确当的评价。

胡适在《建设的文学革命论》一文中，试图把革命文学的建设和古典小说联系起来。他认为《水浒传》《西游记》《儒林外史》《红楼梦》等几部古典小说，是“模范的白话文学”。他主张尽量采用这几部小说的白话，不合用的不用，不够用的用今天的白话来补助。[②]他忽视了现代白话的作用。

对我国著名的古典小说，胡适都写了文章，做了大量的考订。《水浒传考证》考证从南宋到元末《水浒》的故事，断定元朝还没有《水浒传》，明初出现《水浒传》还很幼稚。关于作者，胡适不相信金圣叹认为七十回以后是罗贯中所续，“施耐庵大概是一个文人的假名”。胡适提出一个“历史进化的文学概念”，即不同时代发生不同的文学见解和文学作品。胡适后来发现了李卓吾批点《忠义水浒传》

① 胡适：《介绍我自己的思想》。

② 胡适：《建设的文学革命论》。

等六种版本，又写了《水浒传后记》，在《百二十回本水浒传序》一文里，谈了《水浒》版本出现的小史，说他做《水浒传考证》时，只有金圣叹七十一回本和《征四寇》，“许多结论都只可算是一些很大胆的假设”，但这引起了学者们的注意，开了搜求《水浒传》版本的风气。胡适作十年间关于《水浒传》演变的考证，纠正他十年前见解的错误：“最大错误是我假定明朝中叶有一部七十回本的《水浒传》。”胡适同意鲁迅提出“原本《水浒传》今不可得。……现存之《水浒传》则所知者有六本，而最要者四”的意见，赞扬“鲁迅先生之说，很细密周到，我很佩服”。鲁迅的看法，纠正了胡适的错误。这说明了鲁迅对胡适的影响。

对《红楼梦》的考证是胡适研究古典小说的一个业绩。如《〈红楼梦〉考证》批评种种“穿凿附会”的说法，指出“他们不去搜求那些可以考证《红楼梦》的著者、时代、版本，等等的材料，却去收罗许多不相干的零碎史事来附会《红楼梦》里的情节”。这里有对的地方。胡适考证《红楼梦》作者生平，这些材料有一定的价值。他断定《红楼梦》是曹雪芹“自叙传”，曾被鲁迅所采用。当然，胡适把作者和贾宝玉等同起来，并得出这样的结论：“《红楼梦》只是老老实实的描写这一个‘坐吃山空’‘树倒猢狲散’的自然趋势。因为如此，所以《红楼梦》是一部自然主义的杰作。”这难免有偏颇之处。但在20年代，“自然主义”往往是“写实主义”“现实主义”的同义语，这里也含有肯定《红楼梦》的现实主义传统的内涵。至于胡适的《重印乾隆壬子本〈红楼梦〉序》《跋〈红楼梦〉考证》等，考证《红楼梦》的版本，也有参考和研究价值。其中肯定后四十回写了贾黛的悲剧，“打破中国小说的团圆迷信”的这个见解，和鲁迅有类似之处。

胡适《〈三国志演义〉序》一文，提出自己的看法：这部作品“不能算是一部有文学价值的书”，这是由于太拘泥于历史故事，而想象力太少，创造力太薄弱的缘故。而且作者、修改者、定稿者，都不是天才的文学家，胡适只把它看成是“一部绝好的通俗历史”。

在这篇文章里，胡适对诸葛亮、刘备、关羽的形象分析，都是吸收了鲁迅的观点。他特地注明："作此序时，曾参用周豫才先生的《小说史讲义》稿本。"

胡适在《〈西游记〉考证》一文中说：《西游记》和《水浒传》一样，也有五六百年演化的历史。但他考证"猴王"的来历时认为其"乃是一件从印度进口的"。这点鲁迅和他的看法不同。胡适还写了《〈三侠五义〉序》《〈官场现形记〉序》《〈儿女英雄传〉序》《〈镜花缘〉的引论》。他对这几部作品的考证，以及在《建设的文学革命论》中对《儒林外史》的评价，虽未必都很精当，但仍不乏合理的东西。例如他针对探讨《西游记》主旨时存在"微言大义"的倾向，认为作者"并没有什么微妙的意思，他至多不过有一点爱骂人的玩世主义。这点玩世主义也是很明白的；他并不隐藏，我们也不用深求"。这和鲁迅的见解有吻合的地方。在评《官场现形记》时他指出"它所写的是中国旧社会里最重要的一种制度与势力——官"，所写的又是这种制度最坠落的时期——"捐官最盛行的时期"。这分析，也能切中痛处。特别是他引用了鲁迅在《中国小说史略》里把这类作品归入"谴责小说"的说法，认为鲁迅把它们和讽刺小说区别开来，"这种区别是很有见地的"。有的文章只抓住胡适把"谴责小说"归为讽刺小说这一面，大加批判，完全不顾他同意鲁迅意见的另一面，是不全面的。

从这些简略的叙述中，能看出胡适和鲁迅研究中国古典小说的联系，更重要的是看出鲁迅比同时代研究者高明之处。这样说，也并不能以为鲁迅的思想，没有从别人的研究成果中得到有益的养料。

民主主义者蔡元培，主要的建树虽在美育和教育方面，但他的论著中，涉及中国古典小说的并不少。蔡元培和鲁迅交往密切，关系很好。蔡元培的民主革命的要求，使他和轻视、排斥小说的旧传统对立。有人正确地说：我国自有几部伟大的小说以来，敢公然赞美的，只有明代李贽，清代金圣叹。到了近代，以蔡元培为最首出，足与李、金鼎足而立。蔡元培除了对于《水浒传》《三国演义》等书相当赞美以外，又是最赞美《红楼梦》的一个人。他认为世界上很难找到与《红楼梦》同等价值的书来，并把多年研究的结果，著成《石头记索隐》一书。

蔡元培受了欧美文化思潮的熏陶，强调“小说于教育上尤有密切之关系”。他极重视小说的社会作用，认为《水浒传》《红楼梦》等书有“教育之价值”，《水浒传》抱有一种革命思想。蔡元培是最早提出《红楼梦》“为政治小说”之一人。蔡元培把中国小说和外国小说比较，破中国古典小说中的“虚无缥缈之谈”“侈言神仙鬼怪”，认为中国小说应该随世界科学潮流而转移。[①] 蔡元培是从通俗教育的角度，谈小说戏剧等的社会作用。

基于这个思想观点，蔡元培反对视文艺为“进身之阶，或是游戏消遣之品”，他感慨于“永远没有人把他当作最高精神的表现的，也永远没有人以全个心灵沉浸在他的作品中”。蔡元培把文学当作“人生的镜子”，是很有见地的，要求文学反映社会现实。他用热情洋溢的笔调写道：“惟有他（指文学），能够立在混乱屠杀的现世界中，呼唤出人类一体的福音”。但是，他在强调文艺作用的同时，免不了流露出资产阶级的片面观点，过分夸大了文艺的社会职能。如他说文艺能“使得压迫人的阶级，也能深深的同情于被压迫的阶级”。[②] 这无形中抹杀了文艺的阶级性，无视不同阶级对文艺的不同感受。

自然，蔡元培也没有完全否认文艺的消遣作用。他说：“美术所以为高尚的消遣，就是能提起创造精神。”[③]

蔡元培探讨艺术（包括小说）的起源。他不同意艺术“起于游戏的冲动”说。因为“初民美术的开始，差不多都含有一种实际上目的”，“总之，美术与社会的关系，是无论何等时代，都是显著的

---

① 蔡元培：《在北京通俗教育研究会演说词》，原载《东方杂志》第 14 卷第 4 号，1917 年 4 月。

② 蔡元培：《文学研究会丛书缘起》。

③ 蔡元培：《在爱丁堡中国学生会及学术研究会欢迎会演说词》。

了”。[①] 对小说的起源，蔡元培在《美术进化》一文中说：小说起源是“神话与动物谈，后来渐渐切近人事。起初描写的不过通性，后来渐渐的能表示特性。起初全凭讲演，语言与姿态同时发表，后来传抄印刷，完全是记述与描写的文学了”[②]。蔡元培简括了小说起源和发展的过程，即从神话传说到比较接近生活的小说，从共性化到个性化，从口头文学（讲故事）到文学的描述。

《石头记索隐》是蔡元培多年研究《红楼梦》所写成的。他力图提高作品的政治意义，把小说内容与某些历史事实加以附会，说明它是写“清康熙朝政治小说”。这和他片面夸大小说的社会作用相联系，带有唯心主义的成分。胡适对他的批评，就这点说是对的。但蔡元培却不能采纳批评意见，他写了《〈石头记索隐〉第六版自序》，和胡适商榷。他直截了当地说：“近读胡适之先生《红楼梦考证》，列拙著于‘附会的红学’之中，谓之‘走错了道路’，谓之‘大笨伯’，‘笨谜’；谓之‘很牵强的附会’；我实不敢承认。”蔡元培坚持《红楼梦》是“政治小说”的观点，不大同意胡适的“自叙传”说。他说原本经过“曹雪芹增删，或亦许插入曹家故事”。这对破“自叙传”说缩小《红楼梦》的社会意义，有它的作用，但却又走上另一个极端。

蔡元培的《在国语传习所的演说》，对《红楼梦》的看法，还是有精到之处。他认为《红楼梦》反对父母强制的婚姻，主张自由结婚，提倡真挚的爱情，“又用悲剧的哲学的思想来打破爱情的缠缚”；反对禄蠹，提倡纯粹美感的文学，反对男尊女卑；反对主奴的分别，提倡公子与奴婢平等；反对厚貌深情，赞成天真烂漫；等等。这些话，算是抓住了作品的要领。蔡元培常把中国作品和外国文学比较来说明问题，又能放在文学发展的地位上加以考察，这在当时颇为难得。如他说：“把《水浒》同唐人的文言小说比较，那描写的技

---

① 蔡元培：《美术的起源》。

② 《北京大学日刊》第807号，1921年2月15日。

能，更显出大有进步。这仿佛西洋美术，从古典主义进到写实主义的样子”①。

在中西文学对比中，蔡元培批评我国的谴责小说因缺乏理想主义，而削弱了它的教育意义。他写道：“西国所谓自然派之小说，笔底虽写黑暗之状，而目光常注光明之点。我国之作家则不然”。他以《官场现形记》等书为例，说明作者描写黑暗情形，可谓淋漓尽致，“然不能觅得其趋向光明之径线，则几何不牵帅读者而使之沉溺于黑暗社会耶?”② 蔡元培说得很清楚，问题不在于能不能描写黑暗，而在于如何描写。描写黑暗，要以“光明”的目光，否则，一味渲染黑暗，看不到一线光线，使人沉溺在黑暗的大海里，丧失了生活的勇气，或则悲观失望，怎谈得上文学的教育意义呢？蔡元培说的西方“自然派”小说，是指现实主义作品。他的美学思想的进步意义，可见一斑。

悲剧不等于悲观主义，理想不等于“团圆主义”。蔡元培重视悲剧，提倡现实主义的传统，反对文学中的“团圆主义”。他写道：“更有一事与西人相反者，即西人重视悲剧，而我国则竞尚喜剧。如旧剧中述男女之情，大抵其先必受种种挫折，或男子远离，女子被难，一旦衣锦荣归，复相团聚，此等情节，千篇一律。”例如《续西厢记》一定要写张生及第归来，和莺莺团圆之类。“曾不知天下事，有成必有败，岂能尽如人愿而无丝毫之缺憾？即以历史人物而论，颜渊敏而好学，不幸短命。屈原，楚之贤大夫也，而自沉于汨罗。惟其如此，始足使千载下动无穷之凭吊。然我国人绝无演此类事于舞台之上者，盖我国人之思想，事事必求其圆满。”③ 蔡元培以西欧的现实主义文学和中国古典文学加以比较，概括了中国古典文学“团圆主义”公式化倾向。文学是社会生活的反映，既然社会生活本

① 《晨报》1920年6月25—26日。

② 《东方杂志》第14卷第4号，1917年4月。

③ 《东方杂志》第14卷第4号，1917年4月。

身存着错综复杂的矛盾，存在着许多不合理的现象，存在着大量的缺陷和悲剧，文艺作品只有如实地反映它们，才能打动读者，产生改革现实的要求。而我国国民的“求其圆满”的思想，掩盖了社会矛盾和不合理性。蔡元培又说：“《西厢记》若终于崔张团圆，……《石头记》若如《红楼后梦》等，必使宝黛成婚，则此书可以不作。”[①] 这些文章，大都写于五四运动以前，尽管他对“团圆主义”的分析，还不及鲁迅的深刻，但指出这种文学现象，却是难能可贵的。从这里也可以说明鲁迅有关“瞒骗文艺”“团圆主义”等问题论述的渊源与发展。

蔡元培虽然没有关于中国古典小说研究的专论，但他的研究成果和历史地位，是抹杀不了的。他十分推崇鲁迅，鲁迅逝世以后，他满怀深情地写道：“鲁迅先生本受清代学者的濡染……惟彼又深研科学，酷爱美术，故不为清儒所囿，而又有他方面的发展，例如科学小说的翻译，《中国小说史略》，《小说旧闻钞》，《唐宋传奇集》等，已打破清儒轻视小说之习惯”[②]。蔡元培重视鲁迅在古典小说整理和研究的硕果，说明了他的眼力。

五四时期，钱玄同、刘半农等人，对中国古典小说也发表了不少议论，他们对封建复古主义者把封建礼教、僵死的文言文奉为国粹的谬论，施以袭击，但不能像鲁迅那样正确对待，区别其糟粕和精华，而对中国古典小说一概加以否定，表现了过激主义的倾向。刘半农说：“吾国旧有之小说文学，程度尤极幼稚”。文言小说无不以“某生，某处人”开场，白话小说也无不从“某朝某府某村某员外”说起，而其结果又不外“夫妇团圆”“妻妾荣封”“白日升天”“不知所终”数种。[③] 但他有时也给《水浒传》加上一个“社会主义

---

① 蔡元培：《以美育代宗教说》。

② 蔡元培：《鲁迅先生全集序》。

③ 刘半农：《我之文学改良观》。

的世界"[1] 的名目。钱玄同反对将旧小说中十分之九，看成是"诲淫""诲盗"之作，"故小说诚为文学正宗"，然而"其有价值者乃极少"。[2] 钱玄同不仅反对青年读《金瓶梅》，而且连读《红楼梦》《水浒》也反对。他说："且我以为不但《金瓶梅》流弊甚大，就是《红楼》《水浒》，亦非青年所宜读"[3]。这类都是偏激之论。

周作人从"人的文学"观点出发，认为"中国文学中，人的文学，本来极少"。他把古典小说概括为九类：色情狂的淫书类、迷信的鬼神书类（《封神传》《西游记》等）、神仙书类（《绿野仙踪》等）、妖怪书类（《聊斋志异》《子不语》等）、奴隶书类（甲种主题是皇帝状元宰相，乙种主题是神圣的父与夫）、强盗书类（《水浒》《七侠五义》《施公案》等）、才子佳人书类（《三笑姻缘》等）、下等谐谑类（《笑林广记》等）、黑幕类。[4] 这种分类和鲁迅的分类，可作鲜明的对照。周作人把封建时代的文学，都归入"非人的文学"加以排斥，可是到了五四运动以后，他放弃了"人的文学"原来主张，而滚到复古主义的泥潭。他认为"建造中国的新文明，也就是复兴几千年前的旧文明"。到后来，他完全否认五四新文学运动，把它曲解为"明末的新文学运动"的历史再现。他从历史循环观出发，把一部中国文学史看成是"言志派"与"载道派"文学思潮起伏更迭。周作人的小说史和文学史研究，得出如此肤浅的结论。

我国马克思主义文艺批评的奠基者之一瞿秋白，固然不是主要研究我国古典小说的，然而，他在论文里，不时都涉及这方面的问题，有不少真知灼见。瞿秋白是富有理论修养的重要文艺研究者，他从文艺革命和大众文艺的需要出发，总结了我国古典小说的经验，对旧小说中的问题，直剖明析，大刀阔斧。他对团圆主义的剖析，

---

① 刘半农：《诗与小说精神上之革新》。

② 钱玄同：《寄陈独秀》。

③ 钱玄同：《答胡适之》。

④ 周作人：《人的文学》。

放射出不可掩盖的理论光芒。他在《普洛大众文艺的现实问题》一文中，指出“革命作家”中的种种不良倾向，第一次提出团圆主义文学的术语。瞿秋白将新旧团圆主义联系起来，从而揭示了它的历史根源。他说：“才子中状元，佳人嫁大官，好人得好报，恶人得恶报……固然是团圆主义。可是，一切一相情愿的关于群众斗争的描写，也是一种团圆主义。”接着，他写道：“没有失败，只有胜利；没有错误，只有正确。这种写法，这种做法，也是一种团圆主义。”这种思想的支配，是产生新的“公式主义”的原因。瞿秋白生动描绘这类作品的公式化：工人痛苦，革命党宣传，工人觉悟，斗争，胜利，有困难一定有办法，有错误一定改正，一些百分之百的“好人”打倒了一些百分之百的“坏人”。这里的百分之百的“好人”和“坏人”，形象地点出了人物描写简单化、绝对化的毛病。瞿秋白质问：“无产阶级难道需要自己骗自己？……难道没有一点儿小资产阶级机会主义的幻想、冒险主义和盲动主义？”瞿秋白理直气壮地说：“无产阶级不需要欺骗自己，更不需要投降农民小资产阶级的‘左’右机会主义！工人需要学习，在错误之中学习，主要的是在现实生活和斗争里学习。”①

瞿秋白在人所熟知的《〈鲁迅杂感选集〉序言》里，肯定鲁迅“是最清醒的现实主义”。这里“最清醒的现实主义”固然是从列宁评托尔斯泰著作中来的，但用来评论鲁迅却颇新鲜。瞿秋白引用了鲁迅《论睁了眼看》一文中的论“瞒和骗文艺”的一段话，然后对瞒骗文艺作了深刻的分析：

> 这种思想其实反映着中国的最黑暗的压迫和剥削制度，反映着当时的经济政治关系。科举式的封建等级制度，给每一个“田舍郎”以“暮登天子堂”的幻想；租佃式的农奴制度给每一个农民以“独立经济”的幻影和“爬上社会的上层”的迷梦。

---

① 瞿秋白：《普洛大众文艺的现实问题》。

> 这都是几百年来的“空前伟大的”烟幕弹。而另一方面，在极端重压的没有出路的情形之下，散漫的剥夺了取得知识文化的可能的小百姓，只有一相情愿的找些“巧妙”的方法去骗骗皇帝官僚甚至于鬼神。大家在欺人和自欺之中讨生活。

这段是何等精彩的文字！拭去蒙上的历史灰尘，今天读来，一股新鲜感扑面而来。瞿秋白从政治、经济、文化思想等方面，解剖了“团圆主义”，揭示了中国社会的症结所在，特别是指出“农民小资产阶级”的思想根源，尤见独到。这显示了瞿秋白运用马克思主义理论分析文学现象和社会问题的深刻性。

《关于整理中国文学史的问题》是瞿秋白写给鲁迅的一封长信。这封于1950年在上海鲁迅纪念馆发现的信，系统地阐发了中国文学史编写中的重要理论问题。其中提出了一个研究历史的方法。他说：生产方法，生产力决定一般的封建制度的基础。而每个时期的具体的历史条件，尤其是阶级关系、阶级力量的对比，历史上的习惯，宗教哲学思想等“反过来影响”社会生活。这是马克思主义关于经济基础与上层建筑关系的一般原理。瞿秋白注视事物的“特殊性”：它“可以使每一个地方，每一个时期的封建制度带着一些特殊的形式，特殊的色彩”。中国长期的封建等级制度的复杂变化的过程，在文学上不会没有反映。瞿秋白提出整理研究文学史，首先要看中国的“高文典籍”，即所谓“贵族文学”，注意它们反映的封建社会内容，对平民生活和口头文学的影响。它们每一个阶段的特点，是在每一个时期的坠落以及新的文学的形成、发展。瞿秋白还指出我国的白话文学的开始时期，很能让人想起欧洲中世纪末所谓“城市新文化”。宋“平话”小说，乃都市兴起的产物。它和市民的娱乐有关系。说书等的风俗，和意大利的一些商业中心情形类似。这里开始形成“市民文学”或平民文学。瞿秋白确当地指出：这里的“平民”，不是劳动阶级，而正是资产阶级的前身，其中也有自己的“知识分子”。当然，其也受农民文学的影响。瞿秋白在30年代初叶，写了这样的文章，可谓是神解妙悟。但其中把封建士大夫或文人的作品，称为“贵族文学”却是不确当的。这未免把其中许多进步主义的、带有民主性精华的文学，打入“贵族文学”的“冷宫”里，忽略了对它们的批判继承。

从建设革命文学的语言角度，瞿秋白对古典小说的语言，提出不少看法。他的意见和胡适不同，认为“古代文言和现代文言的小说，不但决不是国语的文学，而且也建设不成功文言的‘新的文学’”。他要以中国的新式白话，作为现代中国文学，提出“第三次的文学革命运动”的要求。瞿秋白提倡“大众文艺”，就是以这种新的语言为工具。我国古典小说中，一部分虽然是文言小说，但可以吸取其语言的养料。另一部分白话小说，比较接近现代汉语，富有表现力。当时有人强调古典小说的“技术”，忽略语言文字，认为：旧小说之所以更能接近大众乃在其有接近大众的技术，而非在文字，技术是主，作为表现媒介，文字本身是末。①

瞿秋白不同意这种意见，他对古典小说的语言，虽注意得不够，但对白话小说的语言，并未轻视：“宋人平话和明朝的说书等等，都是章回小说的祖宗。而现在的新式小说，据说是白话，其实大半是听不懂的鬼话。这些作品的祖宗显然是古文而不是‘平话’。”②

除此之外，还可以从瞿秋白的文章里，举出关于古典小说的论述，如他将欧洲中世纪的武士道的文学和中国中世纪的武侠小说并提。但他肯定《水浒》和它们不同，“是一部名贵的文学典籍”。“模仿《水浒》的可以有一万部”，然而模仿到“草泽的英雄”上去，结果即使不是做皇帝，至多也不过劫富济贫罢了。③ 这倒展示了一个文学史上的有趣现象。

我们这样说，并不以为瞿秋白已经系统地研究了我国古典小说，

---

① 止敬：《问题中的大众文艺》。

② 瞿秋白：《哑巴文学》。

③ 瞿秋白：《吉诃德的时代》。

全面地阐述了许多理论问题。作为一个马克思主义的批评家，他的研究对象主要不在这方面，而在马克思文艺理论和俄国文学的研究上。和鲁迅同时代的文学史家，值得提出的是郑振铎。郑振铎在古典小说版本的搜集以及文学史研究上面，留下了他的历史地位。他的《插图本中国文学史》，虽成书于 30 年代初叶，但他的研究活动，也在五四前后。这部文学史，产生在胡适的《白话文学史》之后，有它自己的特色。胡适这部没有完篇的《白话文学史》，以所谓白话文学为发展线索，可是白话小说的分量是很轻的，而且按照他的意思，五四的新文学运动，不过是我国历史上白话文学的继续发展。他的资产阶级改良主义的思想，在学术研究上不能不体现出来。郑振铎的《插图本中国文学史》谈了魏晋故事集与笑话集，唐传奇文的兴起，宋话本产生以后的讲史与英雄传奇，近代长篇小说的进展，等等。这部文学史，材料丰富，论述详尽。但正如鲁迅所批评的那样，“史”的线索不够突出。郑振铎在书的绪论中介绍了中国文学史的著述情况，他谈到瞿理斯的英文本《中国文学史》，“自称为第一部的中国文学史”。该书第一版是在 1901 年，比我国林传甲所著的一部早三年。尽管郑振铎认为“最早的‘文学史’都是注重于‘文学作家’个人的活动的，换一句话，便是专门记载诗人、小说家、戏剧家等等的生平与其作品的。这显然的可知所谓‘文学史’者，不过乃是对于作家的与作品的鉴赏的或批判的‘文学批评’之联合，而以‘时代’的天然次序‘整齐划一’之而已”。可是，他自己的文学史著作，也不能摆脱作家与作品鉴赏之“联合”的弊病。可见，这个问题，是要在不断的探索和艰苦的劳动中去逐步解决。在这方面，鲁迅是做得比较好的。

郑振铎指出唐代传奇的章节，热情充沛，清新华丽，充分肯定了它在“文学史上的地位”。他认为传奇文比肖、李、韩、柳的散文更为重要。我们不妨摘录一段，以飨读者：“他们（指传奇）是我们的许多最美丽的故事的渊薮，他们是后来的许多小说戏曲所从汲取原料的宝库。其重要有若希腊神话之对于欧洲文学的作用。而他们的自身又是那样晶莹可爱，如碧玉似的隽洁，如水晶似的透明，如海珠似的圆润。有一部分简直已是具备了近代的最完美的短篇小说的条件。……他们是中国文学史上有意识的写作小说的开始。他们是中国短篇小说上的最高的成就之一部分。他们把散文的作用挥施于另一个最有希望的一方面去。”文学史著作写得如此有文采，具有散文色彩，并不多见。

胡云翼的《中国文学史·自序》中写道：郑振铎的《中国文学史》内容至为丰富，可作详细的参考读物。胡云翼写序时，郑振铎的文学史还未出齐。

这些文学史著作，和鲁迅没有多少直接关系。盐谷温的《中国文学概论讲话》，则和鲁迅的《中国小说史略》有些瓜葛。“现代评论派”诬蔑鲁迅这部小说史著作是抄袭、剽窃盐谷温的著作。鲁迅义正词严地驳斥了这一谰言。鲁迅说他写小说史略时，曾参考过盐氏的某些章节。鲁迅的观点和盐氏在许多方面都不相同。盐谷温的这部文学史著作，注意中国的戏曲、小说，将其列为专章，其中小说的篇幅，占全书的一半，作者把中国小说发展的粗线条勾勒出来，有可取之处，但对作品内容引得过多，中国古典小说发展的外部和内部的原因，只偶尔涉及，仍看不到其发展的过程和概貌。

日本的盐谷节山教授，是受过鲁迅影响的一位学者。增田涉在《鲁迅的印象》中谈道：《中国小说史略》“那材料的丰富和体系的完整使人惊异。因为当时谁也不注意，所以他给与新的研究的启发是不少的。受了它的刺激，盐谷先生完成了明代小说三言、二拍的研究，弄明白了《古今奇观》的成立系统”。但鲁迅也利用别人的研究成果，得到别人的帮助。如 1926 年 7 月 13 日收到盐谷节山学生长泽规矩也氏寄自东京的“以《三言》为中心之小说书目并表五分”。后来盐谷节山托辛岛骁君带《全相平话三国志》一部赠给鲁迅。1926 年 10 月，鲁迅得盐谷节山所著《关于明的小说“三言”》，在

《中国小说史略》三版付印前改订第十四、十五及二十一篇时，采用盐谷节山提供的资料。

这些事实，说明了鲁迅成为中国伟大的文学史家，不是偶然和孤立的现象。他和同时代的中国和外国的研究者，发生这样和那样、直接和间接的联系。同时，我们从中看到鲁迅在中国小说史、文学史研究中的不可磨灭的地位。正如冯雪峰所写的："鲁迅又是一个博学而有独到见解的文学史家。"①

（收入许怀中：《鲁迅与中国古典小说》，陕西人民出版社 1982 年版，有改动）

① 冯雪峰：《鲁迅的文学道路》，湖南人民出版社 1980 年版，第 98 页。

鲁迅与文艺思潮流派

一、历史的回顾

各民族之间文化思想的江河，绝不会是互相隔绝的。中国和外国文化的交流，可以追溯到遥远的汉魏时代。我国文化的源流，曾经浸润过世界文化园林的土地，这是无可置疑的。这里我们主要叙述外国文化、文艺思潮流派对我国文化、文艺发展的影响。

翻开我国近代思想史，从资产阶级改良派登上历史舞台活动开始，到辛亥革命前后，康有为、谭嗣同、梁启超等，都和外国文化有过或多或少，或深或浅的结缘。严复算是近代介绍西方学术思想之第一人。严氏西洋学说思想介绍，为中国输入西洋资本主义社会思想之始。据当时人士的回忆，严复译介的《天演论》在我国文化思想界，富有魔力似的激起了人们的热情，什么“物竞”“争存”……成了人人的口头禅。[1] 鲁迅在南京求学时期，《天演论》像吹来的一股清新的凉风，沁入青年鲁迅的心坎。

严复译介赫胥黎的《天演论》，不只把达尔文的进化论介绍到中国，同时也把斯宾塞的思想学说介绍到中国来。因为斯宾塞和达尔文同时，承认《天演论》最早，提倡最力，并把进化论的法则运用到心理学、社会学、哲学中去。后来严复又译了斯宾塞的《群学肄言》。斯宾塞是英国的哲学家，著有《原理论》《生物学原理》《心理学原理》《社会学原理》《伦理学原理》《教育论》《科学底分类》等。

这时期还有王国维介绍西方哲学，他是继严复之后介绍西方文化思想的重要代表人物。他对于叔本华、尼采之哲学尤有心得，译有《叔本华遗传说》，著有《叔本华之哲学及教育学说》等书。王国维介绍叔本华的思想到中国之后，同时也介绍了尼采的思想。叔本华思想是尼采思想来源之一，尼采后来又取了康德的实证哲学。王国维介绍尼采学说，把他与叔本华加以比较。王国维说："二人以意志为人性之根本也同，然一则以意志之灭绝，为其伦理学上之理想；一则反是。一则由意志同一之假说，而唱绝对之博爱主义；一则唱绝对之个人主义。""尼采之学说，全本于叔氏。……叔氏谓吾人之知识，无不从'充足理由之原则'者，独美术之知则不然。其言曰：'美术者，离充足理由之原则而观物之道也。……天才之方法也。……尼采乃推之于实践上，而以道德律之于个人，与充足理由之于天才一也'。……由叔本华之说，最大之知识，在超绝知识之法则。由尼采之说，最大之道德，在超绝道理之法则。……尼采由知之无限制说，转而唱意之无限制说。……使吾人回想叔本华之天才论曰'天才者，不失其赤子之心者也，……赤子，能感也，能思也，能教也。……彼之知力盛于意志。'……叔氏于其伦理学，及形而上学，所视为同一意志之发现者；于知识论及美学上，则分为种种之

[1] 参见郭湛波：《近五十年中国思想史》，北平人文书店1936年版。

阶级。……更进而立于大人与小人之区别。……对一切非天才而加以种种之恶谥：曰俗子，曰庸夫，曰庶民，曰舆台，曰合死者。尼采则更进而谓之曰众生，曰众庶。”① 这里王国维将尼采、叔本华比较介绍，说明尼采思想来源于叔本华。叔氏认为世界之本体，即意志，而意志不能满足，便是痛苦，要去痛苦，即否定意志，超现世。尼氏则不然，以为意志之不能满足，正使我们奋斗无止境；不只要学达尔文的“生物竞争，适者生存”来适应环境，还要拿人类理智产生的生生不息的活势力来征服环境，创造环境。所以他主张“超人”学说。1902 年，《民铎》二卷一号出《尼采号》，有白山的《尼采传》、符铎的《尼采之一生及思想》、朱侣云的《超人和伟人》、李石岑的《尼采思想之批评》、J. T. W. 的《尼采学说之真价》和《尼采之著述及关于尼采研究之参考书》等。王国维介绍叔本华等的美学思想，又有西方文艺复兴以来各种思潮在中国的流布传播，为近代中国文化注入了新的内容。资产阶级改良运动，开始翻译和介绍西方作品，据统计，晚清小说刊行有 1500 种以上，而翻译小说又占全数的三分之二。其中林纾的译作包括 170 多种外国作品，曾在当时有过较大的影响。马君武、苏曼殊等翻译了歌德、拜伦和雪莱的诗歌，它们在进行反清和民族民主革命的宣传方面，都曾起过积极的作用。

辛亥革命后，资产阶级革命派取代资产阶级改良派登上历史舞台。孙中山为代表的革命先行者，一方面顺应了世界思想的潮流，一方面保存、发扬中国固有的民族精神、文化。但资产阶级革命派在传播西方思想文化思潮方面，还不能在近代文化思想史上留下重要的篇章。而鲁迅，却开始了他的介绍西洋文艺思潮有声有色、卓有成效的活动。

从辛亥革命到五四运动，以李大钊、陈独秀、胡适等为代表的知识分子，介绍西方文化思潮，做了大量的工作，在思想文化史上，

---

① 转引自郭湛波：《近五十年中国思想史》，北平人文书店 1936 年版，第 365 页。

应该留给他们应有的历史地位。众所周知，李大钊是介绍马克思主义最早的一人。陈独秀把唯物辩证法介绍到中国来，并于1927年风行起来。胡适介绍杜威的“实用主义”哲学。杜威于1918年到中国讲学，在中国颇有影响。他讲的是《现代的三个哲学家》，不只把詹姆士介绍进来，同时也把柏格森的思想向我国知识界介绍。柏格森著有《物质和记忆》《创造的进化》《形而上学序论》《能力心灵论》等。自杜威介绍后，到了1922年，《民铎》出版了《柏格森号》专版（三卷一号）。其中有严既澄的《柏格森传》、张君劢的《法国哲学家〈柏格森谈话记〉》、冯友兰的《柏格森的哲学方法》、张东荪的《柏格森哲学与罗素的批评》、李石岑的《柏格森哲学之解释与批评》《柏格森之著述与关于柏格森研究之参考书》等。张君劢写道：“呜呼！康德以来之哲学家，其推倒众说，独辟蹊径者柏格森一人而已。昔之哲学家之根本义，曰常，曰不变，而柏氏之根本义，则曰变，曰动。昔之哲学家曰：‘先有物而后有变有动’；而柏氏则曰‘先有变有动而后有物。’惟先物而后变动焉，故以物为元始的，而变动为后起的。惟先变动而后物焉。故以动为元始的，而物为后起的。……柏氏曰：‘此年月日时分秒及数学的时间也亦空间化之时间也。吾之所真时间则过去，现在，未来三者相继续，属之自觉性与实生活中，故非数所得而表现。’……”① 柏格森的哲学思想，引起了一部分人的兴趣。

李大钊以《新青年》为阵地介绍马克思主义，至1919年出《马克思学说》，上有凌霜《马克思学说批评》、刘秉麟《马克思传略》、李大钊《我的马克思主义观》、陈启修《马克思研究》（六卷五号），至1920年有陈独秀《关于社会主义的讨论》、李大钊《唯物史观在现代历史学上的价值》（八卷四号），至1921年有李达《马克思派社会主义》、陈独秀《社会主义批评》、高一涵《共产主

① 提引自郭湛波：《近五十年中国思想史》，北平人文书店1936年版，第374—375页。

义历史上的变迁》、李达《讨论社会主义并质梁任公》。九卷六号《新青年》有陈独秀的《马克思学说》、赫评的《马克思学说之两节》等。

这时期的文艺思潮流派的介绍，真是五花八门，绚丽多彩。正如鲁迅翻译的《近代美术史潮论》上所说：历史上“有着眩眼的繁复而迅速的思潮的变迁”[①]。东西方文艺思潮流派被介绍进来，远比近代活跃而繁多，其中介绍有易卜生、弗罗依特、厨川白村、果戈理、契诃夫、托尔斯泰等人的思想。五四时期，《新青年》介绍了俄国、法国、波兰、英国、瑞典、西班牙、丹麦、阿美尼亚、南非、日本等国的作品，理论方面有《现代欧洲文艺史谭》《陀思妥夫斯奇之小说》《读武者小路君作一个青年的梦》《易卜生主义》《日本近三十年小说之发达》《文学上的俄国与中国》《哈姆生和斯劈脱尔》《十九世纪及其后的匈牙利文学》等。其他如《新潮》、《晨报》副刊，以及《小说月报》《创造季刊》《创造周刊》《创造日》《语丝》等评介的作品和理论，涉及世界各国，谈到思潮流派，有浪漫主义的、现实主义的、现代主义的、自然主义的……《语丝》上有一篇文章说：“在近代的各种艺术运动史上放眼看去，都是那么经过来了的。文艺上经了浪漫主义的震荡，自然主义的深沉，然后方才达到百花缭乱的各种流派的全盛时代。”[②] 这里的“自然主义”，其实是现实主义。这大体上概括了从近代到现代的文艺思潮流派的发展历史。也说明了我国二三十年代，是介绍百花缭乱的各种流派的全盛时代。

第二次国内革命战争时期，国内介绍的国外思想以马克思主义的辩证唯物论为主，在文艺上，介绍有苏联的普列哈诺夫、卢那卡尔斯基等的文艺思想，此外还有各种其他文艺思潮流派。

---

① 《鲁迅全集》第15卷，人民文学出版社1973年版，第17页。

② 徐祖正：《山中杂记》。

二、关于文艺思潮的研究

我国的革命文学运动，经过了全国解放和粉碎林彪、“四人帮”反革命集团以后拨乱反正两次重大的转折的历程，使我们有更为丰富的正反两方面的经验，并创造性地运用马克思主义，以新时期的审美和历史的眼光，去重新研究和透视现代文学领域的思潮流派和文艺运动。

近年来，现代文学领域的思潮、流派的研究，日益引起了人们的重视。中国社会科学院文学研究所现代文学研究室主办的中国现代文学思潮流派问题学术交流会，对中国现代文学史上各种文学思潮、文学流派的产生、发展及其影响作了研讨，并从中国现代文学史上的种种文学思潮、文学流派的消长的角度，探讨了文学发展的规律。同时交流会还就中国现代文学与中国古代文学的关系，中国现代文学和外国文学的关系，马克思主义文艺理论在中国的传播与发展等问题，进行了初步的交流、探讨。隔了八九个月之后，中国社会科学院又召开了中国现代文学思潮、流派学术交流会，围绕着探讨文学思潮与流派的演变规律、古典与外来文学思潮对现代文学的影响，展开了究讨。

在研究界，陆续出版了一些关于欧洲文艺思潮以及我国现代某一文学流派的研究著作或论文，虽然它们的数量还寥寥可数，但其毕竟是报春的第一燕。我们现在加强现代文学领域的文艺思潮流派的研究，其意义至少不下于这些方面：第一，构成现代文学史的新结构，丰富文学史的内容。第二，把作家作品放在文艺思潮流派中进行研究，既可以从宏观方面去研究现代文学发展，又不失对作家作品的微观的研究，两者可以相得益彰，相辅相成。第三，重新评价文艺思潮流派和文艺社团。随着时间的流迁，可以摆脱时代的局限，从更高的历史和审美的高度，透视文艺思潮流派、社团的客观性，以便作出新的评价、新的结论。第四，总结文艺思潮流派发展运动的普遍性与特殊性，大胆探讨它们和外国文艺思潮流派的关系，继承传统，借鉴外国，以促进我国社会主义文艺多风格、多流派的形成与发展，形成潮随潮涌、流派竞逐的新局面。

文艺思潮流派的介绍和研究，当然不是近年来才开始的。二三十年代就有不少专门的译著，如黄忏华编的《近代文艺思潮》（1924年2月2日商务印书馆出版）。编者在简短的卷头语中表明了他的文艺观："文学，是从心灵底秘奥流出底灵泉，又反哺似的滋润心灵底。"又说："我们底心灵，在抽象的考究和超越的算想之后，时常要求客观的观相；艺术，尤其是文学，正是应这种本然底要求生出来底，是我们最初又最后唯一安住底天地。"编者的艺术观是唯心主义的。他叙述了欧洲从古典主义经过浪漫主义到自然主义、新浪漫主义和印象主义、颓废派、象征主义、神秘主义以及新理想主义等文艺思潮流派的变化。编者在概括中说明了研究文艺思潮的必要性，他写道："文学，是时代风尚底明镜，又是时代风尚底先驱者，时代和文学，无论如何，也有密切关系，所以要知道现代，就不可不知道现代文学。但是文学思潮底变迁，是用有机的关系连续着底；所以要知道现代文学，又至少也不可不知道近世底文学思潮。"这里作者看到现代文学和欧洲近代文艺思潮的联系，可谓是真切之见。书中谈文学和时代、文学和文艺思潮之间的关系，也有可取之处。瞿然译的日本宫岛新三郎著的《欧洲最近文艺思潮》（上海现代书局发行）也是介绍欧洲近代文艺思潮的专书。

在我国比较有影响的是厨川白村著的《文艺思潮论》①，厨川从欧洲古代文艺思潮开始论述，直到现代文学的新潮。其中贯串着"灵"与"肉"的两大思潮的起迭交替的历史发展过程，并以"灵肉

---

① 樊从予译，商务印书馆发行，1924年12月初版。

合一观”为艺术的理想的境界。所谓“肉”，即是希腊的思潮，亦是兽性，肉体生活，外在的自己，自然本能的个人生活；所谓“灵”，即是希伯来的基督教思潮，亦是神性，精神生活，内在的自己，道德的社会生活。

徐懋庸的《文艺思潮小史》（1936年）以弗理契的《欧洲文学发展史》、柯根的《世界文学史纲》为根据，论述了欧洲上古和中世纪的文艺思潮、文艺复兴，古典主义、浪漫主义、现实主义，所谓世纪末的文艺思潮以及20世纪的种种文艺思潮的演变等等。著者正确地认为作家作品派生于时代思潮所奔流的大河床。如《浮士德》《复活》实际上都是其时代思潮的产物。“各时代的作家的作品的形象和观念、内容和形式，风格和样式，都是被当代的文艺思潮所决定的。所以，当我们接受丰富的世界文学遗产之际，要对各时代的文艺作品能够有深刻的理解，不可不明白文艺思潮的流变。”作者指出决定各代思潮流变的根本力量，应该从社会经济生活中去找解释，否定过去一种颇有权威的解答，“那就是基督教思潮和异教思潮的斗争说”。徐懋庸所说的“权威”，是指厨川白村。他批判厨川的解释。按厨川的观点：“凡翻欧洲的文明史者，一定会觉得在其根底，显然有以人间的本性为基础的两种相异的潮流。……这就是历史家所谓人性之异教的、基督教的二元论”。所谓希腊主义精神是尊重肉体美，尊重现实的精神，现之于艺术之上，便成了自然主义或现实主义的倾向和性质。希伯来思潮是基督教的新旧约书，否定现世，排斥现世主义，而重来世主义，排斥人类尊重主义而重神明主义，舍去肉的倾向而重灵的倾向，嫌弃自然生活而重理想生活，除去本能满足而重禁欲主义，等等。徐懋庸否定了厨川的这种看法，指出许多学者以为历代思潮的起伏消长，不外是这两大潮流斗争的结果，同时据说这两大潮流不会永远斗争下去，“现代的文明暗示给我们，这两个潮流，终须相汇合而成大海，而有引起美妙的伴奏底调和的一境”。在这个调和的境地，文化才能够满开它的艳丽的花，这境地便是所谓灵肉合一的“第三帝国”的理想境。徐懋庸说：如上的这种理论的缺点很多，它的区分时代，就十分笼统。照这种理论说来，上古希腊罗马时代，是希腊思潮的支配时代，中古时代，是希伯来思潮的支配时代，是希伯来思潮胜利的时代，而自十五六世纪文艺复兴期以来的所谓近代，则是希腊思潮复活的时代，这显然是不正确的。“我们知道，自文艺复兴期以来，直到现在，文艺思潮的流变非常急剧，这其间由古典主义发展到浪漫主义，现实主义，自然主义，后来又有所谓‘世纪末的文艺思潮’的唯美主义，象征主义等，后来又发展到社会主义的现实主义。这许许多多的文艺思潮的内容，各各不同，是并不能用希腊主义的内容加以统一的。”此外，这种理论，对于两种思潮此起彼伏的原因，也无法说明。如厨川讲到希腊思潮第一次被希伯来思潮所代替，讲到中世纪思潮嬗变到近世思潮的时候所说的，“思潮的变迁，只是由于人类的本能的‘喜’‘厌’。而且喜厌的结果，只是钟摆似的在两个一定的思潮之间摆来摆去而已。这不但把决定的力量看得太空泛，并且完全抹杀了思想进化的事实”。徐懋庸试图以唯物史观来解释文艺思潮和流派现象，并预示社会主义社会文艺思潮的特点，它“统一了历代的思潮中的最高的理想，向着一种空前的伟大而美丽的境地而发展”。值得提出的是，这书的最后一章谈中国文艺思潮的演变，认为中国文艺从《诗经》开始，已有3000年的历史。在五四前两三千年中，“文艺思潮的流转，反不如五四以后的十七八年中来得快”。作者虽然谈得颇为简略，但总算是接触到中国的文艺思潮了。

除了厨川白村的著作，相关外国文艺思潮著作在中国有反响的，不能不提到丹麦文艺评论家勃兰兑斯的《十九世纪文学主流》《十九世纪波兰浪漫主义文学》（正题是《波兰印象记》）等。《十九世纪文学主流》是勃兰兑斯的主要理论批评著作，是他的传世之作，蜚声世界学术界。该书前三卷讲的是欧洲日益滋长的反动情形，而题为《英国的自然主义》的第四卷则是一个转折点，主角是拜伦。1886年，勃兰兑斯应邀赴华沙作学术讲演，畅游波兰各地并和各阶层人士接触。次年他又有俄国之行。回国以后他于1888年发表了《波兰印象记》和《俄国印象记》，对波兰民族解放运动寄以同情。勃兰兑斯从心理学角度，以比较方法研究文艺思潮流派，独具匠心。据周作人回忆，在日本留学时，勃兰兑斯的《波兰印象记》是鲁迅所爱读的书之一。

鲁迅曾向读者推荐勃兰兑斯的《十九世纪文学的主要潮流》一书，他说："文学史我说不出什么来，其实是 G. Brandes 的《十九世纪文学的主要潮流》虽是人道主义的立场，却还很可看的，日本的《春秋文库》中有译本，已出六本"①。

李何林编著有《近二十年中国文艺思潮论》，在重版说明里，编著者说：这本书"只能叫做文艺思想斗争史资料'长编'，不是'史'"，还没有总结出它的"史"的发展脉络或规律。但它毕竟是第一部论述我国现代文艺思潮流派的专书。作者在序里概括了这段文艺思潮的特点："在这短短的二十年期间，一方面受了世界各国近二三百年文艺思潮的影响，一方面因为国内外的政治经济社会文化的变迁，使中国的文艺思想，或多或少的反映了欧洲各国从十八世纪以来所有的各文艺思想流派的内容"。"但是，人家以二三百年的时间发展了的这些思想流派，我们缩短到了'二十年'来反映它，所以各种'主义'或'流派'的发生与存在的先后和久暂，不像欧洲各种文艺思潮的界限较为鲜明和久长；或同时存在，或昙花一现的消灭。"这是颇有见地的话。作者把这段文艺思潮分为三段：第一阶段是由 1919 年的五四到 1925 年的五卅；第二阶段是由 1925 年的五卅到 1931 年的九一八；第三阶段是由 1931 年的九一八到 1937 年的八一三。作者十分重视鲁迅在文艺思潮上的重要历史地位，他引用鲁迅文艺论材料甚多，并写道："以见我们的'新中国的圣人'在近二十年内各时期里面中国文艺思潮的浪涛中，怎样尽他的'领港'和'舵工'的职务"。这是作者的真知灼见。

让李何林所受启发的《欧洲近代文艺思潮论》一书，系日本本

① 《鲁迅书信集》上卷，人民文学出版社 1976 年版，第 465 页。

间久雄著，我国 20 年代曾有沈端先的译本。全书共 12 章，从文艺复兴谈到世纪末的文艺思潮。这书的特点是比较详细，结合代表性作家作品谈思潮流派。书中引用的理论，有时使人感到“奇特”，如第 6 页引意大利 12 世纪至 13 世纪诗人托尔巴独亚的话：“恋爱的幸福是甜的，但是恋爱的悲哀是更甜的。”

三、鲁迅研究文艺思潮流派的历史地位

鲁迅是研究各国文艺思潮流派的大师。他评介、传播文艺思潮流派，在我国近现代文艺史上有着不可磨灭的地位。研究鲁迅如何研究和对待各种文艺思潮流派，不是可有可无的课题。

社会思潮是时代的产物，但社会思潮也会影响时代。文艺思潮是社会思潮的分流和支流，但它可以扩社会思潮之波澜。

研究文艺思潮流派，必须联系社会思潮以及哲学与科学的发展、政治等因素。“要说明写实主义和自然主义是反对浪漫主义而起来的运动的理由，非预先考察当时文艺以外的其他倾向不可。在这一点，第一不可遗漏的，是文明史家的所谓现实思潮的兴隆，更详细地说，就是自然科学及实证哲学，或唯物史观乃至社会主义的勃兴。”这里所说的几个方面的条件，自然是必不可少的，除此之外，当然还要联系经济条件。

有时，文艺也会影响社会潮流。如歌德的《少年维特之烦恼》出版之后，有不少人，特别是青年一代人，被“维特热”弄得神魂颠倒，心醉神迷。他们穿维特式的服装，过维特式的生活，甚至仿效维特自杀。一般西方文学史家把维特所代表的颓废倾向称作“世纪病”。表面上看，似乎是文艺影响社会潮流，这一面当然是存在的。但究其根底，却是由于社会思潮煽起文艺思潮的热炽。正因为

当时德国青年中存在“世纪病”的思潮，才能从维特身上找到着火点。但歌德在叙述这种现象时，也无视这一点。歌德否认维特与时代有关，说产生“维特”的阴郁心情只能涉及个人的特殊遭遇。歌德的看法，正代表西方资产阶级上升时期正开始流行的个人至上的自我中心观点。

鲁迅的文艺活动，不是从创作开始（不排斥个别的作品），而是从介绍外国文艺作品和文艺思潮流派开始。1903 年 6 月，鲁迅除了在《浙江潮》第五期发表《斯巴达之魂》之外，便是发表翻译法国雨果的随笔《哀尘》（附所作《哀尘》译者附记）。这是他最早介绍的外国文学。1907 年筹办《新生》杂志未成，这一年他翻译英国哈葛德与安德鲁·兰合著小说《红星佚史》（原名《世界的欲望》）中的十六节诗，在《河南》上发表的论文，其中介绍“摩罗诗派”文艺思潮，是鲁迅“新生”文艺运动的主要内容。《人之历史》以解释海克尔（鲁迅译作黑格尔）的《人类发生学》为主，介绍了达尔文的生物进化学说及其发展的历史，是中国早期介绍达尔文学说的重要论文之一。当然，此文和《科学史教篇》主要介绍西方文化科学思潮，《文化偏至论》旨在反对盲目崇拜西方资产阶级的“物质文明”，批判拜倒在西方脚下的“唯物派”的同时也挞伐拒绝接受西方文化的妄自尊大的顽固派。但是，《摩罗诗力说》则是我国近代史上系统介绍西方民主革命思想和文艺思潮流派的著名文献。这些论文是在当时的革命潮流和鲁迅的爱国主义与民族主义思想推动下，为促进革命文化的启蒙运动而写成的。后来瞿秋白正确评价其历史地位说：“鲁迅的叙说这些天魔诗人（斐伦等等），目的正在于号召反抗，推翻一切传统的重压的‘东方文化’的国故僵尸。他是真正介绍欧洲文艺思想的第一个人。”① 瞿秋白看到鲁迅这一名篇对“东方文化”国故僵尸的批判，可谓眼光锐利。

介绍“摩罗派”，是在鲁迅介绍、研究文艺思潮的第一个时期，

---

① 瞿秋白：《〈鲁迅杂感选集〉序言》。

这和启蒙主义思想所提倡的行为是一致的，其目的是“为‘立人’”，即把群众的思想、精神振奋起来，这和他的要“立国”先“立人”的思想分不开。

第二个时期在五四前后。鲁迅介绍和研究文艺思潮流派，贯穿着“为人生”的革命目的。“为人生”即他所说的：揭出社会的病根，暴露人们精神上的病态，为了引起疗救的注意。这一时期可以说是从“为‘立人’”到“为‘救人’”，即通过文学的功能，起“治病救人”的作用。这和前期的启蒙主义思想一脉相承，但更加深沉、更进一步发展了。其中包含着为革命先驱呐喊助威，“听将令”的部分质的飞跃在内。这时期鲁迅除了研究中国古典小说、揭示其小说流派的发展变化的历史规律之外，主要从事创作，同时也注意文艺思潮流派。

第三个时期，是五四退潮以后到五卅前后，这时期可说是鲁迅的探索时期。这时期其文艺活动的特点是一方面介绍重主观的文艺流派，如厨川白村的《苦闷的象征》之类，仍然带有“立人”“救人”的启蒙色彩，另一方面重视苏联十月革命后文艺思潮流派，含有追求新思潮的意蕴。

第四个时期是1927年底以后介绍马克思主义的文艺思潮，同时为了建设无产阶级革命文学，继续介绍西欧、日本等国的文艺思潮流派。这一时期鲁迅对文艺思潮流派的研究、介绍，有着明确、坚定的“为无产”和其所说的为广泛的“新人”的目的。总括上述，鲁迅介绍文艺思潮流派，还是围绕“人”的问题，只是不同时期为“人”的内蕴有所发展、变化，这也反映了他的世界观、文艺观的发展、变化。

在鲁迅浩繁的卷帙里，关于中外文艺思潮流派的论述，真如恒河沙数，多得不胜枚举。如总结中国文学和小说发展历史经验的专著《汉文学史纲要》《中国小说史略》《中国小说的历史的变迁》，以及论文如《魏晋风度及文章与药及酒之关系》等，就集中、完整地阐发了我国文学和小说发展过程中的文艺思潮与流派的演变。鲁迅从我国文艺的实际情况出发，而不是以西欧的文艺思潮流派的发展规律来套我国的文艺，独辟蹊径地揭示了我国传统的文艺思潮流派的发展过程和特点。我国小说的流派在唐宋传奇中就已具备，它以反映社会生活的内容，以及题材的特点为主可分为种种文艺流派，有写男女爱情的言情小说、写侠义的、写神魔的、写狐变的、写人物传记的、写案情的、写鬼异精魅的……这些是后来的“人情派”“神魔派”“公案派”“侠义派”“才子佳人派”等的滥觞。也有以地区或文艺思想、写作倾向相类而形成的流派，如“竹林七贤派”“田园派”“江西派”“性灵派”等等。但它不像欧洲那样有一个又一个明显的文艺运动的表现形式，它和革命要求有直接或显明的联系，又有哲学思想体系的支撑。它们虽大多由法国发源，但波及的国家、民族众多。而中国的文艺思潮流派，是在一个国家内部的历史轨道上进行，漫长的封建社会，使文艺思潮的表现形态不可能像欧洲那样以一个浪潮接一个浪潮的大规模运动的形式出现。当然，不能因此说我国文艺思潮流派发展过程中，就没有像欧洲的现实主义、浪漫主义等等的流派，只是我们没有像它们那样的古典主义之后便是浪漫主义的浪潮，浪漫主义之后，是现实主义浪潮，接着又是自然主义及现代主义等等一浪又一浪、后浪推前浪或后浪代前浪的运行形式。我国文学上的现实主义、浪漫主义的浪潮，是起伏交替，新旧嬗递，回旋流淌。大体上说：《诗经》比较偏重于朴实的现实主义，到了春秋战国，许多思潮流派各呈异彩，是文艺思想大解放时期。秦统一中国前后，楚汉文学是偏重于浪漫主义的。魏晋是文学的自觉时代，正如鲁迅说的是“为艺术而艺术”的时代，它以转向人的内心、性格和思辨为特征。唐李杜诗歌，有比较偏重浪漫主义和比较偏重现实主义的潮流，而这时的浪漫主义和屈原时代相比，注进了新的时代和诗人个人的内容，增加了叛逆思想、个人任性使气、傲岸不羁，纵横恣肆，表现出向传统思想、世俗习惯反抗挑战的精神。鲁迅认为李白是中国文学史上的一个高峰，李白也是鲁迅最赞赏的诗人之一。杜甫的现实主义，比《诗经》的现实主义，已前进了一大步。其诗无论从反映现实的深度或广度上说，还是从艺术技巧、艺术表现力来说，都是《诗经》所远远不能比的。后来的文学，也都如此。如果谁要用欧洲文艺思潮流派发展的模式、框框来套中国文艺，就要坠入五里迷雾，看不清真面目来，甚至弄出偏狭扭曲的弊病来。

19 世纪末到 20 世纪初，人们不再只注视着本国的文艺传统，而开始把眼光投射到国境之外去寻找新的东西。新的文学运动的倾向已经显露端倪之际，本国原来的古典文学不再能满足新时代的精神要求，人们不得不去借鉴和借用外国的文艺思潮流派。外来的新思潮，催发了文学革命的新芽。但是，我国现代文学及其文艺思潮流派的发展仍然带有自己的特点。鲁迅写的《〈中国新文学大系〉小说二集序》，便是总结 1917 年以后第一个十年现代文学思潮流派产生、发展的历史的重要篇章。鲁迅在许多论文、杂文、书信里，触及文艺思潮的地方，真是错彩镂金，五色斑斓。只要翻一翻鲁迅的日记，鲁迅书账中提到有关文艺思潮流派的书籍，不下数十种。如《文艺思潮论》、《文艺复兴论》（1924 年记）、《俄国现代的思潮及文学》（1925 年记）、《最近思潮批判》、《近代美术史潮论》、《近代文艺思潮概论》（1927 年）、《现代美学思潮》、《欧洲文艺思潮史》（1930 年）、《露西亚文学思潮》（或《俄国文学思潮》）、《文学思想研究（一）》（1932 年记）、《最新思潮展望》（1933 年记）等等，从这不完全的统计看出，鲁迅是多么关注外国文艺思潮流派。

鲁迅现代文学思潮流派论的精粹之处，是对现代文学史上“为人生”“为艺术”两大主潮的概述，总结出这两大主潮的变化以及其支流、逆流，揭示出它们消长得失的规律。鲁迅还抓住了重客观和重主观两大主派的本质问题，揭示了文艺创作上流派变异的规律，这对我们今天的文艺创作，不失为一盏指引前途的明灯。

这些问题，我们将在别处专论，此处暂且略去。

四、鲁迅和同时代人对文艺思潮流派的研究

要进一步了解鲁迅在研究、传播文艺思潮流派方面不可磨灭的历史贡献，还要简略介绍鲁迅同时代人的贡献。

和鲁迅同时代的作家，对文艺思潮介绍、研究最力者还有茅盾。茅盾的文论中，有关论述极多，归纳起来，大致如下。

第一，文学家应是传播新思潮的先锋。

茅盾在《现在文学家的责任是什么?》中谈了新思潮与文学家的关系："自来一种新思想发生，一定先靠文学家做先锋队，借文学的描写手段和批评手段去'发聋振聩'。"① 他认为 18 世纪个人主义的新思潮发源于卢梭的两部小说，"自来新思潮的宣传，没有不靠文学家做先锋呀!"茅盾主张用文艺来鼓吹新思想，他感到"中国尚没有华文的详明西洋文学思潮史"。同时他痛感当时文艺界对外国文艺思潮流派缺乏了解，他说："国人（指普通人）对于西洋文学的派别源流，明白的很少"。他提倡要系统地介绍西洋文艺流派，因为文艺创作"又是随各人天才的不同，分出几多派别，不论是写实派、神秘派、表象派、唯美派……都只是艺术上的不同"。② 茅盾把介绍新思潮流派视为作家的神圣职责。鲁迅要求"最好是有一些统系"地介绍外国文艺思潮流派的书。就这一点说，他和茅盾的主张是很一致的。

第二，改革《小说月报》，接纳新潮。

---

① 《东方杂志》第 17 卷第 1 期，1920 年 1 月 10 日。

② 《时事新报》副刊《学灯》，1920 年 2 月 4 日。

茅盾接手主编《小说月报》后，即刻进行改革，改革的主要内容之一便是介绍新思潮流派。他写道：《小说月报》“今当第十二年之始，谋更新而扩充之，将于译述西洋名家小说而外，兼介绍世界文学界潮流之趋向，讨论中国文学革进之方法”。又说：“介绍西洋之新说，以为观摩之助”。茅盾主张以西洋文艺思潮流派为借鉴，促进文学的革进，推动新文学的发展。

茅盾在《小说新潮栏宣言》中说：中国翻译小说“不合时代”，“况且西洋的小说已经由浪漫主义（Romanticism）进而为写实主义（Realism）、表象主义（Symbolism）、新浪漫主义（New Romanticism），我国却还是停留在写实以前，这个又显然是步人后尘。所以新派小说的介绍，于今实在是很急切的了”。另一方面，他反对冒冒失失“唯新是摹”，认为这是立不住脚的。这里的“唯新是摹”含有赶时髦之意。它和鲁迅的思想是一致的。“所以中国现在要介绍新派小说，应该先从写实派、自然派介绍起。本栏的宗旨也就在此。”“我们相信现在创造中国的新文艺时，西洋文学和中国的旧文学都有几分的帮助”。他又强调说：“要紧的事情，就是要一部近代西洋文学思潮史”。①

第三，从文学为人生的角度要求传播新思潮。

茅盾提出“文学为人生”的主张，他要求正当新思潮在中国开始勃发的时候，中国文学家“应当有传播新思潮的志愿”，这是“表现正确的人生观在著作中的手段”。② 茅盾介绍新思潮有他明确的目的，他说：“介绍西洋文学的目的，一半果是欲介绍他们的文学艺术来，一半也为的是欲介绍世界的现代思想——而且这应是更注意些的目的。”③ 通过介绍外国的文艺，介绍世界的新潮，使我国的新文学，更能深切地表现人生。茅盾后来写的《〈中国新文学大系〉小说

① 《小说月报》第11卷第1期，1920年1月25日。
② 茅盾：《现在文学家的责任是什么?》。
③ 《小说月报》第12卷第2期，1921年2月10日。

一集导言》，就是研究五四后第一个十年为“人生派”文学的最好论文。

第四，要认真研究文艺思潮流派，不要乱套。

由于上述目的，茅盾提出要认真研究文艺思潮流派，批评那些乱套的现象，这一点和鲁迅的主张也很吻合。茅盾认为能从根底上研究旧文学不是坏事，最怕的是旧也没有根底，新也没得皮毛。如把黑幕小说称为莫泊桑的自然主义小说，称为写实派，这是很荒唐的。“将来神秘派、表象派讲的人多了，一定也有人称《封神传》是神秘派，《镜花缘》、《草木春秋》是表象派呢！”茅盾的这些话是有预见性的。他主张文学家的责任是将“西洋的东西一毫不变动的介绍过来；而在介绍之前，自己先得研究他们的思想史，他们的文艺史，也要研究到社会学人生哲学，更欲晓得各大名家的身世和主义。不然，贸然翻译出来，译时先欲变原本的颜色，译成后读的人读了一遍又要变颜色，那是最可怕的！”[①] 鲁迅也曾批评介绍各种文艺思潮流派不弄通含义，“于是各各以意为之。看见作品上多讲自己，便称之为表现主义；多讲别人，是写实主义；见女郎小腿肚作诗，是浪漫主义；见女郎小腿肚不准作诗，是古典主义；天上掉下一颗头，头上站着一头牛，爱呀，海中央的青霹雳呀……是未来主义”[②]。茅盾提出要忠实于原著，介绍之前要进行广泛的研究，这都是切实的话。

第五，重视文艺思潮对创作的影响。

在茅盾看来，文学离不开环境，“一个时代有一个环境，就有那时代环境下的文学。环境本不是专限于物质的，当时的思想潮流，政治状况，风俗习惯，都是那时代的环境”。茅盾把思想潮流看成是环境因素之一，时代环境，包括“时代的思潮”，作家受着时代的影响，“各时代的作家所以各有不同的面目，是时代精神的缘故；同一

---

① 茅盾：《现在文学家的责任是什么？》。

② 《鲁迅全集》第4卷，人民文学出版社1973年版，第97页。

时代的作家所以必有共同一致的倾向，也是时代精神的缘故”。[①] 时代精神包括思想潮流在内，它使作家具有共同的倾向，又使作家具有个性特点，不同的特点来源于个人受同时代中不同思潮所铸就的不同气质、修养。这对研究作家和文艺思潮的关系，很有启发意义。

茅盾深一层论述道：描写人物，也应注意思潮的影响。如人物的恋爱观，和“各派思潮怎样影响”有关，不能“置之不写”。[②]

茅盾重视民族文艺和外来文艺思潮之间的联系，他提出：“民族的文艺的新生，常常是靠了一种外来的文艺思潮的提倡，由纷如乱丝的局面暂时的趋向于一条路，然后再各自发展。”[③] 鲁迅也有类似的意思，认为“旧文学衰颓时，因为摄取民间文学或外国文学而起一个新的转变，这例子是常见于文学史上的”[④]。但茅盾是从外来文艺思潮的角度看问题的。

第六，研究中国传统的艺术流派。

茅盾虽不如鲁迅那样系统地研究我国传统的艺术流派，但并不能说他在这方面是个空白。相反，他重视这个领域的研究，并不时有自己的见解，如认为中国传统的艺术流派，大致分为两派，“一是‘文以载道’的观念，一是‘游戏’的观念”[⑤]。又说：“中国旧有的文学观念不外乎（一）文以载道，（二）游戏态度两种。文以载道，是极严重的限制；游戏态度，是不严重而散漫无羁，二者恰恰相反，便成了中国旧有文学中的两个相敌的极端。”[⑥] 茅盾概括我国文艺的两大派别，一是功利派，一是为艺术而艺术派，各种艺术派别，都可以汇入这两股总流中去。

---

① 松江暑期演讲会《学术演讲录》第一期。

② 茅盾：《自然主义与中国现代小说》，原载《小说月报》第13卷第7期，1922年7月10日。

③ 《小说月报》第13卷第7期，1922年7月10日。

④ 《鲁迅全集》第6卷，人民文学出版社1973年版，第101页。

⑤ 茅盾：《自然主义与中国现代小说》。

⑥ 松江暑假演讲会《学术演讲录》，第二期。

第七，看待一种文艺现象，必须联系文艺思潮。

茅盾评论王哲甫著的《中国新文学运动史》（1933 年 9 月出版）说：五卅前后两三年中间是中国现代文学史上的一个“怀疑主义”的时期。“这时候，‘五四’初期的文学口号已经被人感到不满足，而新的潮头尚未来到，人们感得了迷惘和虚空；这一时期的作品，主要色彩就悲观苦闷。也有从悲观苦闷逃到唯美主义的，那就是麻醉自己；逃到什么未来主义的，那是刺戟。所以要替‘新文学运动’划分时代的话，一九二七年比‘五卅’妥当些”。茅盾认为这本书谈新文学创作，以诗、小说、戏剧、散文分类，列述许多作家，这种分法不但“陈旧”，而且不能把五四以来文坛的现象叙述清楚。他认为这种做法不过是“新文学作家略传”的“放大”，“我们只见一段一段类乎‘作家评传’的文字排在一起，我们看不出文坛潮流趋向”。著者把“理论”和“作品”分开，使“全书最主要部分没有意义”，而且又把“翻译”和“整理国故”独立为两章，也是不妥当的。“因为‘翻译’和‘整理国故’也应该和文坛的潮流联系起来；文坛的新的‘运动’常常影响到翻译，也影响到整理国故。”① 茅盾的这些精彩的批评文字，对今天研究文学史，研究文艺现象，都有启迪意义。他指出文学史的毛病，是带有普遍性的，要摆脱“作家评传”罗列或“作品”加“理论”的写法，联系文艺思潮流派，揭示文学发展中的“潮流趋向”，是治疗文学史通病的强心剂。

和鲁迅一样致力于文艺思潮介绍的，还有瞿秋白。瞿秋白的功绩在于系统介绍俄罗斯文艺思潮流派，竭尽心力传播马克思主义文艺思潮。

瞿秋白在《十月革命前的俄罗斯文学》中，对俄罗斯 19 世纪以后的文学流派谈得最清楚不过了。浪漫主义于 19 世纪从西欧输入俄国，茹可夫斯基（1783—1852）是俄国浪漫派的先声。瞿秋白谈了普希金和果戈理。普希金初期也模仿西欧文学，崇拜拜伦，不同的

---

① 《文学》月刊第 3 卷第 4 期，1934 年 10 月 1 日。

是，拜伦的“英雄”往往是天才，而普希金却比较类似平常人。瞿秋白指出：西欧浪漫主义到俄国，仅是昙花一现，而且在新的形式中，急转直下已经倾向于现实主义。瞿秋白的论断，使人联系到中国近现代文艺思潮的变异，它和俄罗斯何等相似。果戈理的艺术是“泪里的笑”。普希金是“文学接近生活”的第一人，果戈理的描写更注重于现实生活中消极的、恶的方面。他的“英雄”是善和恶的结合。果戈理细察人心，便使俄国文学发现“心理分析”的方法。他们特点是：现实主义的深入、心理分析方法的创始、人道主义思想的警觉。瞿秋白谈到莱蒙托夫时说，他自觉超越凡俗，他的诗“实在可以说是主观派的”。瞿秋白这里使用“主观派”，很有见地，我们研究文艺流派，是不可忽略的。有人不赞同“客观派”“主观派”的分法，其实倒应该从瞿秋白的论述中，纠正自己的看法。

瞿秋白还指出，尼古拉第一时代（1828—1855），文坛上有斯拉夫派和西欧派。尼古拉一世之末，社会意识却成熟了。当时有屠格涅夫，描写农民之间的各派人物，最初还只是对农奴的怜惜，后来竟表彰农民中很有深思的毅力的人，对那一派的人物都不加褒贬，而只进行写生般的描画。瞿秋白指出，从屠格涅夫和冈察罗夫的小说，我们可以看得出当时俄国知识界的通病，就是所谓“多余的人”。19世纪60年代的俄国文学，提出必须解放个性的社会思想。“社会里对于自然科学的兴味不期而大增：一则要讨求及自然的关系而定出新的人生观；二则自然科学增进考察分析的能力，可以渐渐免除武断，而得真正的智识。”[①] 车尔尼雪夫斯基的《怎么办?》揭示了个性与社会冲突的解决办法。70年代有所谓“民粹派”。迦尔洵的《四天》和《胆怯的人》经过爱国教育与人道精神的剧战，心灵里才放得稳一个新人生观；后不禁坠入悲观，深信世界的事都是偶然的。这种情绪确也可以代表一部分“七十年代的人”。六七十年代文学有所谓“平民运动”，从果戈理以来的现实主义道路，到20世纪初，

① 瞿秋白：《俄国文学史》。

没有十分大变，有时稍变为“自然主义”。

瞿秋白认为 19 世纪 70 年代起，俄罗斯文坛已发露反动的潮流——那是西欧派大胜后的尾巴。“遁入古俄浑朴之乡”，瞿秋白把托尔斯泰当作这派的代表。还有妥思托也夫斯基。妥思托也夫斯基不满于西欧文明，亦寻求人生意义的“究竟”于内心。心理的分析细察毫毛，神秘的宗教主义，反个性主义。瞿秋白这些分析不无可取之处，但对这一流派的消极面看得过于突出。19 世纪八九十年代是契诃夫、高尔基。进入 20 世纪之后，经过 1905 年俄国革命，有所谓“颓废派”或“现代主义”。安德列叶夫是纯粹的“现代主义”。他的题材实在是人类互相的不了解，不亲热——残酷的孤寂，如《窗前》《默》《黑暗的远处》等。他深入这种哲理：“便使你的生活不幸，假使毒虫侵蚀蒙蔽你的心，你可知道：死总要得成的。”这是从尼采那里来的。他的心比西欧象征主义更加孤寂。“现代派”第二期代表人物有布洛克·阿志巴绥夫（阿尔志跋绥夫）等。阿尔志跋绥夫有无政府的个性主义。瞿秋白的这些见解，是很深刻的，但和鲁迅对这些流派的评论比较，鲁迅似乎评价更全面些，客观些。如布洛克·阿尔志跋绥夫、安特来夫等等，鲁迅看到他们作品中的现实主义成分，对其中的消极面，作了具体分析，令人信服。

在介绍日本的文艺流派方面，应该提到周作人。周作人说：“我平常主张对于无论什么流派，都可以受影响，虽然不可模仿”①。但他主要偏重于日本的文艺思潮流派，如他曾受日本“白桦派”的影响，写了诗歌。他在《日本近三十年小说之发达》（1918 年 4 月 19 日在北大文科研究所小说研究会讲演）中介绍了日本小说的流派。日本也有“人生艺术派”，如二叶亭四迷，他介绍俄国文学，创作《浮云》《其面影》《平凡》，受俄国影响，是“人生的艺术派”一流。同时也有“艺术的艺术派”，如尾崎红叶、山田美妙等，其中又分主观的理想派和客观的写实派。第三个流派是自然派小说，日俄战争

① 周作人：《论小诗》。

以后兴起的，如国木田独步、岛崎藤村、田山花袋。这些直接从法国左拉而来的，不重主观，尚真不尚美，主平凡，有厌世倾向。第四个流派是非自然主义文学派，如夏目漱石。第五派是遣兴文学派，如森鸥外。周作人这样概括，明了透彻，能够帮助人们认识日本30年间小说流派的概况，对理解我国几十年来文艺思潮流派，亦有启发。

介绍美国数十年间文学评论流派值得提出的是林语堂。人们当时从他的《新的文评序言》里了解到美国数十年来文学界新旧两派理论上剧烈的争论，一方面见于对现代文学潮流的批评，一方面集中于关于文评的性质的争论。林语堂联系中国文坛的流派实际上是他对创作流派的看法。他认为：旧流的Babbitt（美国小说家辛克莱所著的同名小说中的主人公）影响中国文坛，如梅光迪、吴宓、梁实秋，属古典派人生观。新派Sningarn所代表的是表现主义的批评，强调不加外来的标准纪律，文章不能脱离个性，如我国的章学诚："是以学文之事，可授受者规矩方圆，其不可授受者，心营意造。"[①]王充所说："各有所禀，自为佳好"[②]。林语堂结合中国传统文艺流派说明问题，可资研究者参考。他还联系屈原"露才扬已，显暴君过"、曹植"悖慢犯法"、孔融"设正傲致殒"、阮籍"无礼败俗"、谢灵运"空疏乱纪"和表现派挂起钩来。林语堂又说："自然中国只有评文美恶的意见，而没有美学，只有批评，而没有关于批评的理论"。有些文评家与表现派理论相似，只是相通而已。[③] 这点补充很重要，可以避免将我国这一些作家和表现派生硬地等同起来。

闻一多是诗人又是学者。在文艺思潮流派的介绍方面，历史上有他的位置。正如徐志摩所说："一多不仅是诗人，他也是最有兴味探讨诗的理论和艺术的一个人。"[④] 一般人曾把闻一多看作是唯美主

① 章学诚：《文史通义·文理》。

② 王充：《论衡·自记》。

③ 林语堂：《新的文评》。

④ 徐志摩：《〈猛虎集〉序》。

义流派的倡导者、介绍者，其实这并不全面，他关于文艺思潮流派的论述也是多方面的。

闻一多主要接受欧美的文艺思潮，但他的国学功底很深，对祖国的文化和文艺研究，也有不少建树。

先谈闻一多介绍外国文艺思潮流派方面的成绩。如介绍英国的“先拉飞派”，这派由罗瑟蒂等7人组成，有画家、雕刻家，其刊物叫《胚胎》。闻一多主张扫除拉飞儿以后的种种秀丽、纤弱的习气，恢复早期作家的简洁、真诚与写实。闻一多说：这个团体不久便解散了，可这个运动在英国艺术上，确乎深深地印了一个戳记，特别是在装饰艺术上的影响很深。“先拉飞派”大概可标明当时文学界的一种浪漫趋势。他们有意用文学来作画，用颜料来吟诗。他们的愿望是要把“‘灵’和‘肉’的谐和移植到绘画里来”[①]。他们借改造诗的方法来改造画，后来又借改造画的方法去改造诗，打通诗和画的界限。闻一多把他们和王维“诗中有画”“画中有诗”的意境相沟通。在美国留学时，闻一多也确实鼓吹过西方的“纯艺术论”，但这种“纯艺术论”主要是反哲理和教训一类的东西。[②]

1922年，闻一多倡导“艺术为艺术”流派。他给梁实秋的信上说：“我们主张以美为艺术之核心。”[③] 闻一多于1922年7月出洋留学，9月25日给梁实秋、吴景超的信中赞成创办一种文艺刊物，并主张“领袖一种文学之潮流或派别”——极端唯美主义。但是这种主张，不能代表“新月派”的主张和全体：“老实讲起来，我们的艺术为艺术底主张，何尝能代表文学社会全体呢？我们那些由此种主张而产生的作品，又何尝能代表文学社全体呢……我们文学社是以兴趣结合的团体，不是以主张结合的团体”。“唯美主义”确实各不相同，胸中燃烧着炽热的爱国主义热情的闻一多，其爱国主义和唯

① 闻一多：《先拉飞主义》。

② 闻一多：《戏剧的歧途》。

③ 闻一多：《致梁实秋》。

美主义并不对立，他的“唯美主义”，正是要表现爱国主义的真情实感。1923年7月25日他在给驷弟的信上吐露：“我将趁此多做些爱国思乡的诗。这种作品若出于至性至情，价值甚高，恐怕比那些无病呻吟的情诗又高些”[①]。看不到这点，笼统地将“唯美主义”都看作是欧洲资产阶级的“唯美主义”，那是不符合中国爱国知识分子的实际的。

由于这样，闻一多主张艺术必须建筑在现实的基础上，指出“文学底宫殿必须建立在现实的人生底基石上”。他为了反对狭隘的艺术功利主义，对“艺术为人生”的说法也持保留的态度：“郭君（指郭沫若）底那洋洋大篇的读Rubaiyat后之感想，我又怕引起了那一般已经中了‘艺术为人生’底毒的读者之误会，故此不辞口舌之劳，附了这一条解释”[②]。

闻一多的艺术观是发展的，他开始接受佛罗伊特派的观点，后来运用唯物史观研究文艺现象。朱自清概括了闻一多的这个变化：“他不但研究文化人类学，还研究佛罗依德的心理分析学来照明原始社会生活这个对象。”后来闻一多从集体到人民，从男女饮食，只要再上一步，所以他终于要研究起唯物史观来了。[③] 如他先还从澳洲的科罗泼利舞说明原始舞蹈，以“生命的机能是动的”观点，解释原始舞蹈，它是为了“表现生命”“强调生命”“动员生命”“保障生命”。后来他扬弃了这个流派的观点，科学地说明艺术的起源。

闻一多强调研究文艺，要注意时代的主潮（这时代的主潮是某一种文体），每时代有每时代的主潮，小的波澜总得跟主潮的方向推进，“跟不上的只好留在港汊里干死完事”。如战国秦汉时期的主潮是散文。一部分诗服从了时代的意志，散文化了，便成了《楚辞》和初期的汉赋，成就了《饶歌》，这些都是时代的光荣。另一部分

---

① 闻一多：《致闻家驷》。

② 闻一多：《〈莪默伽亚默之绝句〉及注释》。

③ 朱自清：《〈闻一多全集〉序》。

诗，如《郊祀歌》、《安世房中歌》、韦孟《讽谏诗》之类，跟不上潮流，便成了港汊中的泥淖。“明代的主潮是小说，《先妣事略》，《寒花葬志》和《项脊轩记》的作者归有光，采取了小说的以寻常人物的日常生活为描写对象的态度，和刻画景物的技巧，总算是黏上了点时代潮流的边儿……所以是散文家中欧公以来唯一顶天立地的人物。其他同时代的散文家，依照各人小说化的程度的比例，也多多少少有些成就，至于那般诗人们只忙于复古，没有理会时代，无疑那将被未来的时代忘掉。”[①] 闻一多对我国文艺思潮的观察角度和鲁迅又有不同，他以文体为界线，如散文主潮、小说主潮，而这主潮即是时代，跟不上这主潮的，就要被淘汰。闻一多的这种研究结论，别具一格。

关于民族文艺和外来文艺的关系，闻一多的看法是要中外结合，要有民族特色，又要吸收外来。受外国文艺思潮的刺激，是民族文艺放出异彩的重要因素。他认为新诗要保存本地的色彩，不要做纯粹的外洋诗，“但又尽量的吸收外洋的诗的长处；他要做中西艺术结婚后产的宁馨儿”[②]。他的论断是：真要建设一个好的世界文学，只有各国文学充分发展其地方色彩，同时又贯以一种共同的时精神……各种色彩虽互相差异，却又互相调和，这便是艺术的“变异中之一律”。[③] 他研究了文艺的兴衰原因，发现有的国家文化没落的原因，“是因为他们都只勇于‘予’而怯于‘受’”。“中国不怯于‘受’是不够的，要真正勇于‘受’”。[④]“予”和“受”是辩证的，只“予”不“受”，即只输出，不吸收，会导致文化的衰落。但“受”只停留在一般的“受”而不“勇”、不彻底，也不容易使民族文艺之花绚丽多彩。闻一多巡视了艺术史，带有结论性地写道：历史事实说明，“文化史上每放一次光，都是受了外来的刺激，而不是因为死

① 闻一多：《文学的历史动向》。
② 闻一多：《女神之地方色彩》。
③ 闻一多：《女神之地方色彩》。
④ 闻一多：《文学的历史动向》。

抓着自己固有的东西”[①]。这些是他写于1944年的观点，是他20年代思想的发展，这些都和鲁迅的观点合拍。鲁迅在《看镜有感》里，将敢不敢吸收外国文艺思潮作为繁荣艺术的重要条件，并且是衡量民族强弱的一个度量。特别是他后期强调要敢于“拿来”。这里的“拿来”，要比闻一多的“受”更有深度。

对我国古典文艺思潮的分法，朱自清写的《什么是中国文学史的主潮》等名篇，和闻一多有共同点，又有不同点。他采取既分文体叙述又纵观某一文体历代发展状貌两者相结合的交错的谈法。这样使得各种文体既眉目清晰，又脉络分明，便于窥其发展的轨迹。

研究介绍文艺思潮流派的代表人物，还可以举出如蔡元培、胡适、郑振铎、郭沫若、郁达夫等一大串的姓名来，但我们无法一一论述，只能在有关章节加以介绍。

和上面所谈的这些有限的研究者相比较，鲁迅和他们的思想，存在着一条相通的通道。但像鲁迅那样系统、全面地研究和传播各种文艺思潮流派，并有那样精湛见解的人，并不多。应该着重说明的是，我们绝不能采用“水落石出”的办法，即用贬低别人抬高鲁迅的办法，而应该实事求是地给予其科学的历史的评价，这样既能恰如其分地给鲁迅以重要的历史地位，又留给鲁迅以外的这些研究家以应有的地位。

还要说明，鲁迅的文艺思潮流派观，也并非一成不变，即使是成为马克思主义者之后，其观点亦有发展。如在20世纪30年代初，鲁迅称左翼文学是国内“唯一的文艺运动”。这固然是对当时国民党反革命文化“围剿”、残酷杀害革命作家、摧残无产阶级革命文艺的一种极度蔑视，但并不是其对整个文艺思潮流派的估量。但到20世纪30年代中期，鲁迅的观点确有所发展，和左联某些领导人相比，他在更广阔的文学运动和文学思潮的背景上，进行科学、系统的总结，纠正了当时有些人不允许革命文学阵营内部或外部某些支流存

① 闻一多：《复古的空气》。

在的失策。鲁迅主张只要有益于人民的各种文艺流派，都可以并存，但应该互相批评，在批评中发展，他说：

> 我以为文艺家在抗日问题上的联合是无条件的，只要他不是汉奸，愿意或赞成抗日，则不论叫哥哥妹妹，之乎者也，或鸳鸯蝴蝶都无妨。但在文学问题上我们仍可以互相批判。①

这是鲁迅留下来的一盏指导和对待文艺思潮流派的指路明灯。铭记鲁迅的这个历史经验，我国就能出现多风格多流派的社会主义文艺繁华的新园林。

（收入许怀中：《鲁迅与文艺思潮流派》，湖南人民出版社 1985 年版，有改动）

① 《鲁迅全集》第 6 卷，人民文学出版社 1973 年版，第 535 页。

鲁迅与世界文学

鲁迅是属于中国的，也是属于世界的。

大凡一个伟大的思想家、文学家，无不以极其丰富的人类文化思想为自己的精神养料。特别是时代的巨轮驶出中世纪港汊之后，卓越伟大的思想界、文艺界人物，往往从整个世界文化思想领域，吸取各民族的思想营养。其主要的原因是物质的生产和精神的生产，都带着世界性的标记。无产阶级革命导师马克思和恩格斯指出：资产阶级开拓了世界市场，使一切国家的生产和消费都成为世界性的了。接着，他们对于精神生产的现象，有一段非常精辟的论述："各民族的精神产品成了公共的财产。民族的片面性和局限性日益成为不可能，于是由许多种民族的和地方的文学形成了一种世界的文学。"①

人类文学思想观念中的"世界文学"，一直可以追溯到古远的年代。但文学真正具有世界性，还是马克思、恩格斯所指出的，是近代资产阶级开辟世界市场后形成的。19世纪上半叶，各民族文学的世界性的交流这一壮观的历史进程，导致了近代意义上的"世界文

① 马克思、恩格斯：《共产党宣言》，人民出版社1964年版，第27—28页。

学”概念的诞生，这是人类文学思想史上的一次巨大的飞跃。近代意义上的“世界文学”概念，通常被认为是歌德在与爱克曼的一次谈话时提出的。这次谈话的时间是在 1827 年 1 月 31 日。话题是从歌德阅读的一部中国传奇给他留下的印象谈起的，这作品使他愈来愈深信：“诗是人类的共同财产”。歌德说：“民族文学在现代算不了很大的一回事，世界文学的时代已快来临了。现在每个人都应该出力促使它早日来临。”① 歌德的“世界文学”概念的产生，是他对于东西方文学综合审视的结果。它预示了人类文学交流、融合的基本方向，以及世界文学发展的途径和趋向，标志着人类世界文学意识的觉醒。

马克思和恩格斯在《共产党宣言》中提出“世界文学”的命题。马、恩比歌德思想进了一大步，因为歌德是发现一体化世界文学实现的可能性，而马、恩则是看到了这种世界文学形成的必然性和现实性。

在中国，近代是“世界文学”意识的初步觉醒的历史阶段，直到五四前后，这种意识不仅存在于鲁迅的观念之中，而且普遍地影响了许多作家、艺术家。五四是中国历史上一个空前的具有开放意识、自由意识的时代。现代文学的先驱者，无不把自己置身于世界文学的潮流中，更新文学观念、创作方法、批评原则，寻求新的艺术风格，新的美学理想。而世界文学意识的觉醒，却是一个现代作家当代意识的标志。现代作家成长的过程，是破除小生产者狭隘、落后心理、开阔视野的过程，是和因循守旧的传统和习惯势力决裂的过程。

随着历史的发展，无产阶级革命导师的科学论断，不断得到证明。就以近现代不断涌现的文学家而言，他们不仅得到本民族思想文化遗产的滋养，同时也受到其他民族以及世界思想文化的厚赐。

---

① 爱克曼辑录：《歌德谈话录》，朱光潜译，人民文学出版社 1978 年版，第 113 页。

鲁迅对于中华民族的卓绝贡献，突出体现在他反映了中国人民从近代向现代历史过渡以及进入现代发展阶段之后，重新审视自己所处的文化环境的自觉意识，透射出中国人民在世界文化潮流中实现本民族文化的现代化的强烈愿望。在中华民族的这个现代自觉的过程中，许多有识之士都做出自己的努力和贡献，但到鲁迅，才发出中华民族真正自觉之心声。

鲁迅可以说是东方文化和西方文化汇流中孕育出来的巨人。鲁迅从幼年开始，就垒起祖国传统文化的坚实基础。随着年岁的增长，他对我国的历史和思想文化的研究、造诣越来越深。他和外国文化，也结下了不解之缘。早在南京求学时期，他便对赫胥黎的《天演论》产生了浓烈的兴趣。鲁迅为了寻找救国救民的真理，别求新声于异域，系统地接受外国文艺思潮的熏陶，特别是富有民主精神的拜伦等“摩罗派”，更使鲁迅感奋。他介绍“摩罗派”到中国，冀求以“摩罗派”的革命精神，振奋人们的精神境界。在《摩罗诗力说》中，鲁迅总结文化历史的经验，主张从世界史上汲取新的东西，增长人们的见识，发扬民族精神。从五四运动前后，一直到晚年，鲁迅始终不渝地翻译介绍、研究外国文学。

20年代中叶，鲁迅痛感不吸收外国文艺思潮，将使人们眼界狭小，“排斥异流，抬上国粹，哪里会有天才产生？即使产生了，也是活不下去的”。他要求大家做培养天才的土壤，这便是“收纳新潮，脱离旧套”[①]。鲁迅回顾我国历史，提倡我国历史上的“汉唐气魄”，即敢于对外开放，吸取外来文化艺术长处的创造精神。鲁迅把敢不敢吸收外来的东西，作为一个民族兴衰的标志。他揭示了一个重要的历史规律：当一个民族强大的时候，它是敢于而且善于吸取外国文艺遗产的；只有当它处于没落、腐朽时，才害怕外来的东西，而陷入盲目排外的窘境。鲁迅从古铜镜的装饰，想起“汉、唐虽然也有边患，但魄力究竟雄大”，“凡取用外来事物的时候，就如将彼俘

---

① 《鲁迅全集》第1卷，人民文学出版社1961年版，第278页。

来一样，自由驱使，绝不介怀”。正如肠胃健康的人，就不忌食一样。那枚古铜镜的装饰，便是融合外国花纹、图案等艺术的见证。而当一个民族窘弊陵夷的时候，神经可就衰弱过敏了，“每遇外国东西，便觉得仿佛彼来俘我一样，推拒，惶恐，恐缩，逃避，抖成一团”。这就是衰弱的症候：总想到害胃、伤身，持有许多禁条，许多避忌，“这一类人物总要日见其衰弱的，因为他终日战战兢兢，自己先已失了活气了”①。鲁迅的这种深刻的见解，现在还焕发着灿烂的思想光芒。

20年代末，鲁迅面对当局的封锁政策，大声疾呼：“世界的时代思潮早已六面袭来，而自己还拘禁在三千年陈的桎梏里。”鲁迅同时揭示：外国的新文艺思潮，谁也阻挡不了，这是历史的必然。他说：“于是觉醒，挣扎，反叛，要出而参与世界的事业——我要范围说得小一点：文艺之业。”② 参加世界文艺事业和了解世界文艺潮流，是完全一致的。鲁迅在这篇文章里强调要注意世界的时代思潮，还从理论上概括文艺的民族性和世界性的统一。他说：陶元庆的绘画，“就因为内外两面，都和世界的时代思潮合流，而又并未梏亡中国的民族性”③。

到了30年代中期，外国文艺思潮和创作的介绍工作濒于停滞。这固然主要是反动当局的禁锢政策造成的，也与传统势力太顽固有关。鲁迅写了《由聋而哑》，文中转引了勃兰兑斯感叹丹麦文学衰微的一段话：“文学的创作，几乎完全死灭了。人间的或社会的无论怎样的问题，都不能提起感兴，或则除在新闻和杂志之外，绝不能惹起一点论争。我们看不见强烈的独创的创作。加以对于获得外国的精神生活的事，现在几乎绝对的不加顾及。于是精神上‘聋’，那结果，就也招致了‘哑’来。”④ 鲁迅慨叹道：“这几句话，也可以移来

---

① 《鲁迅全集》第1卷，人民文学出版社1961年版，第301页。

② 《鲁迅全集》第3卷，人民文学出版社1973年版，第529页。

③ 同上书，第530页。

④ 《十九世纪文学的主潮》第一卷自序，转引自《鲁迅全集》第5卷，人民文学出版社1973年版，第323页。

批评中国的文艺界。”鲁迅这篇文章，发展了 20 年代提出要做“泥土”的精神。他认为缺乏介绍外国思潮的“土壤”，只能产生尼采所说的“末人”。他呼吁：“甘为泥土的作者和译者的奋斗，是已经到了万不可缓的时候了”①。

鲁迅思想深刻之处，在于他把“介绍国外思潮，翻译世界名作”称为“运输精神的粮食的航路”。他有感于当时这条航路被聋哑的创造者们填塞了，用历史唯物主义和辩证唯物主义观点写了《拿来主义》。鲁迅发出振聋发聩的声音：“我们要拿来。……没有拿来的，人不能自成为新人，没有拿来的，文艺不能自成为新文艺”。“拿来主义”是鲁迅总结汉唐以来，特别是近现代以来我国与外国进行经济文化等方面交流的正反两方面经验教训而提出的，也是他一生对于外国思想文化和民族文化遗产经验的总结。鲁迅自己的实践，便是“拿来主义”最好的典范。鲁迅不仅在早期，而且在前期、后期，在介绍国外文艺思潮、翻译世界名著、打开运输精神食粮的航路方面，真是呕心沥血，做出了卓越的、不可磨灭的贡献。他介绍东方的、欧美的、俄国的，以及其他被压迫民族等的各种文艺思潮流派和优秀作品，这些浩繁的翻译和评介外国作品和理论的著作，几乎占了他全部著作的半数。他自己的作品，便是基于社会现实生活，汲取中外古今文化的精华熔铸而成的珍品。正因为这样，鲁迅跨进了世界文学之林。这是中国的骄傲，在建设新文学、革命文学方面，鲁迅的“拿来主义”，结出了丰硕的成果。

综观鲁迅的创作实践和理论，可以清晰地看到这样一条脉络：鲁迅面向世界，走向世界，从世界文化中汲取养料，其目的是改变中国人长期以来受封建思想文化的束缚，而造成的封闭、静止、凝固的心态，竭力帮助人们走出那个狭小、陈旧的心理藩篱。

鲁迅深感，要建构中国人的心灵，必须面向世界，提高中国人

---

① 《十九世纪文学的主潮》第一卷自序，转引自《鲁迅全集》第 5 卷，人民文学出版社 1973 年版，第 325 页。

的素质，是面向世界的目标、方向和任务，它是面向世界，围绕于变革和震动中国现实社会的总目标。面向世界，可以打破闭关锁国的格局，扫除民族的狭隘主义的偏狭，能够广泛吸收各国的长处和经验，对社会、人民都有利。面向世界，也是振兴文艺事业的法宝。鲁迅一再反对盲目的排外主义的偏狭，又提防盲目崇洋媚外的片面性。面向世界，不单纯只是介绍、照搬各种外国的文艺思潮流派，而必须联系国情，考虑中国所处的国际地位，而加以抉择。正如鲁迅所说的：和世界潮流合流，“而又并未梏亡中国的民族性”。汲取外国先进思想文化和弘扬优秀民族文化是一致的。基于此，鲁迅一再强调中国文艺要打到世界去，必须有自己浓厚的民族和地方特色。这和面向世界是并行不悖的。

然而，在鲁迅所处的黑暗时代，要真正做好“拿来主义”是不可能的，要体现鲁迅所希望的立足中国、面向世界的精神，也是难以做到的。历史证明：只有独立自主，坚持开放，才能真正拿来；只有具备胆略、气魄和自信，才能敢于拿来；只有运用辨别力放出眼光，才能善于拿来。而这些，也都是提高中国人的素质，面向世界所必不可少的要求。

可喜的是，现在我们的时代完全具备了上述的条件，坚持对外开放，已经成为我们不可动摇的国策。我们站在今天的时代高度，以近现代的历史为经验，对鲁迅的“拿来主义”和他的立足中国，实现为了建构民魂和人的心灵而面向世界的精神进行再认识，这不能不是建设具有中国特色的社会主义的现实课题。

鲁迅和世界文学的关系，是一个极其重要的课题，涉及的范围非常广阔。这里只能从一个角度进行研究，并找出一个贯串性的思想轴心：从他开始介绍“摩罗派”的“为‘立人’”作为第一个时期；五四前后受俄罗斯“为人生派”影响，“为‘救人’”，作为第二个时期；20年代末叶到30年代中期介绍外国文学，“为‘新人’”作为第三个时期。

对“人”的思考和建构，是鲁迅和世界文学关系的一个重要视角，这是本文所要阐明的命题。它表明：鲁迅的“立人”，是他的思想出发点；“救人”是“立人”思想的深化，只有把“人”的精神痼疾治好，才能“立”起来；“新人”是“立人”的归宿，是对于要“立”的什么“人”，怎样“立”起来的问题，找到了明确的答案。“立人”“救人”“新人”表明了鲁迅关于“人”的思索和审视的三个不同时期的思想发展，但都贯穿着对“人”的探索和建构这一中心，而且围绕着对中国传统思想文化的深刻反思，借助外国的思想文化的资料来完成这项伟大的思想文化工程。

这三个时期具体地说，第一时期向“摩罗派”汲取营养建构以“立人”为中心的思想。第二时期以俄国“为人生派”为借鉴，“揭出病苦，引起疗救的注意”，即其“救人”的文艺观。第三时期为“新人”——广泛“拿来”，“没有拿来”就没有“新人”“新文艺”。这是鲁迅与世界文学关系的概括。

（收入许怀中：《关于“人”的审视和建构——鲁迅与世界文学的一个重要视角》，陕西人民出版社 1991 年版，有改动）

鲁迅的文化创新精神

2016年是中国现代文学的奠基人、中国翻译文学的开拓者、中国文化革命的主将鲁迅逝世80周年。无论是鲁迅在世时，还是在他逝世后的漫长岁月里，对他的研究、评论和研讨的文章多如恒河沙数。其中虽也有贬者，但他对中国文化甚至世界文化的贡献，是不可磨灭的。近年来，有人把鲁迅说成是“断裂中国传统文化”的“历史罪人”。这种错误看法，在钱理群等人的文章中已有批评。鲁迅的文化品格主要体现在对民族文化和外来文化所采取的正确态度上，即坚持拒绝外来文化为所谓“传统文化”，以及抛弃传统主义的“全盘西化”这两个极端。鲁迅既不拒绝外来文化，又不“全盘西化”，他的创新型文化品格，首先是思想文化观念的创新，其次是文学创作的创新，此外还体现在鲁迅“学术研究和学术著作的创新”等等。他把文化创新精神，提升到关系时代进步、民族命运的高度，同时把敢不敢汲取外来的东西加以创新，作为衡量一个国家、一个民族强弱的标志。鲁迅文化创新的精神，不仅在鲁迅时代产生了巨大的影响，而且在今天改革开放新时期，建设文化强国、推动新文化建设，也是极其重要的。

作为中国文化革命的主将和旗手的鲁迅，对现代思想文化观念的创新起了主导作用。鲁迅早年接受严复《天演论》的思想，后接受五四运动的文化新潮，树立了适应时代潮流的新文化思想。鲁迅认为文学作为一种艺术门类，在内容和形式上应不断地变化发展，它具有求新求变的本质，它的变化发展不可阻挡。而他在接受马克思主义学说之后，无论在文艺创作，或在学术研究方面，坚持唯物论，坚持从客观性出发，认为人的思想意识，是对客观存在的能动反映和描摹。

鲁迅的文化创新精神，极其鲜明地体现在文学创作上。杂文的创新，贯穿于鲁迅的一生。在五四新文化的热浪中，鲁迅在《新青年》发表的杂文，便体现了对旧社会痼疾、“国民精神”的鞭挞，它们就像匕首和投枪，十分犀利、尖刻、不留情面。到了后期，他思想更加成熟，在杂文创作上倾注了大部分生命与心血，他的杂文极具批判性。鲁迅虽把杂文分为“社会批判”和“文明批判”，他所强调的正是杂文的“批判性”的功能。鲁迅的批判，不同于一般的思想评论，他把批判的锋芒，始终对准“人”的心理与灵魂，为了“立人”“救人”和“新人”而奋斗终生。他在日本留学时期，从西方拜伦等“摩罗派”中汲取启蒙思想，建构了“立人”为中心的思维。在五四时期，以俄国“为人生派”为借鉴，提出文艺应“指出病苦，引起疗救的注意”，从“立人”发展到“救人”。后期鲁迅的“拿来主义”，强调没有拿来，就没有“新人”，完成了从“救人”到为“新人”的历史性伟大转变。这里可以从鲁迅在日本留学时写的《摩罗诗力说》中谈到“立人”的思想，又可从他 1925 年写的《看镜有感》中听到他的呼吁：“倘再不放开度量，大胆地，无畏地，将新文化尽量地吸收，则杨光先似的向西洋主人沥陈中夏的精神文明的时候，大概是不劳久待的罢。”他还在 1934 年写的《拿来主义》中疾呼：“没有拿来的，人不能自成为新人，没有拿来的，文艺不能自成为新文艺。”鲁迅杂文的语言无拘无束而极富创造力，这与其思想的天马行空相适应。他的杂文可以说是把汉语的表意、抒情、文化功能发挥到了极致。

鲁迅的小说创新，在于选材独特，题材选择得新颖。他对古典文学选材时选取“勇将策士，侠盗赃官，妖怪神仙，佳人才子，后来则有妓女嫖客，无赖奴才之流”的模式做了大胆的改革，以“为人生”的启蒙主义为创作目的，开创了表现农民与知识分子两大现代文学的主要题材，其取材“多采用病态社会的不幸的人们”。鲁迅在处理这方面题材时又具有独特的眼光。在观察和表现自己的主人公时，他采用自己的独特视角，始终关注“病态社会”的“国民精神”的弊端。一方面鲁迅一直在探索主体渗入小说的形式，又在表达方面力求含蓄、简约、凝练的语言风格，指出“要极省俭的画出一个人的特点，最好是画他的眼睛”。鲁迅在描写人物时着重人物的精神风貌，其小说显示了浓重的民族特色。人所周知，他的《狂人日记》一发表，便产生了振聋发聩的作用。《阿Q正传》在刊物上连载，阿Q的“精神胜利”令人怒其不争，哀其不幸，几乎产生了轰动效应。鲁迅的小说以“表现的深切和格式的特别”，得到了崇高的历史地位，其文化创新精神独到。当他的《狂人日记》《风波》《阿Q正传》等小说以崭新的面貌出现在文坛上的时候，陈独秀说：“鲁迅兄做的小说，我实在五体投地的佩服。”鲁迅的《故事新编》保持和发扬了《呐喊》《彷徨》中的创新精神，描绘世情逼真深刻，援引史料准确得当。鲁迅把它列入创作栏里，与《呐喊》《彷徨》同列，他称这部小说集是“神话、传说及史实的演义”。《补天》中的女娲，是一位世上最美丽仁慈的创世者。《非攻》富有特点地点明墨子是“贱人”的代表，在这里可以看到作者在《一件小事》中所展望的那种对其中人物的深挚之爱，他赋予墨子一种“切切实实，足踏在地上”的可贵精神。《理水》描写那场祸及全国的洪水，而当局的官僚保守，一批所谓名人学士对社会疾苦的淡漠，也正是当时社会弊病的反映。鲁迅对讽刺艺术做了大胆的尝试和创造性的发展。鲁迅在厦门大学写的《铸剑》《奔月》也讽刺性极强。正如捷克学者普实克所说：“鲁迅的作品是一种极为杰出的典范，说明现代美学准则如何丰富了本国文学的传统原则，并产生一种新的独特的结合体。这种手法在鲁迅以其新的、现代手法处理历史题材的《故事新编》中反映出来。”

在散文创作领域，鲁迅的《朝花夕拾》和《野草》的文化创新特征，也是十分鲜明、突出的。鲁迅在厦门大学执教期间，编好杂文集《坟》，撰写《朝花夕拾》中的《从百草园到三味书屋》《父亲的病》《琐记》《藤野先生》《范爱农》等，结集出版。林辰认为：“童年生活，闾巷景色，师友面貌，遂重现于他的带着浓重的抒情的笔端。哀愁糅合着愉快，回忆贯通到现实，造成一种为过去中国散文所没有的独特的风格。”鲁迅的散文以创作于1924年至1926年的《野草》为主要标志。在这之前，他于1919年写过一组题为《自言自语》的散文诗，《野草》之后的杂文集中如《夜颂》《秋夜纪游》《半夏小集》等，一般人也都认为是散文诗。俞元桂以为：“鲁迅也和中国现代文学史上大多数散文艺术大师和散文理论大家一样，对文学散文持着宽泛又灵活的理解。”《野草》是鲁迅散文集的代表作，他自称《野草》是他的“小感触”，但它又不是“无源之水”“无根之木”，是那黑暗时代现实中滋生的“小花”，其主体性和时代性是一致的。鲁迅曾经告诉过章衣萍，他的哲学都包括在他的《野草》里面。也可说这是打开《野草》这一奇崛瑰丽、隽妙幽深的艺术世界大门的锁匙。《野草》的创新是有目共睹的。它以诗的激情和诗的手法来展现自我内心的丰富性、复杂性，蕴含着尖锐而复杂的深刻矛盾和斗争，渗透着“路漫漫其修远兮，吾将上下而求索”的人生哲学的韵味，透露出鲁迅式的人生哲理和艺术哲学。《野草》的艺术构思，其造语、造像、造境、建构广泛的象征手法，是他在新文化运动初期吸取外国艺术的成分，融合而成的中国散文诗的新格式。从《秋夜》开始，他的许多篇文章都具有象征主义方法，色彩缤纷，意境瑰丽幽远。如《复仇》（其一）中全身裸露和看客永远对峙的青年男女，《颓废线的颤动》中的垂老女人，《淡淡的血痕中》里那令天地为之变化改观的战士，都有怪诞、变形、夸张、象征的特点。《秋夜》中枣树、花草、小青虫与星空的对立，《好的故事》那山阴路上的美景，这些瑰丽的自然景观都是以工笔结合着写意笔法所描绘的，都有着象征寓意的色彩。鲁迅不愧为中国现代散文的最重要奠基人。

鲁迅不仅在文学创作上富有创新精神，而且在学术研究方面亦有很鲜明的创新表现。鲁迅在整理我国文化遗产方面，是一面光辉的旗帜。他小时就喜欢阅读古典小说和神话传说，据说鲁迅七八岁时就从祖父那里读到了《西游记》《水浒》等书，从“三味书屋”到南京求学，直到日本留学时期，鲁迅一直接触、搜集、抄录、阅读各类古籍。他曾对许寿裳说：“《离骚》是一篇自叙和托讽的杰作，《天问》是中国神话和传说的渊薮。”可见鲁迅多么注意中国的神话传说。从辛亥革命前后到五四运动，是鲁迅辑录和校勘中国古典小说的重要时期。他自日本回国后，在杭州、绍兴教书，后到北京教育部任职，利用公余辑录、校勘古书，收集画册拓片，抄写古碑，钻研古代文艺、哲学、历史等，从 1910 年上半年开始便进行《古小说钩沉》和《会稽郡故书杂集》的辑录工作。当时鲁迅在杭州任教，半年中仅六朝小说便已辑录 10 册之多。1911 年鲁迅在绍兴任监学，辑录了《小说备校》，计有干宝《搜神记》等 7 种。之后，鲁迅继续进行古籍的校勘和辑录工作。

五四时期、鲁迅积极从事中国小说史的创作，他到北京大学讲中国小说史，结合在北大、北京高师的教学工作，系统而深入地研究中国小说史。1923 年 10 月 7 日鲁迅作《中国小说史略》序言，这年的 12 月 1 日其《中国小说史略》（上）出版，12 月编写完《中国小说史略》（下）。《中国小说史略》出版后大受欢迎，这部著作是一部比较系统地论述我国小说历史发展的专著，是中国小说史研究的奠基之作，它的诞生，结束了长期零散评论我国小说的状况，改变了“中国之小说自来无史”的局面。这岂不是学术研究上地地道道的创新？由于准备工作做得扎实、充分，《中国小说史略》体现出他对中国古典小说的精湛研究和他的深邃造诣，表现出鲁迅的深知卓见，反映了鲁迅谨严的治学态度和创新精神。

《中国小说史略》是我国第一部小说史专著，在这之前，外国人写的中国文学史著作，如英国嘉尔斯的《中国文学史》、德国葛鲁贝的《中国文学史》、日本的盐谷温的《中国文学概论讲话》，介绍中国小说，引用材料真伪不辨，论述简略。我国林传甲编的《中国文学史》为京师大学堂教本，并且是第一部文学史，而关于小说史的著作未见一部。鲁迅《中国小说史略》在我国学术思想史上具有重要地位。他把我国小说放在当时的社会条件下进行历史分析，突出历史的线索，注意古典小说发展的规律和内在联系，结合社会经济、政治、文化思想、宗教、社会风尚等多方面的社会条件，科学地阐明小说的发生、发展和演变的简要过程，区别精华和糟粕，同时给作家作品以应有的艺术分析和评价，闪耀着科学的思想光辉。

1924 年 6 月底，鲁迅应西北大学和陕西教育厅的邀请，到西安讲学，他讲了《中国小说的历史的变迁》，提取《中国小说史略》的精华，阐述了前所未有的理论和例证，语言深入浅出，通俗易懂，体现了与《中国小说史略》不同的特色。

鲁迅学术思想的创新，还体现在他的中国文学史的研究、讲述和著作上。他在厦门大学任教只 4 个月，但对中国文化和文学做出新贡献。如他讲授、编写的《汉文学史纲要》（原名《中国文学史略》），共 10 篇，从《自文字至文章》讲到《司马相如与司马迁》。他在给许广平的信上说："但如果使我研究一种关于中国文学的事，大概也可以说出一点别人没有见到的话来"。鲁迅的《中国小说史略》和《汉文学史纲要》为我国的文学史研究做出新的重大贡献。这里的"别人没有见到的话"，便是文化创新的注脚。鲁迅的文化创新精神，永远值得后人学习和发扬光大。

（原载《福建理论学习》2015 年第 5 期，有改动）

试论中国现代文学及小说理论批评

关于中国现代文学史研究方法论

随着新时期中国现代文学史研究的发展，现代文学史理论也有了不少的进展。中国现代文学史是一门较年轻的学科，它具有历史科学的品格，又有文艺理论的品格，它是历史学，但不是一般的社会历史，而是文学的历史。它描述现代文学的产生、发展以及完成的历史，是揭示现代文学发展规律的历史。从中国现代文学史中可以总结出研究史的一般理论、方法，反过来指导它的研究。

近年来，学术界重视中国现代文学史理论、方法，即史学理论，在刊物上阐述和探讨这类问题的文章、资料发表了不少。著名现代文学史家王瑶教授 1989 年在烟台编定的《中国现代文学史论集》[①]提供了研究现代文学的丰富史学理论。该书除卷首《关于现代文学研究工作的随想》外，分为六辑，第一辑收进的论文属于宏观论总论性质，如《现代文学的历史特点》等。第二辑收入论述现代文学在某一时期的重要问题的论文。第三辑是就某一文体或问题所作的考察。第四辑都是论述某一作家在某些方面的成就和贡献的论文。第五辑是为现代作家论文集所写的序文。第六辑论述现代作家的文

---

① 已作为《王瑶文集》第 5 卷于 1995 年 12 月由北岳文艺出版社出版。

章，带有怀念性质。他在后记里写道："文学史的研究对象虽然是文学，但它也是属于历史科学的一个部门。经常注视历史的人物容易形成一种习惯，即把事物或现象都看作是某一过程的组成部分；这同专门研讨理论的人的习惯有所不同，在理论家那里，往往重视带有永久价值的东西，或如爱情是永恒的主题，或如上层建筑决定于经济基础之类。研究历史当然也需要理论的指导或修养，但他往往容易把极重要的事物也只当作是历史发展过程中出现的一种现象；这是否有所蔽呢？我现在只感到了这个问题，还无力作出正确的答案，这或者正是自己理论修养不足的表现。"王瑶先生这段话语重心长，含义很深，这是他长期研究现代文学史之所悟，他所说的发觉了问题，只是无力给出正确答案，是自谦之词，其实他的这本《中国现代文学史论集》，已回答了文学史家之所蔽的问题，是现代文学史研究者的理论指导。此外，黄修己教授编写的《中国现代文学研究方法论集》1994 年 10 月由首都师范大学出版社出版。这本论文集实际上围绕现代文学研究方法论展开，包括更广泛的文学史理论研究，它反映了新时期现代文学史理论研究的部分实绩。编者在卷首《终身不忘，唯此一言（代前言）》中，明确地写道："我想选的，不是那种先有个什么新理论、新方法，再用之于批评的文章，而是研究家们对科研实践的总结，是他们的经验之谈，悟道之谈。这样，有一些'方法热'中的同类文章，便未曾入选。这也可以说是本书的一个特色。为了弥补涉及面不够广泛的缺陷，今后我会再编撰一本书，以便较全面地介绍同行们在方法论上的成就"①。这也就是此处用"部分实绩"来概括的根据。

这本书收入王瑶先生的《关于中国现代文学研究工作的随想——在中国现代文学研究会学术讨论会上的发言》，编者所以把它放在集子的第一篇，不仅是由于王瑶先生是中国现代文学史的开创者，

---

① 黄修己：《中国现代文学研究方法论集》，首都师范大学出版社 1994 年版，第 8—9 页。

而且主要由于这篇发言涉及现代文学史研究的重大理论问题。王瑶回顾现代文学史研究的历史，对现状作了清醒的估计："……目前已经出版了好几部集体编写的《中国现代文学史》。但总的看来，我们的科学水平还不高，距离时代和人民对这门学科的要求还相当远，我们必须多方面地进行深入的研究，努力提高这门学科的学术水平"。王瑶的这篇讲话刊登于《中国现代文学研究丛刊》1980 年第 4 辑，是 80 年代初正式发表的。这 10 多年来，应该说现代文学史研究有了重要和深入的发展，但还不能说已经改变了王瑶先生的这个基本估计。王瑶从两个文明建设和攀登科学技术、文学艺术、思想理论三个高峰的要求，对这段文学发展历史作了深入研究。

首先王瑶先生提出必须重视作为一门学科的现代文学史的"质的规定性"，这就是："文学史既是文艺科学，也是一门历史科学，它是以文学领域的历史发展为对象的学科"。因此一部文学史既要有文学的特点，也要体现作为历史科学的特点。王瑶进而指出文学史的历史科学属性，使它有别于艺术史、宗教史、哲学史，也不同于文艺理论、文艺批评。"虽然这三者都是以文学现象作为研究对象，有其一致性，但也有各自不同的特点。"① 虽然文学史和文艺理论都要探讨和研究文艺发展的规律，"但文艺理论所要探讨的文艺的一般的普遍规律不同于文学史所要研究的特定的历史范畴"②。所以不能"以论代史"，也不能"以论带史"。王瑶先生首先界定作为一门独立学科的文学史所具有的性质和特点，即明确它的质的规定性，这是研究这门学科的方法论的基础，也是研究理论的基础。

王瑶先生阐明在文学史方法论这个领域，鲁迅所提供的范例，如其关于六朝文学、唐代文学、晚清小说等方面的写法，"可以认为是典范性的文学史的写法"③。现代文学史中的文学现象要比过去丰

---

① 黄修己：《中国现代文学研究方法论集》首都师范大学出版社 1994 年版，第 2 页。

② 同上书，第 3 页。

③ 同上书，第 5 页。

富、多样，它不仅与政治关系十分密切，而且还受外来思想影响，“但作为文学史的方法论来看，它所应当遵循的原则仍然是一样的”[1]。王瑶认为鲁迅的《中国新文学大系·小说二集导言》为我们提供了值得学习的范例。他提醒大家：“我们的视野必须扩大，除政治经济形势外，还必须注意到社会思潮与文化思想战线的各种现象，注意到历史的连贯性和文学发展的规律性。”[2] 王瑶就近年来在关于现代文学史编写工作的会议中大家议论比较多的三个问题，即范围和线索、文艺运动与作家作品在书中的比重、评价作家作品的标准，谈了自己的看法。这里的范围和对象，从时间的跨度看，还比较简单，即是以五四新文学运动到新中国成立的30年间出现的文学作品和文学现象为研究对象。而作家作品的范围，又往往受政治运动的影响而不断缩小或不断把一些作家推向对立面。他表示新编现代文学史出现了胡适、周作人、徐志摩等过去长期回避的作家，说明大家大体上取得了一致的看法。他就姚雪垠提出的现代文学史应该包括旧体诗词和包天笑、张恨水章回小说，谈了看法。如张恨水代表作是前期的《啼笑因缘》和《金粉世家》，这些作品拥有较多的读者，在城市居民中产生过影响，“像这样的作家究竟应该如何评价，是需要进行深入研究的。这就牵涉到现代文学史的主流问题。我们当然应该要求一部现代文学史能够显示出中国现代文学发展的全貌和它的丰富复杂的内容，因此我们不赞成把范围搞得很狭小；但无论就文学现象或作家作品说，都不能等量齐观地去对待，而必须突出进步的、民主主义和社会主义的文学主流，因为只有这样才能反映出历史的真实面貌”[3]。评价作家，应该衡量他对文学史的贡献，

---

① 黄修己：《中国现代文学研究方法论集》，首都师范大学出版社1994年版，第6页。

② 同上书，第8页。

③ 同上书，第10页。

“主要看他的作品，看作品的质量和数量，然后对它作出应有的评价”[①]。王瑶提出的“文学史既以创作成果为主要研究对象，因此对作家的评价也主要是看他的作品的成就和贡献，不能牵扯到作家的其他许多方面”[②] 的原则，也是一条研究文学史的重要方法，他强调评价作品政治性和真实性要统一，党性和科学性要统一。他坚持列宁所说的“在分析任何一个社会问题时，马克思主义理论的绝对要求是把问题提到一定的历史范围之内”，“判断历史的功绩，不是根据历史活动家没有提供现代所要求的东西，而是根据他们比他们的前辈提供了新的东西”的历史唯物主义原则。王瑶提出要尊重历史事实，就必须对史料进行严格的鉴别。他还要大家关心外国对中国现代文学的研究情况，同时要实事求是地对待，看到“国外学者对中国现代文学的研究无论在研究方法、评价标准或具体论点上都与我们有较大的差异”[③]，不能为他们某些研究方法或论点的新奇所眩惑。因此对于国外学者的研究情况，既要了解，也要分析，不能笼统地去对待。如他们对于作品采取的结构主义的分析方法和以作家进行比较文学的论证方式，由于我们过去很少运用，因而引起了一些人的新奇感。对这些方法，也要持分析的态度，不能认为它们是一些“普遍适用的最先进的方法。我们是努力运用马克思主义来指导我们的研究工作的，我们相信马克思主义不仅是科学的世界观，也是科学的方法论”[④]。如有些外国学者对沈从文的评价很高，有的甚至把他和鲁迅并列。王瑶实事求是地说：过去国内对沈从文注意较少，前后评价差别比较大，这就需要我们认真研究，“对于一个写过 30 多部小说集而且在文体风格上有自己特色的作家，长期没有得

---

① 黄修己：《中国现代文学研究方法论集》，首都师范大学出版社 1994 年版，第 10 页。

② 同上书，第 11—12 页。

③ 黄修己：《中国现代文学研究方法论集》，首都师范大学出版社 1994 年版，第 16 页。

④ 《王瑶文集》第 5 卷，北岳文艺出版社 1995 年版，第 23 页。

到我们应有的重视，确实是我们研究工作中的缺点，至少是一个薄弱环节。但我们也不能同意他们那种过高的评价”。过去讲古典诗歌有所谓“大家”和“名家”的区别：“大家”指某一时代公认的突出的高峰，如李白、杜甫；“名家”则指在某些方面有独到成就者，如唐代的某些边塞诗人。“沈从文的作品只能认为是‘名家’之作，还没有达到‘大家’的成就”[①]。王瑶还开拓了文学史研究的视野：长期以来，现代文学的研究工作都只停留在编写现代文学史教材和孤立地、单一地分析作家作品的格局，“为了提高学术水平，必须扩大研究领域”。他提出要开展多方面的专题研究。如上海“孤岛”时期的文学研究、对某一流派或社团新角度的深入探索、作家艺术特点和艺术经验的研究、文艺运动和文艺思想等许多方面的研究。王瑶说：“扩大研究领域只是为研究水平提高提供了条件和活动范围，重要的还在于质量，在于真正把现代文学的研究提高到新的水平。”[②]他希望大家加强学习，努力实践，做到讲事实，讲真话，讲道理。“这就要求研究工作者除了掌握历史资料、尊重历史事实之外，必须努力提高自己的马克思主义的理论水平。”[③] 王瑶先生这篇讲话，既是对过去现代文学研究带有总结性的历史回顾，又带有很强的宏观性的指导意义。他为现代文学史研究提供了丰富的史学理论和方法论。这是我们在本书的这一部分首先应该提到的。

王瑶的这篇关于中国现代文学研究工作的讲话，固然能体现他的重要的史学观点、方法论，但还不能说它全面表达了王瑶这方面的理论观点。比较全面地概括王瑶的文学史理论和方法的是钱理群所撰写的《王瑶先生文学史理论、方法描述》。他联系王瑶其他的论著，比较全面、系统地描述了王瑶的文学史理论方法。该文一开头便提到 1989 年 8 月，王瑶先生在烟台编完了他的《中国现代文学史

---

① 黄修己：《中国现代文学研究方法论集》，首都师范大学出版社 1994 年版，第 18—19 页。

② 同上书，第 22 页。

③ 同上。

论》在后记写了这段话："目前新论迭出，诸说纷呈，本书所收各文皆与此无涉；作者只是对于现代文学作为一种历史现象作了一些平实的考察，这对于重视历史发展脉络的人或者还有某种参考的价值。果真如此，作者就很满意了。"从钱理群的这篇论文里，可以掌握王瑶文学理论、方法论的如下层次：

第一，"把文学史作为一个历史科学，这正是王瑶先生文学史观，文学史方法论的核心，也是他的重要理论贡献"。接着作者叙述道，回顾现代文学研究学术史，可以发现一个现象：对于现代文学的研究，"曾经经历了从单纯的文学批评向综合性的历史研究的转化"[①]，王瑶的《中国新文学史纲》正是在研究实践上完成这一转变的一个标志，从而使"中国现代文学史"得以成为一门独立的学科。以往把文学史研究混同于文学批评、鉴赏的"习惯""传统"顽固地影响和支配着许多现代文学研究工作者，这是现代文学史研究长期停留在作家作品汇编水平上的重要原因。这里作者阐明了我们在上面谈的王瑶这篇讲话中对现代文学史做的"质的规定性"的重要意义，它成为推动现代文学研究健康发展的一个决定性环节。

第二，关于"史识"在文学史研究中的重要性。王瑶还在"确认文学史的历史科学性质"这一方面，反复地强调文学史研究中的"历史眼光"，即所谓的"史识"。在王瑶的文学史观中，"最重要的是，把一切文学现象都作为一个'过程'来把握，它们都是在一定的历史条件下产生，并且在一定历史条件下发展与消亡的"[②]。这就不把任何文学现象凝固化、绝对化。也是从"变动""发展"的观点考察文学历史运动，认为"一切作家与作品都是这一历史发展链条（线索）上的一个环节"[③]。但这种历史主义不是"相对主义"。因为在历史的不息变动中也包含了某些恒定不变的因素，否认了这一点，

① 黄修己：《中国现代文学研究方法论集》，首都师范大学出版社 1994 年版，第 23 页。

② 同上书，第 25 页。

③ 同上书，第 26 页。

就会如王瑶所说“忽视”了“带有永恒价值的东西‘而产’生相对主义”之“蔽”。而这种历史发展过程，也不是历史进化论所说的，是一种“直线上升”的历史运动。王瑶在一篇与胡适辩论“历史的进化的文学观念”的文章里，就曾对“每一时代的文学总比前一代为进步”的文学史观提出质疑。[①] 把历史看成是“过程”的观点，是“史识”的一方面，另一个方面是“历史的联系”的观点。文学与其他意识形态的联系是“多样的联系”，“这里所要强调的是，王瑶先生特别重视的文学与时代的联系，以为是一种最重要、最基本的历史联系，他曾经明确提出‘文学史的努力方向’之一，就是从‘各时代的社会生活和思想文化相联系’中去客观地解释各时代的文学现象”[②]。王瑶还十分强调这种联系还须是客观的、具体的而非主观臆造的。从这点出发，他晚年在批评“以政治代替艺术”的庸俗社会学的同时，也对现代文学史研究中“淡化政治”的倾向提出批评。他的理由十分简单，至少说在中国现代文学史上，政治对文艺的影响、干预是客观存在的，从中说明，“把文学看作是一门历史科学，把‘历史过程’与‘历史联系’的观念、方法引入文学史研究，从根本上说，乃是一种思维方式的变化，即如王瑶先生所概括的那样，是‘由孤立的静止的形而上学的思维’向联系的运动的‘辩证思维’的转变（《中国现代文学研究的历史和现状》），同时也是一种新的史学品格、学风的确立，这就是王瑶先生所说的‘尊重历史事实，从历史实际出发，以正视历史的勇气，恢复历史的本来面目’的‘实事求是’的精神（同上），以上两个方面已经并将继续对中国现代文学史的研究产生深远的影响”[③]。

第三，关于“史识”和“史料”“史论”的关系问题。王瑶一再提及清末以来的历史研究存在“崇古”“疑古”“释古”三个派别与

---

① 黄修己：《中国现代文学研究方法论集》，首都师范大学出版社 1994 年版，第 6 页。

② 同上书，第 28 页。

③ 同上书，第 29 页。

趋势，并明确指出自己的研究是属于以“释古”为理论旗帜的清华学派的。这三派对“史料”的态度不同，“崇古”派以为古书上所说皆真，“疑古”派以为古书所载，多非可信。“释古”派以为古代传说，虽不可尽信，然吾人颇可因此窥见古代社会一部分之真相。[①]“释古”派的研究要求进一步对史料所反映的历史现象“作出合理的符合当时情况的解释”，“找出它之所以为此的时代和社会的原因，解释它为什么是这样的”。[②] 这就需要对历史事实作出判断、选择、概括，显示出史学家的见解、眼光，也即是“史识”。[③] 王瑶一贯认为现代文学史的研究并不局限于史料的搜集、整理与鉴别，同时他又重视“史论”的作用。他一针见血指出清代乾嘉学派最基本弱点就在于“极端轻视甚至否定理论对于研究工作的作用”。他说：“文学史研究中，既须掌握充分的资料，又必须具有‘史识’；资料有时可以借助于别人搜集的成果，‘史识’则必须研究者具有独到的见解，能够从大量资料中找出它们的内在联系”[④]。作为一个现代学者，王瑶对于理论思维及科学的思维方法在科学研究中的地位与作用，给予高度的重视，并有许多给人启发的论述。正如钱理群所揭示的：“王瑶先生对‘史识’与理论思维的重视，是最能显示‘释古派’的特点的；而他同时自觉地吸取‘疑古派’与中国传统乾嘉学派考据学的长处，追求着‘史料’与‘史识’、‘史论’的结合，在学风上，‘既要立论谨严又不要钻牛角尖’，‘既要视野阔，又不要大而空’……”[⑤]

第四，关于“史”的研究者与研究对象、现在与过去的关系。研究者与研究对象之间存在着一个“时间”的差距，研究者生活于

---

① 冯友兰：《中国近年研究史学之新趋势》。

② 王瑶：《朱自清先生 90 周年诞辰纪念会的讲话》。

③ 黄修己：《中国现代文学研究方法论集》，首都师范大学出版社 1994 年版，第 30 页。

④ 同上书，第 31 页。

⑤ 同上书，第 34 页。

“现在”，而要对“过去”的历史进行反顾性的描述，这样，“现在”与“过去”，“现实”与“历史”的关系，就必然成为“史”研究的一个基本问题。一切历史研究，不论历史学家是否自觉，都必须是以“现实”（现在）为认识中介的，不仅研究归宿都以“现实”为中心，这个历史研究中的“当代性”问题，“可以用两句话来概括，即是‘通过过去理解现在’与‘通过现在理解过去’。所谓‘通过过去理解现在’，是指历史研究兴趣与动力来自‘现实，（现在）的实践，用王瑶先生的话来说，是为了‘知今’而‘鉴古’，或者说，‘让历史告诉未来’，‘无论就哪一方面作历史的考察和研究，都是为了从中得到启示，有益于今天和明天’（《希望看到这样一本书》）”。作者认为因此王瑶总是鼓励现代文学研究工作者，“要与现实生活保持密切的联系”，“关心当代人民生活，特别是当代文学创作与文学思潮的发展，以及发展过程中提出的问题”，“带着‘现在’提出的问题反观‘历史’，由此而引发出历史研究的新课题，新领域，并且用历史研究的成果‘为现实的理论和创作发展提供历史的根据与借鉴’”。[①] 这里我们摘引的这段话，可以回答“重写文学史”讨论中提出的“当代意识”或“当代性”的问题。所谓“当代性”是不可避免的，当代人去研究历史，研究过去，必然带有今人的观点。但所谓的“当代性”不是以今人的现成结论或理论，套在“历史”上，把“历史”当代化，这种做法，必然扭曲历史，违背历史的真实，而是“要求以当代的眼光重新审视判断当年的历史，作出我们自己的结论，使研究成果具有现实的特点和今天的水平”（《中国现代文学研究的历史和现状》）。王瑶先生的论述，可以解决“重写”中的当代性和当代意识的问题。

第五，关于文学史研究的“主体”与研究文学史对象的“客体”关系，还牵涉到“定论”和“多论”的辩证关系的问题。在“重写

---

① 黄修己：《中国现代文学研究方法论集》，首都师范大学出版社 1994 年版，第 35—36 页。

文学史”中，一种意见是要推翻文学史上的“定论”，或对“定论”提出质疑。另一种不同意见认为，对文学史的现象的评价，应该有相当稳定性，凡是已经成为“定论”的，不可随意改变。钱理群指出，“释古”派强调“客观的解释古代”，并不意味着他们认为这种“解释”只能是唯一的，恰恰相反，就“释古”本义而言，就包含了承认多种解释的可能性及其各自存在的合理性的意义在内。“因此，王瑶先生在提出以‘成为定论’作为文学史研究的最高标准外，又提出只要‘言之成理，自圆其说’就能自成‘一家之言’，这就为文学史的多种解释提供了一个价值标准的依据”[①]。此处说明，“定论”不可能是唯一的，可以改变，可以“多论”。但要提出另一说，必须“言之成理，自圆其说”，既要有足够可靠的证据，又要具有自身逻辑的严密性，而不是主观随意性的产物。这里的“定论”和“多论”的关系，也为“重写文学史”提供了理论根据。“事实上，任何一种研究（解释）都只能部分地接近文学史本体（包括作家作品本体），而不能全面地把握与穷尽文学史本体，而一切科学的文学史研究只具有包含着若干绝对成分的相对价值。文学史研究本身就是一个不断地接近文学史的本体，而又永远没有终结的运动过程。这就意味着，文学史研究不可能是一次完成的：它需要不断地‘重写’”[②]。这就从研究主体对研究客体（对象）的认识不可能一次完成的原理上，阐明了“重写文学史”的必要性。文中王瑶告诫文学史研究者不要认为自己研究的结论是“唯一正确的”，“过去的不好，我们这本就最好”……由此王瑶指出“重写文学史”要真正做到“百花齐放、百家争鸣”。这些话出自《文学史著作应该后来居上》。

第六，文学史研究要抓住最能体现每一时期的文学特征的典型现象。文学史学科“质的规定性”决定它不同于文艺批评和文艺理

---

① 黄修己：《中国现代文学研究方法论集》，首都师范大学出版社 1994 年版，第 38 页。

② 同上书，第 39 页。

论，故不能“以论代史”和“以论带史”。然而，文学史研究又必须理清历史发展线索，建立一系列有因果关系的文学现象之间的联系，这就需要理论的抽象。而任何抽象、概括就必然要以不同程度上损伤文学现象产生形态的丰富性为代价。既要保留现象特征的丰富性、具体性、个别性，又要进行一定程度的概括、抽象，以揭示文学现象的内在联系与特征，如何满足矛盾的这两方面的要求呢？王瑶提出，抓住“典型现象”从中体现规律性的东西。钱文阐明道：“典型现象”的特点正在于，它既是从现象中抽出的，概括了特定时期文学的共同特征，同时，又不失现象本身所特具的丰富性、具体性、形象性。“典型现象”的概念，“是王瑶先生文学史理论的重要组成部分，他在很多文章中都从不同角度、不同方式作过精彩的阐发”①。这也是受到鲁迅研究文学史的启示，以鲁迅为楷模得来的。从王瑶所著的《中古文学史论》看到他对历史上文学现象的把握，都有三个着眼点，即文学自身发展、文学创作主体作家以及文学发展的文化背景。这里，具有理论意义的是在考察影响、制约文学发展的诸因素中，突出了“文化”这一环节，“从而抓住了最终决定文学发展的经济基础与文学之间的‘中介’物，这就既坚持了历史唯物主义的基本原则，又避免了机械唯物论之蔽”②。钱理群这篇论文从王瑶先生研究现代文学的实践和理论角度进行全面的考察，概括了他的文学史理论和方法，使人们全面理解王瑶先生在中国现代学术史研究上的实践和理论的贡献。

在现代文学史研究方法方面，还要提到严家炎。他在《杂谈中国现代文学史研究》一文中提出探讨中国现代文学的研究方法。50年代起有人总是强调中国现代文学史是一门党性、人民性很强的学科，总是要求学术研究中突出党性原则。在这些人眼里，所谓党性、

---

① 黄修己：《中国现代文学研究方法论集》，首都师范大学出版社1994年版，第41页。

② 同上书，第43页。

人民性“就是体现某些领导人的意志，把某种表面的政治利益放在首位；为了维护这种利益，不惜牺牲真实，修改历史”。“于是，文学史也就不成其为科学，只成为‘左’倾政治掩盖下的某种宗派私利的附庸”①。他强调科学性的重要：“不应该牺牲科学性去服从党性，而是党性必须以科学性和真实性为前提”②。文学史研究的唯一出发点，只应该是作品、史实和原始材料本身。作者看到新时期以来，实事求是精神大发扬，学术思想大解放，学者们的视野大为开阔，加上西方研究方法的介绍与初步运用，这一切收到了很好的效果，为学术工作带来了新中国成立后从未有过的良好局面。但是，长期“大批判”的流毒不可低估，新的不良风气也并未停止侵袭。他提出文学史研究者要有“历史感”，这往往直接关系到研究成果的学术质量。他还重申中国现代文学研究中版本问题的重要性。最后他指出“文学史应该就是文学史的问题，它对进一步纠正庸俗社会学关系甚大”③。如过去现代文学史写了大量的思想斗争，由于过分看重思想斗争讲了许多不能完全称之为文学作品的杂文。对这点需要保持清醒。研究者要用审美的筛子去筛选历史上存在过的大量文学作品，才能真正筛选得准确、恰当。这篇论文是 1992 年 11 月作者在香港中文大学中国文学研究所应黄修己教授之约撰写的。正如作者指出的，文中“涉及的却远不止于方法”④。文中所提出的这些问题是研究现代文学史不可忽视的。他的另一篇《现代文学研究方法答问》，是着重谈研究方法的文论。它以问答形式表达作者的观点，写作时间要比上篇文章早 10 年左右。他要求有志于研究中国现代文学史的青年要从广泛阅读作品和文学理论批评史料、了解五四以来文学发展的基本面貌入手，强调阅读第一手原始材料这种方法

① 黄修己：《中国现代文学研究方法论集》，首都师范大学出版社 1994 年版，第 44 页。

② 同上书，第 45 页。

③ 同上书，第 50 页。

④ 同上书，第 51 页。

在文学史研究中的重要性。他举郭沫若《女神》、老舍的《骆驼祥子》《四世同堂》、曹禺的《雷雨》等因版本的不同，引起不同的评价和争论的例子，指出有的问题如果看第一手原始材料、最早的版本，就可以解决。炎文接着回答怎样对待一些政治上后来变坏的作家，如刘大白等。又对如何处理陈独秀、胡适、周作人这类人物在文学史上的地位，概括出两条原则："第一，如实地承认和肯定他们在'五四'当时所起的积极作用；第二，指出他们后来向不好的方面发展变化的趋势。这两点归结起来，就叫做历史主义，实事求是。这个原则，应该同样适用于刘大白。"① 这种处理的方法，我们认为既不因某作家后来变坏而抹杀他前面在历史上曾经起过的积极作用，也不因前期所做的有益业绩和贡献，而不指出后期向不好方面转向的问题，因而是历史主义的。但在"左"的政治思潮影响下，更主要的是不敢实事求是地承认和肯定他们曾经在历史上所起的积极作用，或干脆就连提也不提了。严家炎还指出在现代文学史上，因受政治影响而回避不写或不能适当评价的作家，又何止对刘大白一人，"应当说还有一批作家（如现代派的一些作家，以及像张爱玲、徐讦等），今后恐怕都应该从实际出发，还其历史上的本来面目"②。再从文艺学的角度说，中国现代文学史研究应该注意的是，还须充分重视文学本身的规律和特点，重视作品的实际艺术成就，要真正把现代文学作为文学来研究，克服和防止庸俗社会学倾向的侵袭。"文学的中心是人"。即使就文学内容来说，"我们也应该把现代文学作为现代'人学'，而不是作为现代史的插图来研究"③。要研究作家表现的"人"及其变化，不同作家笔下的人物类型、选材角度、截取断面、表现手法的不同和差别，揭示作家不同风格和作品的独特个性。严家炎认为，研究现代文学的人所应具备的素养有马克思主义文艺

---

① 黄修己：《中国现代文学研究方法论集》，首都师范大学出版社 1994 年版，第 55 页。

② 同上书，第 56 页。

③ 同上。

理论的修养、中国古典文学和近代文学的修养、外国文学的修养，还要有近代和现代的社会历史知识等。要多读书，但读的书要选择，要区别对待。他还提醒研究者要阅读五四以来的重要文学期刊。“这样做不仅可以使我们了解许多有关的材料，还可以使我们增长很多感性知识，对问题的研究和判断容易准确一些。”[①] 我们从严家炎所谈的这些研究现代文学史方法中悟到：所谓研究方法，不单纯是掌握的技巧、技能或具体的技术性问题，它需要在实践中摸索、创造和运用，还必须具备多方面的修养，才能生效。否则，只不过是纸上谈兵。

如何对待和处理史料，是现代文学研究的重要方法论之一。

樊骏的《论中国现代文学史料的搜集与整理》，是从《这是一项宏大的系统工程——关于中国现代文学史料工作的总体考察》[②] 中摘录出来的。这里摘录的是其中第三、四部分，可谓长篇大论，洋洋大观。这是一篇中国现代文学史研究方法论关于史料问题的系统论述的文章，是近年来这方面最完整、最全面、材料相当丰富的论著。作者是从“中国现代文学史料工作在认识和实践等方面，仍然存在不少薄弱环节，有的还是明显的缺陷”的现象出发的。他考察和陈述了史料工作的内容和形式两个方面的问题。他首先提出迄今为止这方面工作的对象大多集中于“死材料”而放松了“活材料”。“死材料”即是已经形成文字、记录在案的史料。“活材料”即尚未形成文字、仅仅“活”在人们头脑中的史料。对后者人们重视得不够。“活材料”正在迅速消亡中，作者疾呼“尽快将这些材料记录、保存下来，也就成为现代文学史料工作一项独特而且紧迫的任务”[③]。如今亲历五四文学革命和初期新文学运动的先驱者已剩下屈指可数的

---

① 黄修己：《中国现代文学研究方法论集》，首都师范大学出版社 1994 年版，第 60 页。

② 原载于《新文学史料》1989 年第 1、2、4 期。

③ 黄修己：《中国现代文学研究方法论集》，首都师范大学出版社 1994 年版，第 61 页。

几位，连解放区工农兵文学运动的最初实践者也都垂垂老矣。加上长期以来人们对中国现代文学范围理解得十分狭隘，“关于这个时期里各少数民族的文学，包括台湾、伪满在内的各沦陷区的文学，以及所谓‘右翼’文学等，都很少有人过问。这些方面的‘死’材料不多，‘活’材料更是一向处于自生自灭，又即将消灭殆尽的状态”①。他说最后抢救这类史料的机会和时间都已所剩无几了。对于这种紧迫性估计不足问题，作者一针见血指出：“可能是整个战略部署上一种带有全局性的偏差”。根据作者的论述，这类史料可以分门别类归纳于下：第一，回忆录。这方面存在着局限性和空白，已有的回忆录已需要核对、考订。进行社会调查、访问作家和有关者，也是值得提倡的记录保存“活”材料的方式。这方面工作虽已取得成果，但还未得到重视和开展。第二，作家和有关人士的日记、书信作为具有特殊价值的史料类型，在整个工作中尚未获得应有的位置。② 真正把日记和书信作为史料，并把收集、整理、发表出版，以及保管等工作郑重提上日程，同样开始于新时期。但日记、书信的独特的史料价值尚未得到普遍、充分的认识。这是造成轻视和忽略它们的原因之一。日记、书信都是当事人亲笔写下的原始的直接的实录，包含着大量真实、具体、准确的史实。所以“把它们缀连一起，可以发现作家的日常生活、人事来往、文学活动、生平经历、思想感情（包括一闪而过的念头、难以向人诉说的心灵波动、毫无保留的自我解剖等），以及文坛事件、社会历史变故等方面丰富而且可靠的素材或者线索，成为认识作家和把握文学历史演变轨迹的重要依据”③。如果把相关者的日记和书信汇集一起浏览查阅，还能捕捉到其各自内心深处的各种活动。如在《新文学史料》发表的 3 组书信，《修人书简》收了应修人于 1922 年至 1923 年间给湖畔诗友潘

---

① 黄修己：《中国现代文学研究方法论集》，首都师范大学出版社 1994 年版，第 61—62 页。

② 同上书，第 66 页。

③ 同上书，第 68 页。

漠华、冯雪峰、汪静之的20封信，这些20岁上下的青年，骄傲地宣称："我们相携做个纯粹的诗人"，共同从事"努力使现实美化，快乐化"的崇高事业。应修人把妓女视为自己姊妹问寒问暖，反而被她们缠住强索钱财。他在信中诉说"从前我怜妓女，现在我怕妓女"。作者认为"这些书信洋溢着天真的青春气息，凸现出在'五四'狂飙鼓舞下年轻一代朝气蓬勃的精神面貌"[①]。我感到应修人的信中所诉说的十分有趣，自己忍俊不禁。湖畔诗人的纯真，活脱脱地显现眼前。我访问金华时，还到武义县潘漠华的故乡，瞻仰了他的故居，读了修人的这封信，对当时湖畔诗人诗作所流露出的真情、纯情，更增加了一份理解。文中引的《孙犁致康濯信》所收的1946至1948年间的10封信，展开的是完全不同的精神世界。他们反复检查和剖析的是所谓"小资产阶级情调"。"它们的亲切坦诚、和盘托出，使这些作家和这段文学历史在我们的心目中显得更有血有肉，更有声有色，从而充实强化我们的历史感"[②]。该文作者从广义的史料角度，发现了更多为我们所忽略的项目：第一，作家手稿；第二，作家的家谱、族谱，从小学到大学的学习成绩单以及其他有关作家生平的史料；第三，像文学社团的会议和其他活动的记录、各级党政机构关于文学工作的各种公文、学术单位的相关文件等列入卷宗档案的文献；第四，当时报刊上关于作家行踪、文学社团活动的消息，对于作家作品、文学事件的反应的报道。另外，还有有关文学作品的广告等。这里作者对史料范围的考虑，非常细致、周全。此外还列举了非文学性史料：第一，照片；第二，与照片相似的，还有录音录像等；第三，包括作家故居、重要文学活动场所在内的建筑物。"把史料工作称为宏大的系统工程，除了说明它所包括的方面和内容应该是繁杂而不是单一的，丰厚而不是贫瘠的，广泛而不是

---

① 黄修己：《中国现代文学研究方法论集》，首都师范大学出版社1994年版，第70页。

② 同上书，第71页。

狭小的以外，又在于强调不能满足于搜罗、搜集尽可能齐全丰富的材料”，不断地进行下去，“从发掘出来到成为准确可靠的史料，还都有一系列鉴别整理的任务”。[①] 对于为什么要对史料鉴别整理作者作了详尽的分析。他提出“考证”的任务。鉴别整理现代文学史料的任务还没有引起人们应有的重视，在考证问题上表现得尤为突出。“鉴别整理的根本目的，在于经过多方查核辨析，钩沉拾遗，去伪存真，确证史料的可靠性和准确性；所以从广义上说，任何一则材料都需要通过考证，才能作为入史的事例、论证的依据。”[②] 作者举了1930 年 3 月出版的《拓荒者》第 1 卷第 3 期上关于“左联”理论纲领的报道，其中有“反对‘稳固社会地位’的小资产阶级的倾向”。同年 4 月出版的《萌芽》第 1 卷第 4 期报道同一内容的消息，“反对”的却是“‘失掉社会地位’的小资产阶级”了。“稳固”与“失掉”含义正好相反，当年的理论纲领究竟是如何写的，长期是个疑问。1980 年有人发表文章说：“笔者就这个问题，曾请教过‘左联’里论纲领的起草者冯乃超同志。冯乃超同志说：‘稳固社会地位’与‘失掉社会地位’两个提法，‘失掉社会地位’的提法是正确的。”但这里的考证工作仍然未做好，文中指出了几点：一是孤证；二是没有从技术上说明《拓荒者》何以会因“排印马虎”而导致这样的颠倒；三是回忆者和调查者都忽略了一个细节，即无论是“失掉”还是“稳固”，这一处都是整句中唯一打上引号的；四是“失掉社会地位”的提法，含义不清，带来了理论上的混乱；等等。类似如此重大的问题，都未考证清楚。该文作者感到已经收集到为数可观的材料，鉴别整理的任务会迅速增加。“整个现代文学史料工作也势必逐渐转入以此为主的阶段；尽快扭转认识上和实践中的这一落后状况，

---

① 黄修己：《中国现代文学研究方法论集》，首都师范大学出版社 1994 年版，第 79 页。

② 同上书，第 85 页。

已经成为发展提高我们工作的关键所在了”[①]。史料工作是文学史研究的基础。这里所提出的史料整理的范围和方法，对史料工作的开展，是有很大指导意义的。

黄修己的两篇论文《文学史的史学品格》《回归与拓展——对新文学史研究历史的思考》，是论述相关课题的，它们分别刊登在《中国现代文学研究丛刊》和《文学评论》上。这两篇文章的研究成果、主要内容和基本观点，也都体现和吸收在他的专著《中国新文学史编纂史》中。黄修己长期从事中国现代文学史教学和研究，又参加过教材的集体编写并单独撰写过中国现代文学史教材。他是较早注意中国现代文学史科学研究的一位学者。他的这两篇论文在现有的《中国新文学史编纂史》基础上作更加深入、系统的研究，值得重视。文学史的文学与史学两重属性之间，他偏向于当前应强调文学史的史学特征，“把它放在史学的坐标中来考察一番”。这就从史学特征和品格上，找到了有利文学史研究水平提高的途径。“历史研究的第一步，就是把历史事实弄清楚，史实是历史研究的第一要素”。基于此，他明确地指出“史学方法论讲史料的重要性，它的搜集、考订、使用，都是为了真实地再现历史的本来面目”。他进一步阐释：强调文学史的史学品格，首先也就是要强调这种彻底的唯物主义精神。他回顾新中国成立以前的第一部现代文学史——王哲甫的《中国新文学运动史》，到新中国成立后第一部现代文学史——王瑶的《中国新文学史稿》，认为后者的史实比王哲甫史著更繁富了。作者提出一个过去研究现代文学的人所忽视的问题，即“我们在研究和教学中，往往忽视了史学理论和方法的学习和训练”[②]。这里别有新意的是，注意史学理论和方法，不仅是对研究者、教师的要求，而且还要在教学中对学生进行这方面的教育。他对历史编纂学作了

---

① 黄修己：《中国现代文学研究方法论集》，首都师范大学出版社1994年版，第93页。

② 同上书，第137页。

界定，指出人们往往看轻历史编纂学的倾向。关于史与评的关系，按史学的要求，“对历史的叙述应该客观、含蓄、多让史实说话，必要的地方还要用春秋笔法”。我国传统史书中的“评”“赞”等，如《史记》的“太史公曰”就是作者直接出来讲话，不过寥寥数语，甚为简约。现在已出版的现代文学史著作“往往评论过多”①，这是要加以克服的。在“评”的问题上，必须牵涉到如何对待“公论”“定论”的问题。他毫不含糊地写道：“有人认为写文学史要尽量多用公论、定论，少用作者个人的独断、专断。但一切以时间、地点、条件为转移，世上并无绝对不变的公论、定论。一些本来已有定论的事，过一阵子也可能被新的认识所取代，盖棺不能论定的事太多了。”② 从接受美学提出“重写文学史”的命题，是可以不顾文学被接受者的情况的，作者认为这有一定的道理。他对现代文学史这一学科的看法是：现代文学史编了几十本，“差强人意的不是没有，不满意的居多；……要说成绩，特别是近十几年来，确实是很了不起，但严格一点来要求，好象还可以重新来过似的”。要提高它的水平，文学史是交叉学科的观念要能为人所接受，还不能画地为牢，“把自己永远拘囚在现代文学史一个学科里”③。他希望扩大视野，在广阔的学术领域，施展自己的才华。这是《文学史的史学品格》所阐明的要旨。黄修己的另一篇《回归与拓展——对新文学史研究历史的思考》在对新文学史研究的思考中，把 70 年来所编著的各类新文学史著，归纳为两大类型，即描述型的和阐释型。“描述型的书，重视史料的搜集、整理，着重记述历史发展的经过，记述作家生平和他们的创作概况，有时罗列较多史实。相对地说，作者对史实的评论较少，态度往往比较客观。”④ 从方法上看，这类型的书基本上是用

① 黄修己：《中国现代文学研究方法论集》，首都师范大学出版社 1994 年版，第 140 页。

② 同上书，第 141 页。

③ 同上书，第 142 页。

④ 同上书，第 144 页。

实证的方法，重证据，但对规律性的总结不够，这类著作新中国成立前较多。“阐释型的文学史，当然也有对基本史实的描述，但往往不视之为史著的首要任务，也不喜欢用客观的笔调；而是重在表现作者对历史的观点，并且鲜明地、显害豁地，而不是含蓄地、隐蔽地加以表现。”[1] 新中国成立以后，阐释型很快取代了描述型。这主要是新中国成立后时代的要求，毛泽东的《新民主主义论》被作为编写新文学史的指导思想，以及“以论带史”思想的影响。两相比较之下，作者以为它们各有所长，“如果用作教材，描述型更好些”[2]。作者再从史料、史实和研究者、评论者的角度，将这两种类型的史著概括为遗留态和评价态。遗留态就是今天我们无法再看到的遗留历史，如五四运动无法再重演一遍，我们所能见到的是五四运动时所遗留下来的各种资料。评价态即是史家对史料等的评价。对这种态势，要“尽可能多地掌握遗留态历史，这是很重要很繁难的任务”。至于作为评价态的史家，绝不会只是消极被动的，“在此基础上写出的史著，又增加了今人的评价，是今人眼里的历史，因为绝对客观的描述是没有的”。但无论评价态的主体的主体性如何高扬，“都不能跨出历史事实的范围，只能在‘如实反映’的基础上来发展自己的评价”[3]。在这前提下可以有高度的自由。但现在的问题更主要是对遗留态注意不够，作者提出，前几年关于“重写文学史”的讨论发表论文不少，“未见有认为目前因史实的错讹、缺漏造成科学性不强，须要重写的观点。这些论文也全都集中在提出新的评价和建构新的模式上。非常明显，新文学编纂的热点，仍在阐释上”[4]。这就指出了“重写文学史”讨论中的局限性。作者还从“单向性和多样性的”的角度，指出阐释的单向性是新文学史编纂中的又一突

---

① 黄修己：《中国现代文学研究方法论集》，首都师范大学出版社 1994 年版，第 146 页。

② 同上书，第 150 页。

③ 同上书，第 154 页。

④ 同上书，第 152 页。

出现象。几十年来对新文学史的阐释集中在它与政治的关系上。“就作家研究而言，虽然长期盛行‘社会——历史’的批评，但角度还比较多，……可是一到宏观地把握新文学史，就只有政治视角了”①。这无疑尖锐地指出了阐释型文著单一性的问题所在。新中国成立前的文学史著作有的是历史进化论的观点，有的是循环论的史观，也有阶级论的，但影响最大的则是《新民主主义论》的新文学史观。80 年代中期提出的“二十世纪中国文学”的观念，开阔视野、开拓领域，突破了只谈新文学与政治联系的局限。“但除了这个理论本身尚有待完善之外，人们发现它与政治视角的距离仍是很近的”。它以“改造民族灵魂”为 20 世纪中国文学的总主题，以“悲凉”为其主要美感特征等，“还是讲文学与社会变动的关系，透露出一定程度的政治色彩”。② 正如王瑶先生所批评“以政治代替艺术”的庸俗社会学的同时，也批评现代文学史研究中“淡化政治”的倾向。所以我们改变单一的“政治视角”和“模式”的同时，也不能走向另一种极端，认为文学史可以完全脱离政治。黄修己指明：“从政治视角观察新文学，确也产生过具有深刻性的认识成果，对新文学史的编纂，起了推进作用。不必因为以前的过分政治化偏向，而不加分析地否定政治视角的作用，否定其所具有的锐利的解剖力。”③ 因此，我们不赞同“单向性”而提倡“多样性”，并不反对“政治视角”作为一种观照体系而且是重要的观照体系而存在，只是反对“单一”的政治观。文学史研究的多样性，如“从文化的视角来观照新文学史，这工作还刚刚开始。可探讨的内容颇多”④。如 30 年代京派和海派之争，用苗文化来解读沈从文的那些“湘西作品”。又如多民族文学的关注，“中国本是多民族国家，我们过去文学史实际上只是汉文学

---

① 黄修己：《中国现代文学研究方法论集》，首都师范大学出版社 1994 年版，第 155 页。

② 同上书，第 156 页。

③ 同上书，第 157 页。

④ 同上书，第 158 页。

史。唐弢主编的三卷本，注意到这个问题”[①]，特记载了维吾尔族、蒙古族几位作家和他们的创作。这些都是多样性的表现。作者还提出新文学同许多学科有程度不同的联系，如比较文学的复兴已使我们注意新文学与外国文学的关系，进而还要研究近代以来的翻译事业史。由于它的发展，带来了域外的新思潮、新文艺，促进了旧文学向新文学的转化。[②] 这和“重写文学史”讨论中，有人提出要把翻译文学纳入中国现代文学史范围中去的意见，有其类似之处。“新文学的内部、外部诸种联系都应受到重视，不必厚此薄彼，这就是应该提倡的研究的多样性。”[③] 当然，作者所说的“回归”是要把现代文学史回归到现代文学史本体，即“把文学史还给文学史”。“拓展”即拓展研究视野和领域，不要把自己的手脚捆绑在文本的范围内，要看到文学外部关系、内部关系的不可分割，才不致踏进自我封闭的圈子里。这是作者通过对新文学史研究历史的反思，得出的结论。

关于传统的研究方法在现代文学史研究上的运用，是值得注意的问题之一。

在钱理群阐述王瑶先生的文学史理论、方法中已提到王瑶先生治史与乾嘉学派的关系。朱金顺的《试说新文学研究与朴学之关系》专门地谈了这个问题。朴学即清代的乾嘉学派，是中国传统学问的集大成者，其在中国学术史上产生过巨大影响，“新文学研究，从方法论上无疑是接受了它的影响，而且有所发展和创新”[④]。作者认为对于乾嘉学派的治学方法，新文学家们是予以肯定的。他举了鲁迅整理《古小说钩沉》《唐宋传奇集》《嵇康集》，以及叶绍钧编《十三经索引》、胡适考证《红楼梦》及研究《水经注》到郭沫若 60 年代校订《再生缘》的前 17 卷，使用的方法，都是中国传统的方法，

---

① 黄修己：《中国现代文学研究方法论集》，首都师范大学出版社 1994 年版，第 159 页。

② 同上书，第 160 页。

③ 同上书，第 161 页。

④ 同上书，第 98 页。

“也就是朴学家们治史料之学的方法”[①]。他们爬梳史料、整理典籍、考证辨伪的方法和手段，也用于新文学的研究。杨霁云替鲁迅编辑《集外集》，收集鲁迅的集外佚文，使用的是古人的辑佚方法。唐弢在《鲁迅全集》刊行之后，用朴学家辑佚的方法，出版了《鲁迅全集补遗》和《鲁迅全集补遗续编》。校勘学也是切实有用的治史方法，经过校勘可以发现在1957年前后出版的10卷本《鲁迅全集》里，《南腔北调集》的《〈登琴〉前记》中删去了托罗茨基的名字。原来前记中有“……则当指挥文学界的瓦浪斯基，是很给他们支持的。托罗茨基也是其一，称之为‘同路人’”，删掉了既不尊重历史，也歪曲了鲁迅的原话。“不进行认真的校勘是难以发现的”。[②]“若从研究说，不同版本的互校，从中研究出一些问题，这恐怕是一项不可少的工作，或者说校勘学竟是新文学研究者的基本功。”[③] 这里把校勘作为研究新文学的基本功，是有道理的。此外是目录学。作者认为：特别是近几年，新文学研究中的目录学极为发达。这既有旧传统的继承，也有国外研究方法的学习和借鉴。30年代的《中国新文学大系》的《史料·索引》卷，是较早的卓有成就的目录书。近几年，各个作家的著作目录、作品系年目录、专题目录、作家研究资料目录等等，更是大量出版。“为推动新文学研究，起到了指引门径、总结前人成果的作用”[④]。此外又有版本学。他认为这是新文学研究的薄弱环节。老一代学者，都是注重版本的，并以此来要求和鼓励年轻的研究者。“我以为，一个研究者，应当具备文献学的眼光，应当认识版本的优劣。”[⑤] 有时对一个作家的争论，其实是版本之争。作者非常强调版本的研究，“不解决有关版本问题，认为版本

---

① 黄修己：《中国现代文学研究方法论集》，首都师范大学出版社1994年版，第100页。

② 同上书，第103—104页。

③ 同上书，第104页。

④ 同上书，第105页。

⑤ 同上书，第106页。

是无足轻重的小事，那新文学研究是难以取得突出成绩的”[①]。还有考据学。这是朴学家们治学的最重要的法门。“考据学，或称考证学，是被新文学研究所普遍继承了的，如果离开了考据，史料、文献之学就难以进行研究，因此，新文学做为一项研究之始，就广泛使用了考据的手段。”[②] 所谓考据，便是考核、考查、考索所收集的证据、依据，作出判断。新文学研究对此方法的运用，要有考据学的根底和眼光，否则研究工作就难以进行。[③] 作者提出对传统的治学方法，必须有所继承和发展。如新老治学研究的目的不同，再如目录之学，新旧也很不一样。版本的研究更应当走科学化、现代化之路。然而，朴学家的治学方法与现代文学研究，关系极为密切。对那些科学方法，是多有继承和发展的。“但是，相比之下，这方面的研究却极不够。如果我们能从方法论的角度，加以总结和概括，那不是大大有利于我们的新文学研究吗？”[④] 联系我们传统的研究方法，如爬梳史料、整理典籍、考证辨伪的方法与手段，具体说明辑佚方法、校勘学、目录学、版本学、考据学等的方面的继承与发展，对研究现代文学史的推动意义，这个角度很可取、应该引起注意。

中国现代文学史研究中的“整体观”方法，是陈思和提出来的。他在《中国新文学史研究中的整体观》一文的开头，便把新文学作为一个开放型的整体。他对人们习惯把五四以来新文学史拦腰截断、形成“现代文学”与“当代文学”的概念提出异议，说这“实际上是一种人为的划分”。它使这两阶段都形不成各自完整的整体，妨碍了人们对新文学史的研究。[⑤] 而现代文学史的分期不一定要与现代革命史的分期相一致，文学有自己的道路，“它的分期应该是对作家、

---

① 黄修己：《中国现代文学研究方法论集》，首都师范大学出版社 1994 年版，第 107 页。

② 同上书，第 107 页。

③ 同上书，第 109 页。

④ 同上书，第 112 页。

⑤ 同上书，第 114 页。

作品、读者三个方面进行综合考察的结果”①。对分期问题，我们认为也是“重写文学史”中讨论的一个问题。这方面，黄修己教授编的现代文学史教材，已作了新的尝试。该文作者考察五四初期以来的文学史，将其划分为六个特征和文学层次：第一个层次形成于五四初期；第二个层次形成于三四十年代；第三个层次形成于抗战后期的解放区；第四个层次产生于五六十年代；第五个层次形成于五十年代，真正发生影响却在粉碎“四人帮”以后；第六个层次形成于七八十年代。每个层次，作者都列出一群代表性的作家。就这六个层次的作家，作者加以分析，概括其特征。“六个文学层次、三个发展阶段，构成了一个开放型的整体”②。唯其是开放型的，这一整体还在发展和日益完善。作者把五四以来的作家分层次、分阶段进行分析研究，并把他们看成开放型的整体，这也算是研究的一个方法和角度。但对开放型的概括，似应具体分析，从文学史发展现象看，却不能得出一向性、一贯性的开放型的结论，有时开放，有时不够开放，也许更加符合文学史的实际。幸好，作者在中外文学关系中发现“同步态”与“错位态”（下面述及）倒可补救这方面之不足。作者将新文学与世界文学作为整体框架，他写道：20 世纪中国文学作为一个开放型整体的另一个基本特征，即它的发展运动不是一个封闭型的自身完善过程，“它始终处于与世界性的社会思潮和文学思潮的不断交流之中”。这里的整体性的意义，除了自身发展的传统力量以外，还在于它与世界文学共同建构起一个文学整体框架，并在这样一个框架下，确立自身的位置。③ 五四以后的 30 年代左翼文学、40 年代以后的革命文学，都和世界文学中的某些国家发生这样那样的联系。作家之中，留学生比比皆是。他引了夏志清在《中国现代小说史》中举的一个有趣的例子：“中国作家对世界文学的知

---

① 黄修己：《中国现代文学研究方法论集》，首都师范大学出版社 1994 年版，第 115 页。

② 同上书，第 120 页。

③ 同上书，第 121 页。

识‘由于他们所处的环境特殊，他们对西方文化的了解，也是片面的，不完整的，当时较有影响力的作家，几乎清一色的是留学生，他们的文章和见解，难免受到他们留学所在地的时髦的思想或偏见所感染。说真的，我们即使把自由派与激进派的纷争看做留美、留英学生与留日学生的纷争也不为过’”。他认为这看上去十分极端的论点确实也说明了某些现象的真相。[①] 中国知识分子接受外国文学，并把它移植到中国，使中国文学世界化，双方的运动构成世界文学整体框架，它的作用十分重要。他举何其芳为例：何其芳早年作为一个唯美抒情诗人受到过西方象征主义的深刻影响，但随后参加革命，这种影响不久就丧失殆尽。他提的这个问题，与在“重写文学史”讨论中提出的“何其芳文化现象”有其类似之处。但也有不少作家，一生创作都为某种外来影响所左右，无法摆脱。“在研究中国新文学与世界文学的整体框架的关系中，我以为只能从整体上去把握两者的关系，把各种可能性都考虑进去，暂时无法从某一种可能性中引申出什么规律来”。但如果进一步考察这种过程系统本身，即可发现贯穿在中外文学关系中的有“同步态与错位态”[②]。同步态是中外文学交流中最重要的标志之一，错位态则相反。前者最佳时期，一是五四初期，二是社会主义新时期。但即使在两个开放时期，“错位态”仍然存在。作者为研究者对新时期文学在世界文学整体框架中的位置的研究提供了一个新的视角。作者作为一种方法论提出“传统与发展”，认为文学传统不是遥远的僵死的存在，它永远是一种和现实紧密联系的、处于流动状态的过程，“传统与发展”构成了文学整体观的两端。传统相对稳定，发展是不停顿的，“随着新的文学作品绵绵不断的产生，文学整体也处于不断的自我调整之中。因此，我们对文学作整体的考察时必须看到：传统是发展中的传统，

---

① 黄修己：《中国现代文学研究方法论集》，首都师范大学出版社 1994 年版，第 122 页。

② 同上书，第 124 页。

发展又是传统在各个时代的变体”[①]。从这视角来考察新文学的六个层次、三个阶段，不管怎样打上不同的烙印，“它们之间总是存在着一些稳定的因素，显示出传统的力量”[②]。如废名（冯文炳）的田园抒情小说到沈从文的小说中描绘自然状态下人性的纯朴与美，到孙犁的《白洋淀纪事》《风云初记》描绘浓郁的乡土风光、优美的儿女情调，再到贾平凹的《山地笔记》《商州初录》等蕴含着丰富哲理的笔记小说，“处处留下了魏晋文学的精神气韵”。作者以这个例子说明了传统力量的深刻性，同时又告诉我们：一个特具风格的作家的可贵之处，并不在于模仿了传统，而在于创造了传统的“变体”。沈从文不同于废名、贾平凹不同于孙犁。“文学的整体观作为一种研究方法，它不同于孤立的对研究对象作就事论事的评论分析，也不同于简单地对两个研究对象进行比较，它是把研究对象放入文学史的长流中，面对着文学的整体进行历史的全面的科学分析。”[③] 最后，作者回到文学史的分期上去。研究方法的整体观，应该打破以1949年为界线的人为鸿沟，“把本世纪第一个十年为开端的新文学看作一个开放型的整体”[④]。这种整体观的方法论，和钱理群等提出的“二十世纪文学”的概念，有其相同之处。但他提出打破现当代文学的分期，却是难以被文学界接受的。

王晓明和黄子平以问答的形式阐发了作家作品研究的方法问题（《在作家与作品之间》）。王晓明的研究路子，主要是根据大量的作品，再加上作家的自述和一些生平资料。但现在搞“传记批评”或“作家心理批评”的人似乎不太多了。尽管我们不能只依据作家的主观意图来判断作品，却可以依据作品来反推作家的态度，作家与作品的联系毕竟是不能割断的。这种批评方法，较像“知人论世”“文

① 黄修己：《中国现代文学研究方法论集》，首都师范大学出版社1994年版，第129页。

② 同上书，第129页。

③ 同上书，第131页。

④ 同上书，第132页。

如其人”“风格就是人”的说法。该文作者在作品和作家之间，“常常更重视后者”。他认为有人把小说中的人物当作分析对象，他不习惯这样做。“我就只能抓住作家本人不放”[1]。他的做法是先分析作品，再进一步推论出作家的心态，乃至普遍的文化心理。根据作品去推测作家的心态，反而更可靠一些。“我是相信读者只要有足够敏锐的感受能力，即使缺乏作家传记材料的指示，也能够从作品中大致揣摩出作家的创作心理的”[2]。这种方法便是抓住小说中的“叙事人”不放的方法。

作家传记和作家研究、文学史研究的关系是非常密切的。

近年，给中国现代作家写传记已成风气。一大批作家传记，如《赵树理传》《夏衍传》《冰心传》《萧乾传》《沈从文传》《沙汀传》《周作人传》《林语堂传》《曹禺传》等，不仅对作家研究大有帮助，而且它们本身就是作家研究的成果，还有其独立的审美和历史意义。董炳月发表《从几部现代作家传记谈“作家传记”观》，他分析比较了几部作家传记的成功与缺陷，由此引申出关于作家传记的观点。这虽和联系作家传记进行批评、研究的所谓“传记批评”法不可同日而语，但它为研究“作家传记”“传记文学”，提供了方法的借鉴。“作家传记”有“再现”与“表现”两种类型。“作家传记应当是兼有科学著作和文学作品两种品格的体裁。它要和科学著作一样注重史实与逻辑，又应具有文学作品的魅力”。莫洛亚将这称之为“史实性”和“史诗性”的统一，说：“‘传记应当既是历史专著，又是艺术作品’”，“‘我所追求的，是艺术和史实的统一。它既不是史诗，也不是史实，而是史诗加史实’”。[3] 由此观念出发，该文把作家传记定义为“生命与生命的对话”。从中我们理解到：作家传记的作

---

① 黄修己：《中国现代文学研究方法论集》，首都师范大学出版社 1994 年版，第 210 页。

② 同上书，第 212 页。

③ 见《传记大师莫洛亚》第 38 页，转引自黄修己：《中国现代文学研究方法论集》，首都师范大学出版社 1994 年版，第 228 页。

者，应该在尊重作家的史实的前提下，发挥作者的主导作用，把自己和作家在人格、精神上看成是平等的，这样才能做到真正意义上的对话。“因此我们对于传记作者的表现意识给予充分肯定……在目前的作家传记写作中传记作者‘自我意识’没有充分觉醒的一面，以及由此引起的小小失误。这主要表现在两个方面：一是传记作者的理性精神和价值尺度常常受到传主崇拜意识和政治认同意识的困扰，二是作者对传主的把握方式缺乏主动性和创造性。”① 作者在分析几部作家传记时，谈到一些细节描写，很生动，我特转引出来，以飨读者。凌宇的《沈从文传》写到传主在上海受聘于中国公学，第一次去上课特意花 8 块钱雇了一辆面包车，但站到讲台上时，面对慕名而来的众多听众，他紧张得 10 多分钟说不出一句话。好不容易开口说话了，又因为紧张说得太快，一个小时的授课内容 10 多分钟就讲完了。他再次陷入窘境，便拿粉笔在黑板上写道：“我第一次上课，见你们人多，怕了。”这种生动的描写确能显示出沈从文性格中那湘西山民的善良、天真与质朴。钱理群的《周作人传》叙述“文革”中红卫兵冲进周作人的家对其进行“无产阶级专政”的时候，作者道：“周作人所担心的‘小河’的泛滥，终于发生了。”这种机智的议论让你感慨万千。田本相《曹禺传》中写到曹老暮年那一句“明白了，人也残废了，大好的光阴也浪费了”的感叹也只是叹息后半生没有写出好作品而已。文章评论道：“造成这一遗憾的原因也许不在作者而在历史条件的不成熟。”② 这里我们联系到“重写文学史”的讨论，有文章提出曹禺早衰的文学现象，这句话也可作为分析原因的一个补充。作者最后归纳几部作家传记给我们的四点启示：对话意识的自觉和价值观念的独立的重要性，只有优秀的文学研究者才能写出成功的作家传记，优秀作家传记是在史料的丰富、可靠和见解的深刻、独

---

① 黄修己：《中国现代文学研究方法论集》，首都师范大学出版社 1994 年版，第 231 页。

② 同上书，第 227 页。

到这“两极”之间建立起来的，作者对传主的选择具有某种必然性等。[①] 这篇论文总结了近年作家传记写作的经验和不足，也是新时期文学史研究的成果，同时所写的这些作家，也都是现代文学史上的重要作家，所以对现代文学史的编写和研究，也有所帮助。

“比较文学对于促进中国现代文学的研究来说有着特殊重要的意义”。乐黛云在《比较文学与中国现代文学》一文中一开头就这样明确地提出来。该文从三个方面论证比较文学方法对于现代文学研究的必要性和重要性，首先指出现代文学区别于古典文学的一个重要标志，即中国现代文学的发展受到外国文学的很大影响。“20 世纪 20 年代初叶在中国发生的东西文化的交流，其规模之大，影响之深，在世界文化史上也是少见的”[②]。这里的影响当然绝不是单方面的消极接受的过程，而是按照中国社会的需要受到筛选和改造。如易卜生的剧作《玩偶之家》在中国盛行之后，在鲁迅、茅盾等的作品中有很大发展。作者还举了一个有趣的例子：美国意象派诗歌大师依萨·庞德和胡适的关系。庞德非常喜欢中国诗，特别是李白的诗。他认为中国诗歌对于美国诗坛的“激发”，“将如希腊文学之于欧洲文艺复兴一样”（《庞德文学论文集》）。胡适提出“八不”主义，显然受到庞德在《诗杂志》上发表的《几个不》的影响，这一点可从胡适 1916 年的日记看出。[③] 庞德以中国旧诗兴美国新诗，胡适受庞德的影响创作白话集，这现象很值得研究。“总之，不弄清楚外国思潮如何对五四新文学发生影响，我们就很难总结好这一段历史。”[④] 其次，从必须通过和其他民族的比较才能站在更高的立足点来了解自己文学的特色这个角度说，也需要比较文学的方法。作者认为夏

---

① 黄修己：《中国现代文学研究方法论集》，首都师范大学出版社 1994 年版，第 234—235 页。

② 同上书，第 289 页。

③ 参阅周策纵：《五四运动史》。

④ 黄修己：《中国现代文学研究方法论集》，首都师范大学出版社 1994 年版，第 291 页。

志清的《中国现代小说史》固然有许多我们不能同意的观点，“但我认为他有一个长处，就是经常从比较的角度来突出中国现代小说的特色”[1]。在与同时期世界文学的比较中来看中国现代小说的特点，当然要比孤立地“就事论事”来得深刻。另外也只有通过比较，才能更有效地向外国介绍我们自己的成就。最后，在当今“各民族的精神产品成了公共财产，民族性和局限性日益成为不可能”的世界，这就有一个如何正确接受和对待国外影响的问题。30 年代现代文学的发展，为我们提供了丰富的研究内容。作者概括五四以来对外来影响的三种不同态度：一是从社会实际需要出发积极消化吸收改造。如对尼采思想的改造。二是不考虑需要，全盘照搬，如“学衡派”胡先骕等。三是也提倡改造，但却以中国固有的封建思想对外来思潮进行改造。如梁启超周游列国后，写了《欧洲心影录》一书，指出西方 100 年物质文明进步比 3000 年所得还多几倍，但人类不得幸福，反得灾难，“兼并之烈，劳资之争”，使得人们精神十分痛苦。“因此梁启超提倡以孔孟之道，即‘东方的精神文明来医治西方的物质疲惫’”。以后 30 年代、40 年代，在如何“拿来”这个问题上也都有不同的内容、不同的方法、不同的经验教训。“用比较文学研究方法总结各时期外来影响如何发生作用，对于今天我们如何贯彻‘拿来主义’，从其它民族文学中吸取营养发展自己的文学事业也有着重大意义。”[2] 文章回顾过去，觉得我国比较文学研究还不很发达。30 年代有傅东华翻译《比较文学史》（罗力耶作），戴望舒翻译《比较文学论》（梵第根作），专门论文也超过 200 篇。近 3 年来这方面文学更多，我国第一个比较文学研究的群众性组织已经成立。展望将来，“预计比较文学研究必将在我国出现新的繁荣”[3]。比较文学方法，运用于中国现代文学史之研究，已逐渐得到重视，也有一定的

---

① 黄修己：《中国现代文学研究方法论集》，首都师范大学出版社 1994 年版，第 291 页。

② 同上书，第 293 页。

③ 同上书，第 293 页。

成果，但整体来说，尚处新的起步阶段，而且如何进行比较以达到自然而不牵强，深入而不肤浅，都有待进一步研究解决。但是比较文学工作者的热情和努力，是应该充分肯定的。

文化学的方法也是中国现代文学史研究的一个重要方法。一般人以为我国从80年代中期兴起的“文化热”起，才开始运用文化学的方法，或从文化的角度研究现代文学。吴定宇的《文化学与中国现代文学研究》一文告诉我们：文化学之用于中国现代文学研究，从五四新文学运动就开始了。作者首先界定“文化”的概念，“文化”一词最初出于拉丁语的动词“colere”，含有人为了生存而对土地进行耕耘、改良的意思。自古罗马著名演说家西塞罗提出“智慧文化即哲学”以来，西方学者历年来对“文化”的词义及范畴进行过许多研究和补充，致使其内涵变得更加丰富，外延更为宽泛。不过，作为学术研究领域的一门学科，文化学的建立只有百年多历史。作者提到泰勒《原始文化》给“文化”下的定义：“文化，或文明，就其广泛的民族学意义来说，是包括知识、信仰、艺术、道德、法律、习俗以及作为社会成员的人所掌握和接受的任何其他的才能和习惯的复合体。”① 作为一门新兴科学，文化学从哲学、民族学、人类学、历史学、社会学、宗教学、政治学、经济学、语言学、文学等人文学科吸取过营养，同时也向这些学科渗透。“文化学的研究方法，如动态分析法、文献分析法、语言分析法、结构分析法、功能分析法、系统分析法、定量分析法、网络分析法、心理分析法、相对分析法、历史比较分析法、纵横传播分析法、文化模式分析法、象征符号分析法、探索群体意识分析法以及跨文化分析法等，已广泛运用到文学研究和其它人文科学研究中去，推动了学术研究的发展。”但在这众多的人文科学中，中国现代文学研究和文化学的关系至为密切。该文从五四开始论述这种关系：五四新文化运动的先驱

① 转引自黄修己：《中国现代文学研究方法论集》，首都师范大学出版社1994年版，第294页。

和主将如胡适、陈独秀、李大钊、鲁迅、郭沫若等在吸引西方文化思想的同时，也自觉地或不自觉地学到西方文化学的某些方法。他们用之于传统文化的反思、审视和重新评价中国文学。如胡适运用历史比较分析法研究各个时代的文学之间的关系，以及世界文学与中国文学的发展变迁。他又用功能分析法透视中国文学所蕴含的文化思想和社会功能，发现旧文学之弊端。他继而运用语言分析法，进一步认识到作为文学作品书面语言的文言文的种种弊病。他又从文化发展演变着眼，揭示了文学发展演变的某些规律，提出了革新文学的主张。① 再如中国现代文学的第一代作家如胡适、鲁迅兄弟、郭沫若、文学研究会和创造社作家群“几乎都接受过西方现代文化思想的启蒙，他们的作品都包蕴着新的文化特质，因此，用文化学的观念和方法去研究他们的创作，能够较准确和较深刻地揭示出现代文学作品的意蕴与价值”②。如对阿 Q 形象的分析从文化视角更能窥见阿 Q 身上所蕴藏的文化性格。文化学为中国现代文学研究提供了切实可行的方法。此外，随着中国现代文学的发展，一些研究者逐步打破各门学科的畛域，使文化视野更为广阔。如苏雪林从哲学和艺术学角度，运用跨文化研究法、结构分析法、语言分析法等，研究了湘西文化圈对沈从文创作的影响，指出沈从文的审美理想，相当精辟。③ 作者实事求是地指出：“不过，由于当时的文化学尚是一门刚建立的年轻学科，文化学某些重要的理论著作还未介绍到中国来，正在起步的研究者不可能从整体上领会、消化、吸收文化学的思想，把握文化学的研究方法，致使他们未能分门别类地审视现代作家的文化心理，探讨作品中的文化特质，研究方法也较简单生硬。这些缺陷，有待研究者去克服。”④ 这里穿插一段我自己的经历：80 年代中期

---

① 黄修己：《中国现代文学研究方法论集》，首都师范大学出版社 1994 年版，第 297 页。

② 同上书，第 296 页。

③ 参阅上书，第 297 页。

④ 黄修己：《中国现代文学研究方法论集》，首都师范大学出版社 1994 年版，第 298 页。

“文化热”兴起时，我曾想撰写一本中国现代小说中作家文化心理的著作。我阅读了许多作品，做了许多笔记，但因当时未有完整的时间写书，加上当时学术界有些老学者，对“文化心理”的提法有所保留，我拟写的著作也就搁着，只写了些论文。后来关于“中国现代作家文化心理分析”的著作如龙泉明的《在历史与现实的交合点上》一书出版了。《文化学与中国现代文学研究》一文作者回顾了中国现代文学研究中进行文化研究的历史，看到一个事实：40 年代以后研究处于停整顿状态，到 80 年代中期这种局面才被扭转。这种“文化热”绝不是二三十年代的中国现代文学进行文化研究的重复。“探讨人的文化价值观念及其内隐外显的行为模式，文化心理与多功能行为的文化规范，文化个性与共性，是现代文化学的重要内容之一”[①]。以此观照，现代作家的思想与创作，仍然是现代文学研究的热门课题，出现了和以往不同的新文化景观：“现在许多研究者突破了长期以来所惯用的阶级和阶级斗争分析模式与政治经济分析模式，改变了以往对作家贴标签、作鉴定的僵硬方法，……而是把作家放在广阔的社会文化背景上，运用文化学的多种研究方法，进行多元考察”[②]。如从文化学角度研究鲁迅，令人信服地阐明了“鲁迅是我们一代的文化巨人”的道理，为鲁迅研究开辟了一个新的途径。在文化热中，研究者突破了以往注重作品的主题思想、典型性格、典型意义、艺术成就这种研究“八股”，不约而同地把握、探索作品的文化底蕴和文化价值。作者列举宋永毅、陈平原、龙泉明、吴福辉等人在这方面的研究成就。文中作者提出在文化学研究方法中的“文化特质”研究。所谓“文化特质，其实就是组成某种文化并且显示其特性和功能的最小单位”[③]。研究“文化特质”，可以比较准确地描述出现代文学及其各个发展时期，以及某些文学流派的文化

① 黄修己：《中国现代文学研究方法论集》，首都师范大学出版社 1994 年版，第 298 页。

② 同上书，第 299 页。

③ 同上书，第 301 页。

风貌的某些方面。在这方面，如对文化思潮、文学社团、乡土文学、京派与海派、山药蛋派的文化内涵和特质的研究，都有新的见解。确如作者结语所说："中国现代文学研究的文化热，至今方兴未艾。随着现代文学研究队伍把握与运用现代文化理论与方法论的水平的不断提高，中国现代文学的文化研究将会取得更加丰硕的成果，这是毫无疑问的。"①

在分别文体的研究中，这几年关于小说史的史论，不仅有专著，而且有不少论文。此外，便是诗歌的研究方法论，也比较活跃。此处，我们分别加以简述。陈平原的《小说史研究方法散论》是文学史革新的前兆。然而"理论家讨论的是文学史编写中的历史哲学，文学史家关心的则是文学史编写中的操作规律"。该文着重提出"小说史意识"与小说史研究的关系问题。鲁迅《中国小说史略》的问世，标志着中国小说史研究的成熟。小说史的研究，可概括为四个方面：研究对象、研究者、已有的对对象的解释、研究者所使用的理论框架。前两者各分三个等级。一从具体到抽象，逐渐理论化：史实考证→作家作品评价→小说史意识。一从抽象到具体，逐步应用化。另一个是：文学观念→研究方法→小说史意识。作者以图示这两者在"小说史意识"这一点上重合，而这"重合点"正是小说史方法所要着力探讨的，也是实际操作中最为关键的一环。后人评述《中国小说史略》，多在前两个层次做文章，而实际上鲁迅最为成功、对后世影响最大的是后者。阿英写于30年代的《作为小说学者的鲁迅》、李长之写于50年代的《文学史家的鲁迅》"以及近几年来出版的研究专著《读〈中国小说史略〉札记》（储大泓）和《鲁迅与中国古典小说》（许怀中）似乎都注意到了这一点，可惜都偏于鲁迅的小说观念（美学思想）或者研究方法（如历史的兼考据的态度，

① 黄修己：《中国现代文学研究方法论集》，首都师范大学出版社1994年版，第303页。

处理好作家与时代、体系与顺序的关系，注重艺术分析等）”①。作者引了我在80年代初时出版的拙著，我在这部著作中所偏重的也确在这些方面。所谓“小说史意识，亦即对于小说发展模式的整体观照，目的是建立起一套确定作家作品位置和作用以及阐释小说艺术现象的理论框架和操作程序”②。小说史作为一种体裁史，理所当然应以小说形式的发展和小说类型的流变为重心来展开论述。此外该文对“小说中体例”与小说史研究、分期问题、史料与史识问题，以及“进化的观念”与小说史研究、“雅俗对峙”与小说史研究等都作了较详尽的论述。文章还介绍了几本外国的文学研究方法的论著：Hudson《研究文学的方法》（1923年）、本间久雄《文学研究法》（1931年）、Keltuyala《文学史方法论》（1932年）和丸山学《文学研究法》（1936年）。近年这方面的论著就更多了，在我国学术界，杨义在1990年完成3卷本《中国现代小说史》之后，花4年多的心血写成《中国古典小说史论》（1995年12月由中国社会科学出版社出版）。该书导言论述中国古典小说的本体阐释和文体发生发展论。第一章《〈山海经〉的神话思维》、第二章《〈穆天子传〉的史诗价值》、第三章《汉魏六朝杂史小说的形态》、第四章《汉魏六朝志怪书的神秘主义幻想》、第五章《汉魏六朝“世说体”小说的流变》、第六章《唐人传奇的诗韵乐趣》、第七章《敦煌变文的佛影俗趣》、第八章《从〈酉阳杂俎〉到〈夷坚志〉》、第九章《文人与话本叙事典范化》、第十章《〈三国演义〉的悲剧结构和经典性叙事》、第十一章《〈水浒传〉的整体生命和叙事神理》、第十二章《“剪灯三话”的文化意识和叙事谋略》、第十三章《西游记：中国神话文化的大器晚成》、第十四章《金瓶梅：世情书与怪才奇书的双重品格》、第十五章《李渔小说：程式化和个性化的审美张力》、第十六章《〈聊斋志

① 黄修己：《中国现代文学研究方法论集》，首都师范大学出版社1994年版，第167页。

② 同上书，第168页。

异〉充满灵性的幻想和叙事方式》、第十七章《〈儒林外史〉的时空操作与叙事谋略》、第十八章《红楼梦：人与书的诗意融合》、第十九章《〈红楼梦〉与五四小说》、第二十章《〈阅微草堂笔记〉的叙事智慧》、结论《中国叙事学：逻辑起点和操作程式》。全书40多万字，从各章标题就可看出其新颖性，该书勾勒了中国小说文体发生、发展的历史和叙事学的总体轮廓，分析了不同时期小说形态和代表作，为中国古典小说研究开辟了新途径，丰富了文学史研究史学理论。作者注意中国古典小说的本体和原生态的研究，赋予小说史研究的立体感和动态感，运用叙事学和文化学两种原理进行研究，丰富了研究方法论，在中国古典小说史研究领域别开生面。

关于中国现代新诗的研究方法，孙玉石在《重建中国现代解诗学——中国新诗批评史札记之一》中提出“对于三、四十年代我国新诗批评中出现的现代解诗学的理论和实践，有重新认识和构建的必要”①。该文阐明了下列问题。第一，中国现代解诗学是新诗现代化趋向的产物。20年代中期，以李金发为代表的初期象征派诗歌潮流的产生，对于新诗观念是一次大的突破。30年代以戴望舒为首的现代派诗潮发展势头迅猛，使得广大的诗歌读者和传统的诗学批评一起陷入困惑的境地。“适应新的诗歌潮流发展需要而产生新的诗学批评，就是势所必然的了。其中最重要的成果是一种新的诗学批评形态——中国现代解诗学的诞生”②。这是从新诗的发展来说明现代解诗学产生的必然性。第二，中国现代解诗学的诞生，标志着新诗批评由对现代主义诗歌潮流总体发展态势的观照，转入对这一潮流的作品本体微观世界的解剖。现代解诗学的萌芽始于《现代》杂志对西方和中国象征派作品的一些简易剖析。而朱自清先生是中国现代解诗学最早的倡导者。由于现代解诗学的出现，众口一声简单地

① 孙玉石：《重建中国现代解诗学——中国新诗批评史札记之一》，《中国现代文学研究丛刊》1987年第2期。

② 同上。

认为现代派诗“晦涩朦胧”“不好懂”而加以否定的时代便结束了。第三，现代解诗学理论的内涵：（1）解诗学是对作品本体复杂性的超越；（2）解诗学是对作品本体审美性的再造；（3）解诗学是对作品本体理解歧异性的互补。[①] 第四，现代解诗学表现了批评家对诗歌本体自觉意识的强化：（1）正确理解作品的复义性应以文本内涵的客观包容性为前提；（2）理解作品的内涵必须正确把握作者传达语言的逻辑性；（3）理解或批评者主体的创造性不能完全脱离作者意图的制约性。作者对现代解诗学的产生以及在实践中的作用、它的内涵以及批评家如何操作，阐明得十分清晰，体现了现代诗学本身的科学性、逻辑性。这里说明现代解诗学的运用，可以发挥阐释者的创造性，但这种创造又不能脱离作者意图的制约，这是很重要的。不然，就要造成阐释者主观臆测，对“朦胧诗”之类，无论怎么理解都可以的结果。新时期出现的“朦胧诗”，后来发展到越来越晦涩、朦胧，读者大叫“看不懂”的声浪越来越高。我想现代解诗学的批评方法，是否也可以在研究当代新诗中加以运用和发展呢？

一段时间以来，在对现代作家的研究中，人们常常感到鲁迅研究有点被冷落的感觉。这是一方面。另一方面，鲁迅研究的新成果也不少。这里有几篇论文是谈鲁迅研究的，无论是综述鲁迅研究的新趋向，或以某一种方法研究鲁迅，都可以从中窥见现代文学史的研究方法。林非的《关于研究鲁迅的一些问题》谈了三个问题：第一，研究鲁迅的方法问题；第二，关于阅读鲁迅著作的问题；第三，怎样写鲁迅研究的论文。这些问题可以说是作者多年来研究鲁迅和现代文学史的心得体会，又是带有宏观性总体把握研究某作家，以及文学现象的方法指导。我们着重介绍林非谈的关于研究鲁迅的方法问题。作者首先肯定研究方法之重要。这关系到研究成果的多寡

---

① 黄修己：《中国现代文学研究方法论集》，首都师范大学出版社 1994 年版，第 199—204 页。

深浅问题。他以马克思研究资本主义社会，撰写《资本论》第一卷第二版《跋》里所概括的几句话，说明首先“研究必须充分地占有材料”，强调占有第一手材料的重要。而对第一手材料，也需要考证、校正。他举了过去“文化大革命”中有些文章讲鲁迅如何高呼反对“孔家店”，胡适又如何捍卫“孔家店”为例，说明这是不符合历史事实的。事实是在《鲁迅全集》找不到“孔家店”，而这个名词恰是胡适在《〈吴虞文录〉序》中提出来的。“尽管胡适后来倒退和堕落了，我们也不能抹煞这样的事实，随随便便地说话。”① 作者就马克思的第二句话——研究工作必须“分析它的各种发展形式”，加以阐发：“这就是说，把材料找到了以后，经过充分地阅读和研究，然后在这基础上，作出科学的分析，分析这些材料的各种发展形式。”② 他联系鲁迅研究，作了具体阐明。马克思的第三句话：在完成上述步骤后，再进一步“探寻这些形式的内在联系”。他说得好：“科学研究最终就是要研究客观事物的内部规律，掌握材料，分析材料，探寻内在联系，找出事物的规律。”③ 作者联系鲁迅研究，联系现代文学史，把马克思主义这三句话阐明得十分透彻，运用得十分确当，对研究现代文学史和作家，都有指导意义。作者讲的第二个问题——关于阅读鲁迅著作的问题，是从读书和方法论的相互关系来谈的。上面谈了没有科学的方法，光有知识不行，这里反过来讲：方法固然重要，但必须有知识，没有知识，方法是个空头元帅。他告诫青年要多读鲁迅的书。阅读鲁迅的著作没有什么秘诀，要靠自己艰苦实践，掌握正确的方法，就如何阅读鲁迅的著作，他谈了自己的意见，都是很中肯的。第三个问题讲怎样写文章，怎样写研究论文。这实际是涉及鲁迅研究如何扩大视野，扩大领域，如何突破的问题。对写论文作者分别指出三种情况，从高到低，但要力求往

---

① 黄修己：《中国现代文学研究方法论集》，首都师范大学出版社 1994 年版，第 241 页。

② 同上书，第 242 页。

③ 同上书，第 244 页。

高处着眼。其他如写论文要把认识过程放在读者面前，让读者跟着自己的认识过程前进，最后自然地接受整个的结论，以及学术论文除了需要具有逻辑力量之外，也需要有感情力量，都是作者经验之谈。读了林非的这篇长篇宏论，再读一读钱理群、王得后的《近年来鲁迅小说研究的新趋向》，就更全面地认识了近年来鲁迅小说研究的新成果，更加明白这新成果或新趋势之得来，又和新的观照方法和角度分不开。这篇是鲁迅小说全部汇编成册时写的“序言”，带有很大的“综述”成分：站在今天的时代高度，对鲁迅小说的独特价值作宏观的观照与总体的估价和发现。这其实也是近年来鲁迅研究的主要趋向。如对鲁迅小说文化内涵的全面而深入的开拓方面，一篇题为《祝福：儒释道“吃人”的寓言》的文章，发现“鲁迅有意以鲁镇显示传统中国社会、历史、文化的几乎全部内容，从风俗到制度，从思想到宗教，从日常生活到行为准则”，以及生活于“鲁镇”的各式中国“人”的生存状态与历史命运：他们无论怎样挣扎，终不免为“鲁镇”社会、文化、历史……所吞噬。不过，人们似乎更热衷于从作家创作主体与作品的关系的角度去接近鲁迅小说的本体。以此为根据，鲁迅自己在《呐喊·自序》已有明白无误的交代：他青年时候也曾做过许多梦，不能全忘的一部分，便成为《呐喊》的“来由”。从《呐喊·自序》可以看出，作为潜在的痛苦记忆深藏在鲁迅心灵深处永远不能忘记的，是那“如置身毫无边际的荒原”的“恶梦”，“于是‘恶梦’中的‘荒原’——不只是‘荒原’的意象，而且包含着‘荒原’隐意中的先驱者的‘荒原’感，以及冲破‘荒原’（荒原感）的希望，这两者之间的撞击、交汇”，构成了《呐喊》（及全部小说）“内在潜流”。[①] 文章顺着这个“荒原”（“荒原感”）的思路，通过两个叙事模式，深入剖析，挖掘出鲁迅小说独特的内涵。其一是“看/被看”二项对立模式：《示众》只有一个场

① 转引自黄修己：《中国现代文学研究方法论集》，首都师范大学出版社 1994 年版，第 271 页。

面，即“看”和“被看”的二项对立模式，只有一个动作“看”。“但它却凝结着鲁迅对中国‘人’的生存方式、人际关系及人生价值、命运……最深刻的观察与把握：在中国这个一切都‘戏剧化’、‘游戏化’的国度里，‘人’不是充当‘看客’，就是‘被人看’，这同时内蕴着鲁迅自身最痛苦的人生记忆与体验”①。再联系鲁迅在《呐喊·自序》所描述的“幻灯事件”中的“看客”图像，给予他的无以愈合的刺激与创伤等等，使《示众》具有极大的包容性，内含着多方面的“生长点”。可以把《呐喊》《彷徨》《故事新编》中的许多小说都看作是《示众》的生发与展开。再从“被看”这一面分析，其中有“先驱者”和“庸众中之一员”两部分人，如其中的《祝福》里的祥林嫂这类“被看”的牺牲者，“这百无聊赖的祥林嫂，被人们弃在芥尘堆中的，看得厌倦了的陈旧玩物”，“她未必知道她的悲哀经大家咀嚼赏鉴了许多天，早已成为渣滓，只值得烦厌和唾弃”。正像一位研究者所说，这是极其深刻地揭示了所谓“看客”现象的本质的：其“症结并不主要在于人们由于缺乏现代觉醒所特有的愚昧、麻木及感觉思维的迟钝，而恰恰在于对不幸的兴趣和对痛苦的敏感，别人的不幸和痛苦成为他们用以慰藉乃至娱乐自己的东西”②。而在“看”与“被看”这二元对立中，“看”与“被看”双方都同属于被压迫而不觉悟的“庸众”。“看”者实质上是通过“鉴赏”“被看者”的痛苦，来使自身的痛苦得到排泄、转移，以致最后遗忘。从这一方面说，其又表现出一种极度的麻木。另一类“看/被看”的二元对立，发生在“独异个人”与“庸众”之间，这种“看”与“被看”的关系是先驱与群众、启蒙者与启蒙对象的关系。“被看者”有不被理解的孤独、寂寞感（《孤独者》），“要救群众，反被群众所迫害”的悲哀（《药》），以至“被（群众）无端吃掉”的恐怖（《狂人日

---

① 黄修己：《中国现代文学研究方法论集》，首都师范大学出版社1994年版，第272页。

② 同上书，第373页。

记》）……值得注意的倒是《理水》所描写的夏禹，当他作为一个胜利者回到京城时，也仍然不能避免“被看”，“百姓们就在宫门外欢呼，议论，声音正好象浙水的涛声一样”。该文提醒读者注意：正是在“万人传颂”之中，大家在谈他的故事，最多的是他怎样夜里化为黄熊，用嘴和爪子，一拱一拱地疏通了九河……这就把夏禹治水的真实奋斗，故事化了，成为供人鉴赏的荒诞无稽的神话传说，夏禹本人也被“俳优”化了，以高明的（或拙劣的）“表演”供给人观赏。[①] 这种分析新人耳目。该文所引的类似这样别辟蹊径的挖掘还很多，不胜枚举。鲁迅小说另一个模式是“离去——归来——离去”，也有人称它为“归乡”模式，即在鲁迅小说中叙述作为这一代知识分子的“我”离乡而“去”，奔向现代都市，但现代都市，并没有提供他们理想中的“精神乐园”，在日趋激化并无以摆脱的精神痛苦中，中国知识者又为作为“人”的本性的“归根、恋土”情结所蛊惑，开始作起“怀乡”梦来。“这当然是属于包括鲁迅自身在内的中国现代知识分子的，它既表现了在‘乡村中国’与‘现代中国’，‘中国传统文化’与‘西方现代文化’……撞击、冲决中，选择的困惑；同时，又表现了中国现代知识分子与‘乡土中国’‘在’而‘不属于’的关系：他们在中国现实中找不到自己的位置；更表现了‘人’在‘冲决’与‘回归’、‘剧变’与‘稳定’、‘躁动’与‘安宁’、‘创新’与‘怀旧’……两极欲求之间的摇摆，‘上天无门，入地无路’的生存困惑”[②]。作者从这“回乡”模式，揭示出作品所蕴含的多重的思想内容，这说明“在一种新的眼光、角度、方法的观照下，以往不被注意的鲁迅小说的某些方面（特别是“形式”方面）被重新照亮，引起了新的思考，也有了新的开掘与发现”[③]。一位“重读鲁迅小说”以后的研究者对“鲁迅小说的意义和价值究竟是什

---

① 黄修己：《中国现代文学研究方法论集》，首都师范大学出版社 1994 年版，第 374 页。

② 同上书，第 278 页。

③ 同上书，第 282 页。

么”的回答是：“一、是鲁迅的小说为中国新文学提供了一种完全意义上的现代文学形式和经典作品”；“二、是鲁迅小说中深刻的自我人格内涵”。“如果说第一个因素主要是强调鲁迅小说的文学价值，那么，这一特点便使他的小说具有一种文化价值，它可以使我们认识到中国现代知识分子中的最高水准的人格内涵及其力量”。[①] 该文作者认为“这大致可以代表近年来鲁迅小说研究所达到的‘共识’，从本文前述分析与介绍中，也可以得出这一结论吧”[②]。该文的可贵之处，在于在分析与介绍鲁迅研究的新趋势，实际上是新成果的过程中，使读者看到、感到新眼光、新角度、新方法所带来的对鲁迅思想和作品的新思考、新开掘与新发展。

最后，让我们再提一提朱晓进的《文化视角与鲁迅研究》。这篇文章是从文化角度来研究鲁迅的，也可以说是对我们前面介绍的文化学研究中国现代文学史论文的一个小小的补充。该文也从“文化”概念的界定开始。广义的“文化”，几乎囊括了人类所创造的全部物质文明与精神文明，而狭义的“文化”则主要指精神文化。他将文化分作四个层次：文化的本质、精神文化形态、制度文化形态、物质文化形态。广义的“文化研究”包括这四层范围在内。同时“文化研究”又可以是一种研究视角，将鲁迅作为一种文化现象，从文化视角来加以审视，正是基于其明显的文化特征的考虑。[③] 作者指出：随着时代的迁移，鲁迅在中国历史上，作为文化思想家的地位正在取代作为单一的文学家的地位。以“文化视角”研究鲁迅，“不仅具有拓宽鲁迅研究的范围的意义，而且具有帮助我们的研究真正切近鲁迅自身的作用”。[④] 作者还认为如果我们注意从“文化视角”考察鲁迅，把他作为一个具体的文化现象来看待，不仅看到鲁迅已

① 吴位：《心灵的秘密——重读鲁迅小说札记》，转引自黄修己：《中国现代文学研究方法论集》，首都师范大学出版社 1994 年版，第 286—287 页。

② 同上书，第 287 页。

③ 同上书，第 307 页。

④ 同上书，第 310 页。

作为一个伟人屹立在我们面前，而且将会看到他之所以成为伟人的文化根源。这不仅帮助我们去理解他作为文化伟人的种种业绩，还会引导我们注意探讨他成为文化伟人的成因。作者指出，过去研究鲁迅对其生平、传记曾给予较多的关注，但常常有为史料而史料的倾向。“但对于最能体现人物‘文化特征’的思维方式、个人气质、心理结构等方面的特点却常常有所忽略”①。“文化视角”有助于把握研究对象的“文化特征”，有助于将研究者的视野引向研究对象的主体精神方面。因此，在对鲁迅的生平、传记研究中，“文化视角”就理应受到重视。② 文章接着指出鲁迅思想研究方面的种种顽弊，如分割肢解了鲁迅思想的整体性，难以体现鲁迅思想的博大精深。又如微言大义，忽略鲁迅言论的具体环境，对只言片语任加发挥，将鲁迅思想作庸俗社会学的解释。再如某一方面的权威性论点一经确立，研究界一拥而上，纷纷作注，以至于使研究徘徊不前等。他举了瞿秋白讲过鲁迅由进化论到阶级论之后，学术界便在这范围内踏步不前。③ 作者分析产生弊端的原因，认为视角过于狭窄是个重要原因。“文化视角”，也许能在一定程度上使我们从以上的困境中摆脱出来：“如果我们能始终围绕着鲁迅的整体文化思想来看待鲁迅各方面的具体见解，也许我们有可能在研究中避免割裂、肢解鲁迅思想整体性的弊病；如果我们着眼于鲁迅思想整体性的文化意义，我们也许不会津津乐道于在只言片语中作微言大义的游戏”，就会把研究着眼于挖掘鲁迅思想的深层文化结构，不会满足于以一种表面现象的排列来代替评判结论，而会尝试多种途径，去找寻现象背后的统一性。④ 此外，作者还指出在鲁迅研究中常遇到的价值评判的“二难”现象，主要指对同一事物或现象，从两个不同论述的基点出发，常常会得

---

① 黄修己：《中国现代文学研究方法论集》，首都师范大学出版社 1994 年版，第 310 页。

② 同上书，第 310 页。

③ 同上书，第 311 页。

④ 同上书，第 311 页。

出两个不同的结论。这不同的结论又常常是相互否定的。在作价值评判时，既不能两全，又不能简单肯定某一方面，因为肯定了这一方面的结论常常意味着要否定另一方面的结论，这就使评判者陷入“二难”境地。如在传统文化方面，鲁迅以决绝的态度对待传统，另一方面，鲁迅又确实是中国传统文化的优秀继承者。在这个问题上评价鲁迅时，往往容易陷入一种二律背反的悖论之中：肯定了鲁迅对中国传统文化的继承，实际上也就肯定了鲁迅所反对的（鲁迅对传统文化的坚决的否定态度）。作者对此现象的看法是：如果以“文化视角”，“将之摆到当时的文化背景中去考察，注意将鲁迅作为一个文化转换期所特有的充满丰富而内在的矛盾的文化现象来研究，也许可以使价值评判从‘二难’的尴尬境地中解脱出来”[①]。中国的文化转换的特点，一方面是西方文化对中国传统文化的冲击，在这背景上，中国有识之士意识到中国文化变革的必要性。另一方面他们是在中国传统文化中养育出来的，在其实质上并不能完全抛弃传统文化，在精神深处有依恋。“一方面，当时面临的历史任务是尽快实行文化的转换，为防止传统文化对外来文化的消蚀作用，必须在整体上反传统，另一方面，从文化价值来说，中国传统文化中又确有优秀的值得肯定的东西”[②]。如果从这文化背景上来理解鲁迅对传统文化的态度，也是可以说得通的。记得我应邀去新、马访问，在记者招待会上，我讲了鲁迅对传统文化的批判，举了很多方面，另外又讲了鲁迅继承传统文化的方面，也举了许多例子。当场有人提问，如何看待这矛盾的现象，我便是从当时的文化背景上来说明，记者们信服了。该文最后谈采用“文化角度”来研究鲁迅，还不仅仅是出于深化鲁迅研究的目的，最根本的目的还在于从鲁迅那里真正汲取文化思想的养料，获取文化的启示，以助于今天的文化建设。

---

① 黄修己：《中国现代文学研究方法论集》，首都师范大学出版社 1994 年版，第 312 页。

② 同上。

他写道:“把鲁迅作为文化现象来研究,用‘文化视角’来重新审视鲁迅,这仅仅是一种研究途径,而通过鲁迅这一具体现象来透视一个历史时代的文化特征,从鲁迅这一新文化运动的思想代表者那里发掘今天所需要的文化精神,这才是研究的真正目的。”这篇论文既有以“文化角度”研究鲁迅的理论阐述,又有具体的分析和运用。事实是,任何一种研究方法,都不只是一种固定的“公式”或机械“模式”的硬套,或只是技术性的简单操作,它本身也包含着许多理论知识。如“文化视角”的研究,研究者不掌握大量的文化现象、史料以及理论知识是无法从这个角度去研究现代文学的。所以以为掌握一种具体方法,就能包打天下,占领一切研究领域,是一种天真幼稚的想法。

总而言之,中国现代文学史研究的史学理论应具有多种意义和内涵。它与哲学,尤其是历史哲学、历史唯物主义联系紧密,又与中西史学史、学术史、哲学史、思想史都有密切关系。它包括对客观历史过程的一般理论考察,而这种考察却是文学发展过程的考察,对于一个文学理论研究者来说,不仅要具有史学素养,而且要有文学素养,不仅要有理论思维,而且要有文学艺术的敏锐感觉和审美能力,不仅要了解本国文学,还要了解外国文学的概况,不仅要了解历史,而且要了解现实。80 年代中后期直到 90 年代,我国文学史界越来越重视现代文学史学理论的研究,这是一个值得注意的趋向。但在研究过程中,要不断把史学理论研究引向深入,要注意我国古代和近代文学史的研究、外国文学史的研究,在总结现代文学发展的本身的规律性时,要着眼于现代文学的历史的特点。对此,王瑶作了很好的概括:“中国现代文学是在中国社会内部发生历史性变化的条件下,广泛接受外国文学影响而形成的新的文学。它不仅用现代语言表现现代的科学民主思想,而且在艺术形式和表现手法上都对传统文学进行革新,建立了话剧、新诗、现代小说、散文诗、杂文等新的文学体裁,在叙述角度、抒情方式、描写手段及结构组成上,都有新的创造,具有现代化的特点,从而与世界文学潮流相一致，成为真正现代意义上的文学。”[①] 他又说：现代文学应该强调现代化，“所以我说，文学革命，就是用现代人的语言，表现现代人的思想，是现代化的一部分”[②]。针对现代文学自身的特点进行研究，这是史学理论研究的前提和基础。面对丰富的现代文学的史实、现象、文学运动，以及整个现代文学产生、发展的全过程，我们应当运用马克思主义基本原理建立现代文学史研究的史学理论和科学。

（收入许怀中：《中国现代文学史研究史论》，厦门大学出版社 1997 年版，有改动）

① 《王瑶文集》第 5 卷，北岳文艺出版社 1995 年版，第 29 页。
② 同上书，第 101—102 页。

文艺批评理论建设与中国现代小说批评理论发展

革命文学口号的提出后，到30年代中期，革命文艺批评家努力介绍马克思主义文艺理论，建立了马克思主义文艺批评。此外，各种文艺批评学说的研究和介绍，也在同步进行。这时期出现了各种不同的文艺批评著作和论文。文艺理论和文艺批评正在强化自身的意识。

在文艺批评著作方面，有傅东华著的《文艺批评ABC》（1928年）。他在序言里说明了“本书的目的在叙述文艺批评史上几个重要的学说，借以供给读者一些赏识和批评文艺作品的原则”。这本书的特点，一是着重于文艺批评史的角度，二是参考了外国文论，如摩尔登的《文学之近代研究》、亚里士多德的《诗学》、蒲克女士的《社会的文学批评论》、乐利哀的《比较文学史》、铃木虎雄的《支那诗论史》等。该书的内容共分八章，第一章讲什么是文艺。第二章讲什么是文艺批评，叙述了批评的意义、批评的派别，如主观的批评、客观的批评、归纳的批评、演绎的批评、科学的批评、判断的批评、历史的批评、考证的批评、比较的批评、道德的批评、印象的批评、赏鉴的批评、审美的批评，此外还有社会的批评等等。这里所列举的文艺批评流派，是比较详尽的。同时作者评述了各派之间的互相非议，并认为批评离不了判断；对文艺批评的定义和目的、批评的标准、批评史等问题，一一加以阐明。第三章主要论述西洋古代的批评，如柏拉图、亚里士多德、亚历山大里亚的学者，龙基、西塞禄、昆体良、贺赖西（贺拉西）等的批评。第四章介绍西洋近代的批评，包括近代批评的渊源，十七八世纪的批评状况，爱迭孙创立新批评原则的动机，艺术诉于想象，爱迭孙的基本观察，想象的快感、快感的来源、想象在文学中的两层作用、想象说之价值等内容。这部分说明柏拉图和亚里士多德的基本文艺观，演化成两大批评流派。他认为近代法国批评的信条（即亚里士多德的形式论）势力很大，柏拉图“唯真”不能运用于创造文学。爱迭孙于 17 世纪应用新的心理学知识于文学的研究，认为艺术家凭他的想象，赋予“真实”的特色以感官所能授受的品性，故能在心上更迅速更鲜明地唤起影像。他说：“这种诉于想象的本领”，就是诗人的“生命和极致”。于是，文艺批评有着“一种极富于弹性的试验标准”，作者把“快感”元素包括在内。作者写道：“总之，近代批评的特色在于它能应用心理学，故爱迭孙这个诉于想象的原则，是后来一切批评家，或有意，或无意，都要拿它作参考的。”作者揭示了心理学引进文艺批评的机制，对我国文艺批评的发展，是很重要的。第五章着重谈勒新与库争之说。这位作家承认艺术的力量以诉于想象为主，诉于理智及感觉为次，但认为前者的观点是客观的，后者是主观的。勒新的学说是亚里士多德的形式批评的发展。库争由主观方面说明艺术的创造程序。他说：艺术家所表现的，便是理想化的真实，而非真实的本身。艺术的目的，是以物质的美的帮助而表现道德的美。而在一切艺术之中，以诗（或创造的文学）为最便于使用这种理想化。第六章作者谈了西洋现代的批评，主要阐述了批评文艺的原则。其中介绍了华士奂斯和他的趣味创造说，还介绍了亚诺尔特，谈了作家与时代之关系，诗为人生的批评、诗的解释的力量，此外介绍了腊斯金、斯本文与“为艺术而艺术”说的流弊，艺术说和道德说的两个极端。第七章作者论述的是“中国批评之一瞥”。他从西洋柏拉图注重实质，亚里士多德注重艺术，联系到现代所谓“为人生而艺术”及“为艺术而艺术”。他提出批评史上的一个带有规律性的问题：这是无论哪个民族的批评史上都有的普通现象。他论述了孔子的文艺观，诗的效用，教育和政治，诗的性质，引譬连类，诗的好处“思无邪”。他对“思无邪”，有自己独特的理解。“思无邪”，“就是‘修辞立其诚’的意思。作者认为孔子的“诗，可以兴，可以观，可以群，可以怨。迩之事父，远之事君；多识于鸟兽草木之名”，是“他只把诗当做一种工具，没有把它当做一种独立的艺术”。这见解也很精辟。他指出：文学的独立起于魏晋时陆机指出的“理扶质以立干，文垂条而结繁”，重视形式美，“其会意也尚巧，其遣言也贵妍；暨声音之迭代，若五色之相宣”。纯重客观形式的批评始于梁沈约。《文心雕龙》的某些章，也都属于客观形式的批评，直到清赵执信的《声调谱》，也是如此。另一派批评家，则从作者的用心方面及读者的印象方面，去寻求“美”的来源。他们所得的结果大都标出一两个抽象的观念来说明文章独立美的精髓。魏晋以来，这派批评家的学说大概有两种发现：于散文标出一个“气”字，于诗则标出一个“神”字。立气说始于曹丕，主神说始于扬雄。我们从作者的诠释中，可以这样理解：如果说“气”是作者的刻苦磨炼而体现在作品中的一种“力度”，那么“神”是作者的“天才”所造成的饰品和读者感受到的一种“朦胧美”和它的“灵”度。这本书的价值还在于对中国批评和西洋批评进行比较，认为两者的相似点是：第一，两者最初的学说都由文学归纳出来的，柏拉图以史诗和戏剧为主说根据，孔子以诗为主说根据。第二，两者都是实用主义的道德家。两者的不同点是：第一，柏拉图因文艺不合真实而否认文艺的价值，又以文艺重感情而认为有害于理智。孔子则以诗“可以兴”，正因其是假象，故认为有益于理智，而重视其价值。第二，西洋批评到了17世纪，因得心理学的帮助，故愈分析愈精细，终得发挥柏拉图和亚里士多德两人学说的真谛而构成现在这般丰富的批评学。中国则因始终缺乏这种帮助，故孔子所发现的“比兴”的元素，后人也只从讽刺和辞藻上去着想，却不知这就是一切文艺的特点而更有所阐明。同时关于文学的美学方面，也因缺乏心理学的帮助，只能用象征的方法来说明（如司空图的《诗品》），或用一套类乎神秘的直觉观念来说明（如神气说等）。“所以西洋的批评因其利用分析的方法，故能与人以明晰的观念，故其效力大而普遍。中国的批评因缺乏分析的能力，故只可以意会而不可言传，故其效力只限于少数赏鉴专家，而于一般人的了解文艺没有多大帮助”。作者认为中国文学后来比西洋文学落后，“批评家也该负责的”。傅东华能在20年代末，以西洋文艺批评为参照系统，照见出中国文艺批评落后的原因，给人以丰富的启发。从中我们可以得到这样的教益：中国文艺批评，以孔子的文艺批评观为渊源，这种重实用、把政治和教育联结着的批评观，影响着以后的文艺理论。我国没有像西洋那样，一开始就有柏拉图和亚里士多德两个流派，尽管有过艺术的独立观，也有重实用和重艺术两派，可是重艺术派未能得到充分发展。这长久地影响着我国文艺批评总是从单一的政治观念着眼，或把文艺问题与政治加以生硬的联系。此外，我国批评理论由于较少注意方法论以及哲学的帮助，分析作品不够细致，缺乏对艺术作品的感受能力。傅东华提出西方到17世纪运用心理学的分析法，故能愈分析愈精细，而我国因缺乏心理学的帮助，使文艺批评只能停留在象征的方法，或缺乏明晰的观念。这些见解，对今天的读者，仍不失其价值。我们认为，文学的心理分析批评，在我国批评界之不受重视，是由于我国小说在当时的心理描写还不充分，而欧洲小说在形式和内容方面，较早就发生了巨大的变化，已经使文学与心理学的界限越来越不清晰了，许多作品都充满了心理学的氛围和意味。因此要领略这类小说的幽微精细处，或要挑剔其心理描写方面的破绽，心理分析的批评便是一种比较适宜的批评模式。我国这一类型的小说不发达，带来这种批评方式运用的凋零。另一个原因是我们对心理分析的狭隘理解。有人将文学的心理分析仅仅看作是对作家作品中的“性心理”进行分析。其实，“心理分析”应包括一切心理学意义上的分析。作品中的民族心理、社会心理，作品中人物的个性心理、发展心理、行为心理以及作品中环境心理、言语心理，都应当成为分析的对象，而不光光是“性心理”的分析。这种分析批评，往往以作品人物心理行为，牵涉作家的内心隐衷和奥秘，它在很大程度上建立在批评家对于作品感受体验的内省之上，可以说是作者、读者、批评者三者之间心灵的感应，比社会学等批评主观性更浓。批评在这里，不再是一种纯客观的认知，又是一种创造性的精神活动。傅东华在第八章结论中说：第一，文艺批评只能给“原则”，不是“法律”。如希腊戏剧的“三一律”、中国沈约的“八病说”都失败了，便是证明。“文艺决不听你批评家吩咐应该不应该，故法律的效力失了。”第二，“批评文艺只有主观的标准，没有客观的标准”。这是作者的基本观点。他对“为人生”和“为艺术”的看法是：文艺的生命是大多数人的趣味，也不能与人生无涉。“那末便知艺术和人生不能分离，既不能因人生而减却艺术的性质，也不能因艺术而忘却人生的本质，更用不着什么折衷说来解决了。”他把两者统一起来，因而是辩证的。

1928年，梁实秋的《文学的纪律》出版。他在序言中说：《文学的纪律》载《新月杂志》创刊号。关于何瑞思、王尔德的两篇都是4年前的旧作。其主要包括《文学的纪律》《何瑞思的〈诗的艺术〉》《王尔德的唯美主义》《文艺的无政府》《〈艺术就是选择〉说》等。《文学的纪律》介绍蒲伯的《论批评》。蒲伯是英国的新古典派批评家，“新古典派的标准，就是在文学里订下多少规律，创作家要遵着规律创作，批评家也遵着规律批评”。浪漫主义推翻它的规律，连标准、秩序、理性、节制的精神，一齐都打破了，它是“有价值的，但其结果是过度的，且是有害的”。然而这两种势力永远是存在的。梁实秋提出“人性论”批评说：“吾人不可希望文学批评的标准能采取条律的形式，因为‘人性’既不能以条律相绳范，文学作品自不能以条律为衡量。不过我们确信文学批评有超于规律的标准。凡以‘理知主义’趋诸极端者，和‘绝智主义’一样，同是不合于‘人性’。……”梁实秋反对文艺批评的“条律”，但其实并不反对一切“条律”，“人性”便是他衡量的标准。他说：“文学发于人性，基于人性，亦止于人性。”文学“表现出的人性亦是最标准的；在这标准之下所创作出来的文学才是有永久价值的文学”。问题还不在他把“人性”作为衡量文学的唯一标准，还在于他流露出轻视群众的欣赏和批评。他所谓的文学的纪律，“是内在的节制，并不是外来的权威”。梁实秋的“人性论”，受到鲁迅等的批评。梁实秋的“人性”的实质是以新人文主义为出发点的。这一派的领袖是白璧德，其思想核心是善恶二元的人性论，强调对个人欲的“内在的控制”。鲁迅的观点是正确的。但某些批判者也有把“阶级论”绝对化的偏颇，有的不加具体分析，抹杀一切“人性”的存在，助长了庸俗社会学的批评倾向。梁实秋在《王尔德的唯美主义》中介绍了王尔德的“创造批评论”：“最高之批评，比创作之艺术品更为富有创作性”，“对于批评家，只是对于他自己的创作的一点暗示，其创作之结果固不必与其所批评之作品有何显著之类似……”梁实秋所介绍的这种批评观，过分强调主观性，难免陷入唯心主义的泥泞。他在《文艺的无政府》中，开篇便引了卢梭的话：“人生下来的时候本是自由的，但是到处都是桎梏。”卢梭在文艺上主张“皈依自然”，这就是梁实秋所谓的文艺的无政府主义，即要求艺术绝对的自由。梁实秋感到，“无政府的文艺，叫嚣杂乱，无节制的扩展自我，无纪律的舒发感情，沉溺于纵乐，陷沦于乖奇，如陶醉，如痴狂，这虽然也是想象”，却不是纯正的想象。

梁实秋对卢梭的态度，鲁迅曾有批评。梁实秋文艺批评思想核心是控制想象情感，主张以理性为代表“施加控制的自我”，即强调以理性节制情欲，并将此视为理想人性的标志。他也认为，理性是人性的中心，一再强调理性的普遍性和纪律性。他所推重的理性，是集中地由少数贤哲所代表的，因此造成的是一种贵族主义政治。这在文艺上表现为“天才论”，他认为“文学就不是大多数的，大多数人就没有文学”。就是这种贵族主义文化的表现。这种观点和卢梭的民主主义思想相对立。鲁迅写了《卢骚与胃口》等文，对梁实秋进行驳斥，捍卫卢梭是有必要的。梁实秋在《文艺的无政府》一书里，写了《书评两种》，一是评潘光旦的《小青之分析》，一是《小青事考》。《小青之分析》，谈小青的恋爱变态心理。梁实秋由此谈了“精神分析学”的文艺批评学说，并引了鲁迅译的厨川白村《苦闷的象征》里的话：“所以在今日，便是文艺批评之间，也很有运用这种学说的人们了。”他推到7年前看到的《文学里的爱的动机》（作者莫德尔），即以精神分析的学说解释拜伦、雪莱等的文学创作。他说：“我当时颇觉得其新颖可喜，以为精神分析可做文学创作的唯一的解释的方法，认为这是以科学处理文学的唯一的途径。但是我越多研究文学的杰作，我越发见精神分析的效用的范围是极有限的。简捷了当的说，精神分析学是解剖变态心理的一个利器。而对于一个身心健全不失常态的人完全没有用处。精神分析的方法可以运用于变态的反常的文艺作品，而不能适用于伟大的常态的艺术，说也奇怪，我们拿一部西洋文学史来研究，试将其最杰出的文学家加以统计，就可发见最伟大的作家几乎没有是变态的，都是身心平均发展，无论其如何的情感特别丰富，想象特别发达，总不失其心理上的平衡”。“唯有第二流及第二流以下的作家，才有变态的心理”。他又说：“若照精神分析的说法，无论哪一首诗哪一部小说，都表现着作者的心理的变态，性生活的缺憾，那岂不是一样的太玄妙，一样的不足凭信?”梁实秋这里谈了他对精神分析学说看法的变化过程，指出它只适用于变态心理的分析，这是不无道理的。同时他又研究了西洋文学史，发现伟大的文学家是没有变态的，这可以是一种见解。最后，他对整个精神分析说持保留态度，这也许是我们现在读者所难以想象的。当时资产阶级的批评家，像梁实秋都对精神分析说有所批判，而且是根本性的批判，而今天我们的批评家，犹对精神分析说推崇备至，这是一个值得思索的问题。

梁实秋又于1934年编辑出版了《文艺批评论》。他在自序中说是从1930年春开始编此书的，由“纂集以前已经发表过的和这题目有关系的若干文字加以窜改增添”而成。在编辑凡例中可以看出，该书以西洋文艺批评为限，按历史之顺序，简述西洋文艺批评思想进展之大势，对于各派之批评学说均先加以客观的叙述。他声明这书是为一般读者而作，非为专门学者而作。他在绪论中谈了文学批评的界说。其基本观点是：第一，批评不是攻击。他列举了许多事实说明批评家历来挨骂：如“批评家有如蠢陋之补铁匠，愈补愈烂”（班章孙）；“批评家乃检查智慧之凶差，冒充判官之屠户”（伯特勒）；“批评家乃狗，乃鼠，乃蜂，充其量亦不过是智识阶级中之蠢夫”（绥夫特）；“批评家似驴，一面吃着藩篱的草叶，一面告人以剪修藩篱的利益”（珊斯通）；“批评家者，贩货估价之市井耳”（格林）；“批评家乃荣誉途中之强盗”（勃恩斯）；批评家乃“文坛上之抢犯”（欧文）；“诗人与艺术家是荣誉的栋梁，批评家是蛀虫”（斯考特）；等等。第二，批评不是研究。这里所说的研究是指考证。第三，批评不是鉴赏：“批评家没有不能鉴赏的，但能鉴赏者未必即可批评”。他对文学批评的界说是：“批评，在英文是 Criticism，是从希腊文 Kritikos 变出来的，原有判断之意，中文批评二字，也是有评衡的意思。所以我们可以说，文学批评即是文学判断”，“文学批评即是对于作品的价值加以衡量。批评的对象之价值，不是事实”。在这本集子中，梁实秋进一步鼓吹“人性论”批评说：文学就是人生中最根本最严重的情感之完美的表现。由于文学的根本质素在空间上、在时间上都是一成不变的，“换言之，人的根本情感不变，人性不变，所以伟大的文学家之所以伟大，就在乎他能体会，能把捉到人生经验之中最根本的那一点，这一个文学论如其是不错的，我们对于文学批评的标准的问题便有法解决了”。他的衡量作品的标准是表现人性的完美程度：“凡是能完美的表现人生最根本的情感的作品，便是有最高价值的作品；凡是不能完美的表现，或表现虽完美而内容不是最根本的感情，便是价值较低的作品。”以“人性”来估量作品的价值观，并不是完全错误。但梁实秋的错误在于把人性看成固定不变的。虽然他也针对别人的批评加以辩解，说是“最根本的感情”不变，但什么是最根本的感情，他不能回答。接着梁实秋介绍古典的批评（希腊时代和罗马时代）、古代与文艺复兴、新古典主义、浪漫主义的批评、近代的批评等。其中近代有影响的批评有泰纳的批评、佛朗士与印象的批评、阿诺德的批评、卡赖尔的批评（德国的神秘气味）、王尔德与“为艺术的艺术”、托尔斯泰的艺术论等。他的结论是：“我们统观西洋文学批评史，实在就是健康的学说与病态的学说互相争雄的记录。古典主义是健康的学说，新古典主义便是健康衰退的征候，浪漫主义便是病态的勃发，批评的趋势是渐渐的脱离正统，反抗纪律，悖叛常态，这是西洋文学批评的大势。”以病态和常态来概括文艺批评史，也算是一个角度。但这种绝对的分法，有不够科学的毛病。他认为最容易引起争论的是文学与道德问题，柏拉图便是站在道德的立场反对诗，罗马批评家大部分是承认文学的教育价值的。“为艺术而艺术”使艺术开始和道德正式脱离。梁实秋赞成文学的道德意义。这里他除了谈精神分析法，又谈社会学的批评方法。“社会学的批评的先决问题是认定文学的创造乃受社会影响的支配，故批评文学作品应解释其当时社会的状况”。他推崇这个方法，说“这个方法不错”。但又说：“我们也不能否认文学作品一方面是表现了当时的社会，但一方面也表现了作者各人的人格，并且解释社会状况，只能算是解释了作品产生的状况，不能算是评衡其内容的价值。”这是说光从社会学角度评作品还不够，还要从作家的人格方面，才能评估作品内容的价值。这里的“人格”，不够具体，失之笼统。梁实秋介绍各种批评方法，其目的是为了吸收和参考：“新兴的各种批评学说都是有用的，都可以吸收过来做为参考，但是批评的主要的努力还是在于根据常态的人生经验来判断作品的价值。”梁实秋的“人性论”批评观，并不可取。但他介绍外国新的批评方法和学说，毕竟也为文艺批评大厦的建设起了添砖加瓦的作用。

林语堂译的《新的批评》[①]，其中有《文学：表现的科学》（节译二十四条），主要内容有：论艺术标准与材料选择，论艺术在实际上不负责，论艺术的独立之不可能，论艺术的特征，论表现并无分类，论翻译之不可能，等等。《批评家即艺术家》（节译五条），主要内容有：第一，论创作与批评；第二，印象主义的批评；第三，论静思与空谈；第四，批评家的要德；第五，批评之功用。林语堂在序言中写道："近十数年间美国文学界有新旧两派理论上剧烈的争论，一方面见于对现代文学潮流的批评，……一方面集中于关于文评的性质、职务、范围的讨论，如关于批评有无固定标准，批评是否创造，等等争辩。"他指出这些派别对中国批评界的影响，如旧派中的 Babbitt（教授）对梅光迪、吴宓、梁实秋等的影响。"自然中国只有评论美恶的意见，而没有美学，只有批评，而没有关于批评的理论，所以许多美学上的问题，是谈不到的（刘勰《知音篇》稍稍谈及，但是仍未能提出批评本身的问题）"。他认为中国有些批评家的观点与表现派理论相近，只能是相近。译者重视美学理论，是当时批评界的空谷足音。

赵景深著的《作品与作家》[②]，收了 1926 年、1927 年的文章，这些文章主要发表在《小说月报》上。"这本结集内的文章只可以当作文学史的材料读"，其中有《罗亭型与俄国思想家》《小说家哈代的八大著作》《女小说家戴丽黛》《再谈谈戴丽黛》《现代南斯拉夫的文学》《最近的爱尔兰文学》等，主要是评论外国作家作品的。他的《现代文学杂论》，是一本评论集，分上、中、下三卷。上卷评外国作家如托马·曼、哈姆生等，中卷为现代小说评论，有《鲁迅与柴霍甫》《叶绍钧的〈未厌集〉》《黎锦明的〈雹〉》《叶鼎洛的〈白痴〉》《孙席珍的〈到大连去〉》《徐霞村的〈古国的人们〉》《徐蔚南的〈奔波〉》《罗皑岚的〈招姐〉》《白采的小说》等。下卷为诗歌评论，有

---

① 上海北新书局 1930 年 2 月版。

② 上海北新书局 1927 年 2 月版。

论朱湘、冯乃超的诗作等。赵景深另有《文艺论集》出版。这部集子大都是1930年到1932年这三年间的著译论文，也有几篇是较早以前的论文，其中大部分是论外国作家，如勃莱克、拜伦、安徒生、马克·吐温、裴都菲（即裴多菲）、高尔基、新俄诗人、瑞典女作家拉绮洛索、挪威女作家安达西，另外还讨论了当时的意大利、西班牙、北欧文学等。另外一部分内容论我国古典文学，也有一些评论中国现代作家，如刘大白、孙席珍等的作品。

赵家璧译的《今日欧美小说之动向》①，内容全是讲当时欧美各国小说的动向，包含现代各国小说的特点，正在风行和已过去的流派，重要作家和作品，以及未来的趋势等。该书材料新至1934年，所有世界上比较重要的国家，都在里面，其中有英、美、苏、法、德、意、西班牙等国文学。该书是由英国《半月评论》出题，并特约各国权威作家分别撰述的。其中英国篇的作者华尔波尔，是高尔斯华绥死后英国小说界重要的柱子；苏联篇的作者，是曾写过两部《俄国文学史》的密尔斯基；意大利篇作者，就是获得1934年诺贝尔文学奖金的辟莱特娄；德国篇的作者华绥门是当时逝世不久的有名的犹太作家。赵家璧在译者序中写道："在1934年内分期刊载后，我就译成了中文，将成了这一个集子。因为各个作家的观点不同，所以全书说不上什么统一性。可是从这几篇文章里，读者多少可以知道一些现代欧美各国小说界的情形。这几个年头里世界文坛上如百货商店般什么都有的混乱现象，读者在本书中最能体会到。"

30年代舒舍予（老舍）的《文学概论讲义》中的第十二讲，是专讲文学批评的。他对文学批评的界说是："所谓文学批评者，就是文学讨论它自身。"他注意了文学批评的主体性。他叙述的文学批评主要有四类：第一，理论的批评；第二，归纳的批评；第三，判断的批评；第四，主观的批评。他对批评家当有的态度这样看：要成为一个批评家，必须有天才和像王尔德所谓的"一种有锐敏感觉美

① 上海良友图书印刷公司1935年版。

及美所给予我们的印象的性情”。最后他概括说：“天才，审美心，训练，知识，公平，精细，忍耐，同情，真诚……这么些个条件才能作成个批评家!”老舍认为批评应当是一种“同情”，就是进入作品世界，与作家的感情相融合，和作家同体验，也就是审美感受。老舍不赞成“批评者自居于审判官的地位而给作品下判断”。这样的理论批评便往往成为“文学的法典”。所以批评应该放下“法典”，改变自己的成见，在作家的艺术世界里，进行再创造。第十五讲是专讲小说的。他说，小说是艺术，因为它具有形式上的优越，同时“小说的发达是社会自觉的表示，……社会自觉含有极大的哲学意味”。这本文学概论讲义，既通俗易懂，又旁征博引，融会了许多中外古今的材料，时有独到的见解：如说：“小说的将来是否也能象诗与戏剧那样有衰颓之一日是难说的，但是，就它的特点来看，它在表现真实与解释人生上是和诗与戏剧相同的，而在表现的方法上它比诗与戏剧更少限制，更能自由变化，更多一些弹性，恐怕它的发展还是正在青春时期，一时还不能见到它衰老的气象。”这种比较，带有一定的预见性。

除了专著，更多是关于文艺批评的论文。20 年代初，成仿吾就写了《建设的批评论》《批评与批评家》等。他于 1926 年发表了《文艺批评杂论》[①]，谈了主观与客观、内容与形式等问题。他反对主观与客观作用的绝对化观点，“主观论者的错误在以为个人趣味（不是理论的研究）的提高可以增加我们的鉴赏的能力”，他们不承认客观的标准。佛兰士说“自己的灵魂在杰作中的冒险”。成仿吾曾经说过类似的话，这篇文章纠正了他自己过去强调主观的错误。现代文学批评当然不能只追求法朗士所谓的“灵魂在杰作中的历险”，它应该要求一种比批评者主观世界更容易为大多数人所把握的批评条件，比批评者个人直觉方法更有规则、更便于传授他人的方法。他认为普遍妥当性实是批评的生命。“所谓客观的不外是普遍妥当的别称”。

---

① 《创造月刊》1926 年 1 月第 1 期。

他在《革命文学与它的永远性》[1] 里提出一个公式：

（真挚的人性）＋（审美的形式）＝（永远的文学）
（真挚的人性）＋（审美的形式）＋（热情）＝永远的革命文学

他把热情当作革命文学必不可少的要素。他还写了《从文学革命到革命文学》《革命文学的展望》等论文。这些虽不是专论文艺批评的文章，但体现了作者的文艺观，和文艺批评有着或多或少的联系。

冯雪峰的不少论文，也涉及文艺批评理论。《革命与知识阶级》（1928 年 5 月）中评论了鲁迅。《〈艺术之社会的基础〉译者附记》（1929 年 3 月）中，他译了三篇卢那察尔斯基的艺术论文，是根据日文译本重译的。第一篇和第二篇是据外村史郎的译本（《艺术之社会的基础》）译的，第三篇是据茂森唯士的译本（《新艺术论》）译的。前两篇是著者关于艺术的根本意见。最后一篇是批评。著者是著名的马克思主义者，更以马克思主义艺术论的建设者为世人所知，同时又是这方面的实际的指导者。这实际的指导者的一点，是展露在卢那卡尔斯基差不多所有论文中的一个特色。明白了这一点，则他的议论是不难理解的。卢氏也是马克思主义文艺批评的建设者。

《文学评讼》是冯雪峰从日本川口浩所译的文艺评论集《世界文学与无产阶级》中选译而成，书首附有他的译者小记（1929 年 8 月 24 日）。著者弗兰茨·梅林格是德意志极著名的马克思主义理论家，“一生底活动，对于马克思主义的理论底展开，贡献极大”。“于文艺批评方面的他底活动，也是在马克思主义文艺批评史上，占了重要的地位的；他所遗下的这方面的著作，便很为人们所引用”。这本书多是作家论和作品论，冯雪峰认为，单读这一本，“也已足以知道著者是有对于艺术的深刻明切的理解，并纯粹地立在马克思主义的立

① 《创造月刊》1926 年 6 月第 1 卷第 4 期。

场上的。这两点正是新批评家所丝毫不能缺少，同时却又是很困难的事。所以就是这一本，也有我们应该学得的许多东西的”。《〈社会的作家论〉题引》（1929年11月）介绍了两篇文艺批评论文《巴札洛夫与沙宁》《戈理基论》，著者是瓦拉夫·瓦拉伏维支·伏洛夫司基，系苏维埃外交官，马克思主义批评家。冯雪峰之所以把它介绍给中国文艺批评界，是有针对性的。他写道：“不以向来的玄妙的术语在狭小的艺术范围内工夫所谓批评的不知所以然的文章，而依据社会潮流阐明作者思想与其作品底构成，并批判这社会潮流与作品倾向之真实否，等等，这才是马克斯主义批评家的特质。”他深感中国现存的文学作家，也有人试以猛烈的批评，但有谁真正用过马克思主义的批评方法？那种学者的可厌的态度当然是可以抛弃的，“但最要紧的是在用‘马克斯主义的X光线’——象本书著者所用的——去照激现存文学的一切；经了这种透视，才能使批评不成为谩骂，却是峻烈的批评”。冯雪峰明显感到文艺批评界尚不能真正运用马克思主义文艺批评的方法，因而翻译了这篇论文。

冯雪峰文艺批评的特点，还在于他往往联系文艺运动、革命的形势及任务，提出要求。他在《〈萌芽月刊〉编辑后记》（1930年2月17日）里，提到柔石的《为奴隶的母亲》，“作为农村社会研究资料，有着大的社会意义”，他请读者不要忽视这一点。他又评介了《蒲力汗诺夫论》中的一章《文艺作品上的形式与内容》（雅各武莱夫作），说作者是一个俄国现代的青年理论家。他在另一篇《文艺批评家的职责》中写道：“应该特别提一提请大家注意，这不但有兴味，并且是意义很深大的东西。”他说，作为一个无产阶级的作家，批评家的批评可以不听，工农大众的批评非注意不可。“这文章，在我们当然只是一个参考，所需要的是我们来造就这样的工农文艺批评会”。冯雪峰还评论了白莽的小说《小母亲》，他说，小说写了一个女青年革命家，“她已大部分握有布尔塞维克的意志，在这点上有着感动人的力量，而且也有着真实性”。此外，他指出其中的浪漫谛克的要素，一方面是作者的观察带了浪漫性，另一方面是小资产阶级出身的青年革命家存在着浪漫性。但文中也流露出对革命形势盲目乐观的情绪，他写道："中国的统治阶级已到它底崩坏的末日，而无产阶级底力量却长大到即可以掌握政权了，世界各国也是如此"。

冯雪峰写的重要文艺理论文章，还有《统治阶级的"反日大众文艺"之检查》《关于革命的反帝大众文艺的工作》《中国无产阶级革命文学的新任务》等。他论述了文艺大众化和无产阶级的大众文艺问题，他说，"在大众艺术的修养还只是现在似的程度的时候，我们的新的大众的小说应该排除近代心理小说派的死静沉闷的描写，排除知识分子作品的倒叙以及其他种种神没鬼出的卖弄文笔，而应以叙述分明、线索明了的中国旧小说和说书等为师"①。这段论述，有助于我们理解近代心理小说派不可能在中国文坛得到发展的原因：我国现实斗争的严酷，现代小说一直处于革命运动和战争的年代；中国读者的艺术欣赏能力的限制，且革命评论家对这类作品持否定态度。这种种原因便造成小说向大众化发展的趋归。大众化成了文艺批评的标准。这就带来另一个要求，即作品要反映重大题材。他提出，"作家必须注意中国现实社会生活中的广大的题材，尤其是那些最能完成目前新任务的题材"，如反帝题材、反对军阀地主资本家政权以及军阀混战题材，苏维埃运动、土地革命、红军及工农群众斗争、揭露白匪"剿共"题材，地主、资本家对工农剥削压迫题材等。冯雪峰根据当时革命要求，提出这些题材，自然是合理的，但也容易陷入把题材重要与否，作为批评的唯一标准的片面性。在创作方法上，提倡作家必须以无产阶级观点来考察生活、描写生活，这是无可厚非的。但在反对观念论、机械论、主观论的同时，也把浪漫主义加以反对了。冯雪峰强调文艺批评的重要性，要求批评家"必须是冲头阵的最前线的战士"，提出"无产阶级革命文学的批评，必须经常的非常勤勉的注意自己同志的创作工作，必须经常的纠正

---

① 《关于革命的反帝大众文艺的工作》，《文学导报》1931 年 10 月 23 日第 6、7 期合刊。

同志作家的各种不好倾向；经常的给与作家的工作的忠告和建议”，强调批评家要“研究马克思列宁主义”。[①] 冯雪峰在《对于文学运动几个问题的意见》[②] 中，试图从理论上探讨两个口号的论争。他的观点同鲁迅基本上是一致的，他批评“关门主义”，但他也没有反对“国防文学”，他提出的抗战文艺运动的“三原则”之一，是“提倡‘民族革命战争的大众文学’或‘国防文学’甚至提倡‘现实主义的创作方法’”。

冯雪峰在建设马克思主义文艺批评上，是有理论贡献的，但把他的文艺理论研究和他评论鲁迅相比，后者似乎比前者更有建树。他的《关于鲁迅在文学上的地位——1936 年 7 月给捷克译者写的几句话》是继茅盾相关作品之后的一篇力作。他高度评价了鲁迅：“鲁迅的巨大的艺术天才，显然担得起世界上最著名最伟大的那些创作长篇巨制的作者的荣誉。”他深刻概括了鲁迅的特点：“是对于欧洲新思想的介绍，俄国与被压迫民族的前进的文学作品的翻译及介绍。鲁迅翻译的外国作品有近三十种。同时经鲁迅培养与提拔的青年作家，也为数很多。”冯雪峰把鲁迅放在世界文化的背景上来看，又指出鲁迅写实主义者的社会根源是中国社会和他处的时代，在文学思想上，“他受欧洲，特别是俄国的近代写实主义影响，如果戈理、契诃夫、科罗连珂、安德烈夫诸人的作品，但中国旧有的好的文学传统及丰富的中国历史演变的教训，也深刻地影响着鲁迅的文学与思想。他的文学事业，有着明显的深刻的中国特色，……鲁迅是和中国文学史上的壮烈不朽的屈原、陶潜、杜甫等，连成一个精神上的系统”。冯雪峰看到世界文化对鲁迅的影响，又未割断鲁迅和传统文化中的优秀作家和文化精华的联系，自成完整的“精神上的系统”，可谓真知灼见。

---

① 《中国无产阶级革命文学的新任务》，《文学导报》1931 年 11 月 25 日第 8 期。

② 《作者》1936 年 9 月 15 日第 1 卷第 6 期。

钱杏邨的文艺评论，收进《力的文艺》[1] 集里的是一年内写成的评论，一部分是现代中国文学作家论，还有一部分是其他各国文艺的研究。他在该书自序里说："虽然是很幼稚很不充实，但是，对于每一部名著的基本的批判，一直到现在，我还觉得没有什么错误。"但他把托尔斯泰说成"不彻底的人道主义的卑污说教者"，引起了鲁迅对他的批评，这批评是很对的。他评论的有西蒙诺夫的《饥饿》，高尔基的《曾经为人的动物》，普希金的《情盗》，阿志巴绥夫的《朝影》《宁娜》《血痕》，席勒的《强盗及民拔龙琪歌》，英国高斯华绥的《斗争》，萧伯纳的《华伦夫人之职业》，日本林房雄的《牢狱的五月祭》，藤田满雄的《波支翁金》，金子洋文的《地狱与火鸡》，大仲马的《苏兰殊》等。正如他自己所说："这一部集子诚然的幼稚，不充实，而且关于新的批评方法运用的不纯熟，但是，它是我个人开始学习文艺批评的纪念碑，它也是中国无产阶级文艺批评坛的关于研究各国文艺最初的一块奠基的泥土。"这确实只能算作是用马克思主义的文艺批评对待外国作品的一个尝试。

当时，探讨文艺批评的论述，屡见不鲜。张天翼在探讨作品的艺术价值时，提出一个估量的原则："其实所谓艺术价值者，是看这艺术作品是于你有利与否，能取乐于你与否而估定的。"[2] 因此他主张"小说不妨放一点低级的趣味进去，譬如卖关子之类"。他反对"团圆主义"小说，特别是描写革命的新的"团圆主义"[3]。

胡风 1935 年以后的文艺理论文章，多收集在《密云期风习小记》里。他逐渐重视作家的主观作用，他说："文学作品不是平面地反映生活，也不是照直地表现作家所要表现的生活，它应该从现实生活创造出'使人想起可以希望的而且是可能的东西'。"胡风和周扬发生了一场关于典型问题的争论。周扬在《现实主义试论》一文

① 上海泰东图书局 1929 年 5 月版。

② 《文学大众化问题征文》，《北斗》1932 年 7 月 20 日第 2 卷第 3、4 期合刊。

③ 《关于三个问题的一些拉杂意见》，《新语林》1934 年第 2 期。

中，对胡风的关于典型问题的普遍性和特殊性的意见加以“修正”。接着，胡风来个“修正”的“修正”。胡风认为：第一，周扬既然认为阿 Q“就在他所代表的农民中，他也是一个特殊的存在”，那么，这个人物的性格里面就不会含有普遍性，因而也就决不能是一个“典型”。第二，周扬同时用了“他所代表的农民”这样的说法，到底是怎样一个“代表”法呢？第三，周扬说的“在杂多的人生事实之中选出共同的，特征的，典型的东西来”，和他所说的“典型具有某一特定的时代，某一特定的社会群所共有的特性”有矛盾。胡风阐明恩格斯的“典型论”，“这所说的‘特定的个性——这个人’，是指把群体底特征个性化了以后的人物而说的，因此才能够同时是典型”。胡风注意了典型的个性，是有他的合理性的。他在《什么是“典型”和“类型”——答文学社问》（1935 年 5 月 26 日）中进一步阐明恩格斯关于“典型的环境里面的典型的性格”的论点。最后说：“没有个性的”人物，“虽然作者在他们身上安上了一些我们熟悉的记号，这叫做‘刻板的’人物，即所谓‘类型’了”。他反对将人物“类型”化。这些理论对批评都有价值。但他概括五四以后“为人生”和“为艺术”两派时，把“为艺术”说成是“表现了新兴资产阶级底主观的气魄”，却是不准确的。

“左联”时期对于现实主义的探索，是文艺批评理论的重要内容。当时革命文学倡导者忽视生活，忽视文艺的特征，过分强调文学的宣传作用和题材的重大。正如鲁迅在《〈壁下译丛〉小引》中所说：踏了“文学是宣传的梯子爬进唯心的城堡里去”。鲁迅、茅盾、瞿秋白等左翼文学运动领导人，卓有成效的理论批评工作，使左翼文学走上革命现实主义健康发展的道路。如沙汀、艾芜等青年作家就题材问题求教于鲁迅，鲁迅在《关于小说题材的通信》中，以辩证唯物论观点，回答了这个问题，鲁迅指出：“两位是可以各就自己现在能写的题材，动手来写的。不过选材要严，开掘要深。不可将一点琐屑的没有意思的事故，便填成一篇，以创作丰富自乐”。一方面不要“趋时”，另一方面又不要“苟安”。鲁迅关于题材的理论，对当时片面强调重大题材，是个针砭，同时对那些脱离生活的作家，也是对症的药石。早在20年代末由朝花社出版的《近代世界短篇小说集》中，收了比利时、捷克、法国、匈牙利、俄罗斯、西班牙和苏联等国家与民族的短篇小说共24篇。鲁迅为此书写了小引，言简意赅地阐述了短篇小说作为宏丽的“大伽兰”中的“一雕阑一画础”的特点，揭示它“虽然短小”，却能让人们看得分明，“再以此推及全体，感受遂愈加切实”的重要艺术功能。鲁迅的论述，不仅对短篇小说创作，而且对小说批评都有重大的指导意义。

鲁迅写了《我们要批评家》，呼吁：我们需要“几个坚实的，明白的，真懂得社会科学及其文艺理论的批评家”。鲁迅批评“广告式批评的符咒”，以批评来吹捧某文学团体或自己的恶劣倾向。《批评家的批评家》总结了文艺批评史的经验，肯定批评必须有“圈子”：“但是，我们曾经在文艺批评史上见过没有一定圈子的批评家吗？都有的，或者是美的圈，或者是真实的圈，或者是前进的圈。没有一定的圈子的批评家，那才是怪汉子呢。”审美价值都有它的标准，不过是标准宽窄不同、尺度不同而已。关于小说创作问题，鲁迅在《我怎么做起小说来》《“中国杰作小说”小引》《英译本〈短篇小说选集〉自序》等文中，都有精辟的论点。鲁迅关于文艺批评的职能、任务、标准、方法和态度，以及翻译作品的批评，均有完整、系统的论述，这些是小说批评理论的重要财富。

在评论外国小说方面，鲁迅这时期做了大量工作。他写了《〈近代世界短篇小说集〉小引》（1929年4月26日），揭示短篇小说繁荣的原因：“在现在的环境中，人们忙于生活，无暇来看长篇，自然也是短篇小说的繁生的很大原因之一。只顷刻间，而仍可借一斑略知全豹，以一目尽传精神，……而便捷，易成，取巧……这些原因还在外。”这里鲁迅还揭示了短篇小说的特点。鲁迅这时期翻译、评介了许多国家的小说，为中国读者打开精神食粮的航道。茅盾在《六个欧洲文学家》一书中，评介了匈牙利爱国诗人裴都菲、俄国著名作家陀斯妥以夫斯基、瑞典大诗人赫滕斯顿、挪威作家包以尔、德国戏曲家霍普德曼、西班牙小说家巴洛哈等，其中小说家占了不少。茅盾翻译、评论外国小说和批评理论也起了重要的作用。此外，蒋光慈在翻译、评介外国作品和批评理论方面也做出了相当的成绩。1929 年，他翻译了苏联短篇小说集《冬天的春笑》等。这本集子收《寨主》（索波里作）、《冬天的春笑》（爱连堡作）、《信》（谢莫林娜作）、《都霞》（谢廖也夫作）、《一周间》（里别丁斯基作，仅译第一章第一篇）、《最后的老爷》（曹斯前珂作）、《狱囚》（弗尔曼诺夫作）、《技术的语言》（罗曼诺夫作）等小说 8 篇。1927 年，他编辑了《俄罗斯文学》①，上卷是《十月革命与俄罗斯文学》部分，共 9 篇，下卷是《十月革命前的俄罗斯文学》部分，共 19 篇。它系改编瞿秋白的原稿而成。1930 年，他还收集国内小说家的 11 篇作品，出版《两种不同的人类》② 小说集。

小说理论和批评理论的探讨和建设，还应提到郁达夫、张资平、洪深、林语堂等人。1933 年出版的郁达夫的《达夫全集》第七卷《断残集》中，论述了小说技巧与内容的革新。他认为，在技巧方面，我国现代小说正在吸取国外新的流派与思潮，如新感觉派、表现主义、心理分析派的某些技巧。但是，所吸取的又不同于中国六朝时代的形式主义和欧洲的象征主义。在内容上，小说的题材更加开拓，所表现的人生已不局限于“小我”，而扩大为“代表全世界的大多数民众的大我”，“变成了一时代或一阶级的汇聚感情”。郁达夫特别指出：“表现人生，务须拿住人生的苦闷，因为性欲不就是人生的全部。”这说明了郁达夫在小说意识上的转变，从“小我”到“大我”，从表现“性的苦闷”到表现“人生的全部”。这也体现了新文学运动中，小说理论和创作从第一个十年向第二个十年迈进的一个侧影。张资平写的《小说研究法》③，论述了创作小说的一般方法，

---

① 创造社出版部 1927 年 12 月版。

② 北新书局 1930 年 8 月版。

③ 商务印书馆《出版周刊》第 84 期。

也是作家的小说创作经验谈。他认为：小说不仅是“感情的表现”，而且要有“对象意识”，小说应具备“认识的要素”和“情绪的要素”，两者不可偏废，又不能是机械的组合，而应该是“融合”。张资平认为在创作方法上，遵循着这样一种进化过程：“单纯的情绪之表现——→写实主义（追求与对象之类似或逼真）——→自然主义（更进一步对对象加以体验及解剖、分析）。”他把自然主义称为“小说倾向之最极限的进化”。他推崇自然主义能够深入到对“人体的研究”的看法，倒符合他自己关于恋爱小说的创作实际。洪深的《小说中的人物描写》①，强调小说要有积极的“意义”，要“接触着现实的生活，解答着当前的社会问题”，这在当时阶级矛盾、民族矛盾尖锐时期，是有必要的。在论述人物与环境关系时，他认为一个人要改善自己和环境的关系，一是去直接变革环境，二是着手于调整自己。而大多数情况的“调整”，其实是个人的屈服、逃避。作者提出应该描写那些“积极改革环境的行为”，因为它更可以看出人的个性，以及造成个性的社会。他鼓励作家去描写现实生活中积极进取的人物，是有意义的。特别是他刻画人物时，将人物对付环境的行为分为三个阶段，是可取的。这便是立时的反应——考虑的犹豫期——实际的解决，而最重要的则是第二阶段。因为这阶段人物的内心活动最激烈，最能显露出人物的个性。石凌鹤介绍了新心理写实主义小说的内容、产生背景，以及作为一种创作方法应该扬弃与吸取的东西。新心理写实主义产生于19世纪末20世纪初，主要是当时的一些作家对社会现实不满，又无力自救，便沉溺于自我的追求，摆脱以“客观的摄取社会现象”的写实主义传统，“向着人类潜在的意识境界里，去扩大和发掘小说的领域”。这就是新心理写实主义所产生的社会根源。

这种流派在写作技巧上的特征，是通过“意识流”来加强人物的“内心的独白”，以充实作品形式的光彩。它的特点及表现手法丰

---

① 《新中华》1935年10月第3卷第7期。

富了传统的内心独白式的表现手法，而“使用着新兴艺术电影的手法，企图做到对象的同时展开”。作者说：“意识流”在原来意义上是有很大缺陷的，但这不影响我们批判地学习这种新的技术，使小说的机械更活泼，更扩大。这种看法，是可以成立的。

宗白华的《哲学与艺术——希腊大哲学家的艺术理论》[①]，是一篇介绍希腊大哲学家的文艺理论的文章，论述了形式与心灵表现、原始美与艺术创造、艺术家在社会上的地位、中庸与净化、艺术与模仿自然、艺术与艺术家等6个问题。作者不单介绍希腊哲学家对这6个问题的看法，同时也表达了他自己的文艺见解。30年代初期，我国文艺批评界重视介绍外国文艺思潮与理论，这篇文章将希腊大哲学家的美学理论介绍到我国，它起了开阔视野、活跃文艺思想的作用，在现代文学理论批评史上，产生重要的影响。韩侍桁的《泰纳的艺术哲学》[②]，在当时翻译界冷落了泰纳的情况下，将泰纳介绍进来，弥补了翻译界和外国文艺理论介绍上的不足。这篇文章在30年代中叶发表。韩侍桁统摄泰纳《艺术哲学》主要观点和精髓，促使我国批评界对泰纳及其学说重视起来。马宗融的《浪漫主义的起来和它的时代背景》[③]，主要阐述欧洲，特别是法国的浪漫主义的发生、发展的历史过程，分析它所以兴起的政治、宗教、文学的多方面原因。文中介绍了法、英、德等国的文学家、思想家的文学活动，以及文学流派，追溯这些文艺思想形成的历史渊源。该文的介绍，在广度和深度上超过以往的介绍，帮助批评界深入了解浪漫主义兴起的历史渊源和时代背景，对认识欧洲17世纪以来文学思潮、流派的演变亦有裨益，对当时文学理论和批评的建设起了积极作用。

在文学史著作中总结小说创作的，有王哲甫的《中国新文学运动史》。该书谈到1929年小说创作情况时，特别推崇巴金的《灭

---

① 《新中华》1933年第1卷第1期。

② 《中山文化教育馆季刊》1935年第2卷第1期。

③ 《文学》1936年3月第6卷第3号。

亡》，作者说："虽然在结构上面有疏散的地方，但仍不失为文坛上的新收获。"（第四章《十五年来之中国文坛》）沈从文在《〈现代中国作家评论选〉题记》（1933 年 12 月 17 日）中，论述了他的批评观："既然是评论，应注意到作者作品与他那时代一般情形。对一个人的作品不武断，不护短，不牵强附会，不以十个人爱憎为作品估价。"又说："评论不在阿谀作者，不能苛刻作品，只是就人与时代与作品加以综合，给它一个说明，一种解释。"他对当时批评倾向不满，强调要"诚实"。他说编此书目的，是使读者"比较客观一点知道一些这十年来中国新文学发展的情形，以及十年来各个作家的成绩，作者与作者间的影响"。谭正璧的《中国文学进化史》[①] 一书，回顾革命文学兴起以来的情况时指出：这派作者如蒋光慈、杨邨人、钱杏邨、龚冰庐、巴金等都很努力于新写实主义，"他们笔尖下所写出的，都是热血、愤怒"等种种制造革命的原料。郭沫若、张资平的新作品，亦有此倾向。作者把茅盾和胡云翼、黎锦明放在一个层次，认为"他们的作品，对于这次革命时代的表现是很深刻的，但富于幽默而缺少热力，不能和上列作者并驾齐驱"。他对茅盾的评价不够中肯。他所谓的"进化"原理，是从"文艺是时代的反映"来着眼的，认为他们都是"新写实主义"的。"不但是小说，诗歌和剧本以及其他种种都是如此。小说不过最明显而最有力量罢了。"

此外，叶圣陶的《所谓文学的"永久性"是什么?》[②] 一文，针对把文学批评看成像"物理学原理"一样的说法，强调文学"具有诉于情绪的力"，它的"永久性"便基于这种情绪的作用。这个观点，对于批评家掌握审美价值的本质，是颇有助益的。

这时期中国古典小说的研究，虽然没有重大的突破，但工作仍在继续进行。总结历史经验教训，以辅现代小说的创作和批评。郑

---

① 上海光明书局 1929 年 9 月版。

② 《文学百题》，生活书店 1935 年版。

振铎就武侠小说，写了专论《论武侠小说》[①]，他把武侠小说看成和“黑幕小说”一样，它的危害“大一点说，关系到我们民族的运命；近一点说，关系无量数第二代青年的思想的轨辙”。他追溯到唐代中叶的传奇，如裴铏的《昆仑奴》《聂隐娘》等，认为这是武侠小说的萌芽。宋初吴淑作《江淮异人传》，也带有很深刻的唐人的剑侠小说的影响。此后几乎没有一代没有这类作品出现。最终便是林琴南的《技击余闻录》，他分析武侠小说发达的原因：“最重要的原因之一，便是，一般民众，在受了极端的暴政的压迫之时，满肚子的填塞着不平与愤怒，却又因力量不足，不能反抗，于是在他们的幼稚心理上，乃悬盼着有一类‘超人’的侠客出来”。他认为武侠小说之所以兴盛于唐代藩镇跋扈之时，以及西洋武力侵入中国时，都是这个原因。他认为：五四初期，有人批判过武侠思想，但停留在表面，“并未深入民众的核心”，武侠小说仅在这三四年中，泛滥起来。这种历史的分析，对今天理解武打小说的流行，也有启发意义的。郑振铎呼吁：“我们正需要着一次真实的彻底的启蒙运动呢！而扫荡了一切倒流的谬误的武侠思想，便是这个新的启蒙运动所要的第一件努力的事。”郑振铎还写了《谴责小说》，他从小说的任务本不在于揭发或暴露人间的黑幕来加以论证，提出要恢复“小说的尊严”。他针对有人为谴责小说辩护的论调，反对把小说作为惩戒恶人的工具。他写道：“恶人也未必因为被写入小说而知所顾忌，我们中国的人本来有善谈人隐事的习惯，本是最没有同情心的，对一切人，对一切事，都冷笑，谴责，嘲笑。”“欲使中国人变为有同情心而恳切，严正的，便须先扑除这一类的谴责小说”。郑振铎剖析中国民族劣根性，入木三分，他批判谴责小说，发挥文艺改造社会、创造光明的作用，他的赤诚之心，溢于言表。瞿秋白写的《关于整理中国文学史的问题》（1932 年 10 月 6 日），呼喊对中国文学史，应予“重新估量”“是很急需的”，为研究文学史打开了新的领域和新的思维空间。吴晗的

---

① 《海燕》，新中国书局 1932 年版。

《历史中的小说》[①]，从史书与小说的联系上，比较分析了小说的社会地位与作用。他首先指出：几千年来小说之所以被视作“茶余饭后的谈助”，不为正人君子所器重，主要是因为史书是专为帝王贵族取法与鉴戒统治经验而写，而小说则不需要什么王道、霸道；儒家“不语怪力乱神”，维持礼教风纪，而小说家“正反之”，他们描写的正是旧社会的弱点，是“越礼犯伦”的东西。他认为：小说不但可入“大雅之堂”，而且由于它是时代的产物，不受“御用”史书那种体制束缚，就社会史料的价值论，史书往往反不及同时代的小说。这种见解，反映了史学界开明人士对于文艺小说的公正评价，在一般惯于苛责小说作者、要求小说创作必须酷似历史人物与历史事件的史学领域，尤感珍贵。

当我们回顾、总结第二个十年小说批评理论的历史时，感到它的确是我国现代小说理论批评史上走向全面繁荣发展时期，但又感到批评理论的不足和审美观念上的偏颇。这都是和当时的历史环境相联系的。从此之后，中国现代小说批评进入了一个十多年的战争环境，它的发展又有了新的特点和变化。

（收入许怀中：《中国现代小说理论批评的变迁》，上海文艺出版社 1990 年版，有改动）

---

① 《文学杂志》1934 年 6 月第 2 卷第 6 期。

观照中国现代小说发展的一个视角

文艺思潮变迁的历史，是人的观念变迁的历史；人的观念的发展变化，是文艺思潮发展的主脉。

勃兰兑斯说："文学史，就其最深刻的意义来说，是一种心理学，研究人的灵魂，是灵魂的历史。"他接着说："一个国家的文学作品，不管是小说、戏剧还是历史作品，都是许多人物的描绘，表现了种种感情和思想。感情越是高尚，思想越是崇高、清晰、广阔，人物越是杰出而又富有代表性，这本书的历史价值就越大，它也就越清楚地向我们揭示出某一特定国家在某特定时期的人们内心的真实情况。"① 勃兰兑斯把文学史看作是一种心理学，认为可以通过一个国家的文学，来研究这个国家某个时期所共有的思想感情的一般历史。他接受了泰纳、圣伯甫等的影响。泰纳认为人与文学是种族、环境和时代三因素的综合产物。泰纳的这个观点，在勃兰兑斯的《十九世纪文学主流》一书中得到了生动而又有创见的发挥。他在分析某一部具体作品时，便往往把人物形象看作所谓"普遍人性"的

---

① 勃兰兑斯：《十九世纪文学主流·引言》，人民文学出版社 1980 年版，第 5 页。

某个方面的体现者，还不可能把这一现象同社会制度，社会阶级及社会的其他条件联系起来，进行真正的社会的研究。此外，勃兰兑斯又受了圣伯甫文艺思想的影响，把文艺作品看成是作家的自传，因而在分析作品中，把人物形象和作家混同起来。这就低估了文艺作品的现实根据和人物性格的典型意义。尽管这样，勃兰兑斯这部著作的研究方法和具体论点，对我们研究文学史，仍有借鉴意义。只要我们正确运用马克思主义的观点，科学地解释人的本质，人的内部世界与外部世界的关系，他的这个见解就完全可以运用于研究我国现代小说史，作为研究问题的一个重要角度，探索出现代小说发展的一条轨迹来。

按照科学的观点，现实的人一方面有着“他物联系”，即人同周围世界的关系，另一方面有着“自身联系”，即由这种关系所造成的人的各种内在的属性。文学作品中的人物的内心世界，是外部世界的反映；同时，人物的心灵，也可以是看外部世界的窗口。我们研究人物的心灵，是认识周围社会生活的一面镜子。“心镜”可以照出某一时代和社会生活的影像。

基于此，我们探讨现代人的心灵历程，可以窥见中国现代小说史发展的一条轨迹。这里所说的现代人，自然是指研究对象的总体，而且是一个广泛意义上的概念。它主要指中国现代小说所描绘的人物主体，主要是五四前后到新中国成立前的时代人物，其中也有些如孔乙己之类晚清的人物，甚至是神话传说和历史人物，如女娲、禹、孔子、墨子之类的人物，他（她）既是现代小说里的人物，应该加以探索。我们把现代小说，分为新的“人的自觉”文学、发现压迫和被压迫人两种人的文学、从“新的世界”表现“新的人物”文学等三个阶段来加以论述。

诞生时期的中国现代小说，带有启蒙主义、个性解放的色彩，是人的文学，是新的“人的自觉”文学，它以揭示人的觉醒的心灵为主要特征。五四时期，“呐喊小说”，显示着觉醒了的人的心声。五四退潮后，现代小说往往反映了醒来无路可走的悲剧。无论是对人生问题探讨的所谓“问题小说”，或是自我要求的“尊重自我”的小说，都是人的觉醒的文学。因为探索人生和表现自我，都是人的觉醒的标志。他们发现了自我，认识了人自身，认识了人的价值，宣扬了一种气壮山河的“力”。

也许人们会说：魏晋南北朝，不也正是人的觉醒的时期吗？是的，这种人的觉醒，恰好成为从奴隶社会逐渐脱身出来的一种历史前进的音响，是从统治阶级所宣扬的伦理道德、鬼神迷信、谶纬宿命、烦琐经术等规范、标准价值中解脱出来，对它们表示否定和怀疑。[①] 如果打个比方，这个历史时期的人的觉醒，属于人类童年时期的觉醒，而五四时期的人的觉醒，可以说是人类进入青年时代的觉醒。前者是人的活动和观念从神学和谶纬宿命论支配、控制下的西汉时代跨出来，走向自由自觉的时代，在文艺上，是一个“为艺术而艺术”的时代。后者的觉醒，是勇敢地从封建主义的观念和思想牢笼中冲出来，彻底地从旧传统、旧观念中挣脱出来，进入个人的自由王国。这突出体现在人的现代化上——人的思维方式、伦理道德观念、感情方式、价值观念、心理特征等等，都发生了变化。人们的思维方式，从封建氏族利益中解脱出来，冲破泯灭个性，以愚昧、迷信、盲从为特征的单纯的实体罗网，而认识了个体生命价值之所在。五四新文化运动，提倡新道德反对旧道德，给古老的部分与全体交融互摄的思维方式中注入个性解放的新因素，唤起了一大批青年冲破封建家族的束缚而投身于人民民主革命洪流。这种以坚强个性所组成的民族共同体，比由亿万盲从愚昧的个体组成的民族共同体，要坚强得多。只有这种以坚强个性为基础的民族才能自立于世界民族之林。从伦理道德上来说，它要打破封建的家庭和家长制，冲破旧婚姻制度，要求自由恋爱，扫除轻视妇女等的观念，使自身趋于完美化。就行为方式说，现代人要革除安于现状、明哲保身、因循守旧、不图改革的旧习，要大胆进攻，勇于革新，具有英

① 参见李泽厚：《美的历程》，文物出版社 1981 年版。

雄气概。就感情方式说，现代人珍视人与人之间的感情和谐，要求打破隔阂，弃掉中华民族自古以来不交往的阿Q式的“男女之大防”。这些在现代小说里有所表现。

历经五四时期的人觉醒之后，作家也曾一度在小说里表现出醒来无路可走的悲哀、苦闷、孤独、伤感、隔膜感，表现出人与外部世界的对立与矛盾。像鲁迅那样经过长期的思考，总结了深刻历史教训的小说不多，但当时大多数小说从小资产阶级的悲欢离合和下层人民的受凌辱、受欺压中，显示出觉醒的心灵来。

到了30年代中叶，文学表现对时代的中心内容的追求更为强烈。正如鲁迅所说，他从俄国文学里明白了一件大事：“世界上有两种人：压迫者和被压迫者”①。鲁迅的这个发现，是从“吃人”和“被人吃”的社会现象，提高到阶级意识的新高度来认识的结果。革命文学，也是发现“两种人”的文学。这种文学作品，描写了这两种人的对立，以及被压迫者的自觉的反抗斗争，而这种自觉斗争，是在党领导下进行的。对这类题材的开拓，是左翼文艺运动的一大特点。但由于客观条件的局限，有不少作品写得比较概念化。进步的文学，广泛地反映了被压迫人的觉醒。凡是广泛反映广泛人的心灵变化和他们的生活的作品，不应该加以排斥。

在抗日烽火中，解放区作家有了深入工农兵的机会。毛泽东同志《在延安文艺座谈会上的讲话》的发表，使革命文学进入了表现“新的人物，新的世界”的历史时期。革命小说塑造了有血有肉的新世界主人的形象，表现了历史的主人——劳动人民和无产阶级主宰世界的广阔心灵，他们与外部世界的联系更加密切了，完全改变了五四时期个人与社会对立的状况，他们充分认识到人民群众在社会历史发展中的地位和作用。革命作家和社会、时代同步前进了。现代小说的发展，经历了建立现代民族新文学、创造民族新形式的过程。从运用现代白话，借鉴西方文学，引进新的文学形式，到吸收

---

① 《鲁迅全集》第5卷，人民文学出版社1973年版，第55页。

民族、民间文学传统，克服“欧化”，新的文学形式日益民族化、群众化。但也存在盲目排斥外国文学的情况。同时，新中国成立以后，无产阶级文学理论被推向极端，无产阶级与全人类对立起来，从而走上否定一切人的文学的邪路，向五四时期人的文学的反面转化。这一历史教训，值得记取。

现代小说走过半个多世纪的岁月，在整个文学史上，它是很短暂的。无产阶级革命文学诞生于“左”的路线影响下，又经历了十多年的战争年代，如果将第一次国内革命战争时期算在内，则它的绝大部分历史是在战争中度过的。战争给新文学以锻炼，但也带来另一个时代的烙印——过分强调了为政治服务。

那么，这只有30多年历史的中国现代小说，在发展演变过程中，究竟有哪些规律性的东西可寻呢？它有哪些自己的特征呢？

首先值得引起注意的文学现象是：中国现代小说在诞生期出现成熟和幼稚并陈的现象。从鲁迅奠定现代小说基础的第一篇白话小说《狂人日记》开始，以鲁迅为代表的小说家，通过对中国社会的深刻透视，对辛亥革命深入的剖析，从反思中把握中国社会的发展脉络，加上对我国古典小说以及外国小说的研究和融会贯通，和本身知识结构的独特和全面，使这个现代小说的宁馨儿，以它的思想深刻性和艺术魅力征服了读者。这并不是说鲁迅的小说一开始就已经达到顶峰，不再发展了。但它摆脱外国文学的影响走向技术上的圆熟的过程很短。鲁迅说他从《狂人日记》开始写的几篇小说，受了果戈理、尼采、安特莱夫等的影响。此后就“脱离了外国作家的影响，技巧稍为圆熟，刻划也稍加深切”①。郁达夫在鲁迅逝世不久，就对鲁迅小说的历史地位给予高度的评价，他说：“鲁迅的小说，比之中国几千年来所有这方面的杰作，更高一筹”，当我们看到局部时，他看到的都是全面。当我们热衷去掌握现实时，他已把握了古今与未来。要全面了解中国的民族精神，除了读《鲁迅全集》以外，

---

① 《鲁迅全集》第6卷，人民文学出版社1973年版，第242页。

别无捷径。[1] 像鲁迅这样的作家虽不多，但标志着现代小说的水平和所达到的高度。

另一方面，是现代小说的幼稚性。开始写作现代小说的作家，大多是20岁左右的青年，阅历不深。他（她）对人生的理解，流于表面。“一般化是视野短浅、才气缺乏的诗人的通病。”[2] 其表现手法，或则带着旧小说巧合的痕迹，或则不注意人物的刻画，带有公式化、概念化的毛病；其语言缺乏锤炼，带有“欧化”特征；其结构具有单线、平面化的特征，没有层次感、立体感……这种“两极分化”的现象，也许在文学发展中是比较独特的现象。

其次是现代小说发展中的“二律背反”律。人们往往把“为人生派”和创造社的“为艺术派”看成是对立的，到了20年代末，这两派合流，在现实主义的轨道上一致起来。其实，这两大流派从开始时，就表现为形异实同的特点。“为人生派”在文艺的功利上，主张为人生——认识人生，剖析人生，表现人生，改良人生，推动社会的发展，带有明显的社会功利的主张。而“为艺术派”，也并非“纯艺术”、否定文艺任何功利。它们标榜“为艺术”，指的是摆脱封建主义文艺的功利而独立，要求文艺按照自身的特征自然而然地产生功利，反对狭隘的功利，反对实用主义的功利性，以否定文艺功利的形式出现而蕴含肯定文艺反封建社会功利的合目的性。前者以肯定形式强调功利，后者以否定形式体现功利。在艺术表现方法上，“为人生派”着重客观地表现生活，但也有主观地反映生活的作家，如庐隐、冰心等。而“为艺术派”着重主观感受，但也有着重于客观描绘的，如郑伯奇等。就是上面这两大流派的同一个作家，前后也有变化。所以从艺术表现方法上看，也有交叉，不能截然分开。这种相反相成的文学发展现象，我们姑且借用康德的“二律背反”

① 郁达夫：《鲁迅的伟大》，原载1937年3月1日日本《改造》第19卷第3号。

② 雨果：《〈克伦威尔〉序》。

的概念来作表述。另一种相反相成现象，如大革命失败后，出现茅盾的“幻灭感”小说和丁玲的“个人追求的幻灭感”小说，和这相反的是巴金的“激愤小说”的产生。

这种现象，是文艺发展中的对立和渗透、转化的现象。“审美范畴往往是成双对立而又可以混合或互转的。例如与美对立的有丑，丑虽不是美，却仍是一个审美的范畴。……美与丑之外，对立面可混合或互转的还有崇高和秀美以及悲剧性与喜剧性两对审美范畴。既然叫做审美范畴，也就要隶属于美与丑这两个总的范畴之下。”[①]

在小说的发展过程中，还有一个“反拨律”起作用。当一种文学发展到过分或趋于极端时，往往出现另一种相反的文学，有意无意地加以“纠正”，而这个“纠正”包含着另一种片面性。片面的两极，是正常的现象，并不可怕，也不奇怪。这片面的两极，为比较正确地发展出较符合历史发展实际的东西、比较有生命力的艺术，提供有益的条件和发展的经验教训。正如雨果所说：“有两种诗人，一种是感情用事的诗人，一种是逻辑的诗人；此外，还有结合着以上两者特点的第三种诗人，这两种诗人以两种特点相互克制、互相补充，并且把它们概括在一种更高的本质中。”[②] 革命小说开始显现了它的生命力，但又暴露出它的幼稚性，即所谓“革命的浪漫蒂克”。这类小说反映革命的重大题材，反映革命斗争及群众运动，有强烈的时代感，但缺乏哲理的深度、情感的感染力。与之相反的是沈从文的着重表现原始的人性美、风土人情、风俗习惯、社会风尚、所谓远离政治的小说。但这种小说，不能说远离时代和生活，它虽没有及时反映重大的社会斗争，描写重大的题材，但它表现一种“静态”的美，表现人情世态，也有它的艺术生命力。在这中间，革命作家如鲁迅、茅盾、叶紫等的具有两者优点，又避两者弱点的作品，成为小说发展中的珍品。

---

① 朱光潜：《审美范畴中的悲剧性和喜剧性》。

② 雨果：《莎士比亚论》。

总括上述，现代小说在自己的历史中呈现出不同流派、不同风格、不同个性，它们或深或浅，或高或低，或细或粗，反映生活过程或快或慢，或简或繁，或创新或平庸，或强或弱……这些都是正常的现象，都是合乎规律性的。在这个过程中每个个体都尽了自己的力量，却又没有尽完。恩格斯说："各个人的意志，……虽然都达不到自己的愿望，而是融合为一个总的平均数，一个总的合力，然而从这一事实中决不应作出结论说，这些意志等于零。相反，每个意志都对合力有所贡献，因而是包括在这个合力里面的"①。我们研究文学史，包括中国现代小说，都要牢记这种"个力"和"合力"互为交错的作用，要注意将时代和作家个人经历，社会思潮和作家灵魂结合起来考察，要记住每一个"个力"源于"合力"的历史整体作用，但历史的整体，又离不开作家的个体性，只有这样的研究，我们才能窥见历史的螺旋上升，看到恩格斯所说的"运动规律"的必然归趋。

艺术和艺术家是动态的互相作用的，而艺术和群众，也是如此。丹纳说得好："……艺术家不是孤立的人。我们隔了几世纪只听到艺术家的声音；但在传到我们耳边来的响亮的声音之下，还能辨别出群众的复杂而无穷无尽的歌声，像一大片低沉的嗡嗡声一样，在艺术家四周齐声合唱。只因为有了这一片和声，艺术家才成其为伟大"②。研究文学史，联系读者的审美心理，联系群众的社会心理，不是可有可无的。同时，我们考察文学发展的过程，切不可忘记要运用多元的文学史观。

（收入许怀中：《美的心灵历程》，江西人民出版社1987年版，有改动）

---

① 恩格斯：《致约瑟夫·布洛赫》（1890年9月21—22日）。

② 丹纳：《艺术哲学·艺术品的本质及其产生》。

试论『闽派批评』及闽派作家作品

我省文坛“三二一”记事

三份期刊:《台港文学选刊》《中外电视月刊》《当代文艺探索》

这里所记述的三份期刊即《台港文学选刊》《当代文艺探索》《中外电视月刊》，前两者系福建省文联主办，后者乃海峡文艺出版社主编。

1983 年 8 月，我从厦门大学调到省委宣传部工作，协助何少川部长分管文化、文艺、出版、教育，后又分管理论部门，兼任省文化局（后改为厅）党组书记、厅长职务。当时有关这方面的刊物，由我审批便可公开发行，这三份有影响的刊物，是我在任时批办的，得到何部长支持。

先说《台港文学选刊》。福建省文联主编的《福建文学》，曾介绍过台港文学的作家和作品。由于福建所处的地理位置，以及它和台湾的血缘关系，省文联认为应该创办一本介绍台港文学的期刊，便向省宣传部申报。当时部里立即批准。《台港文学选刊》于 1984 年 9 月正式创刊，成为大陆第一家专门介绍台湾、香港、澳门及海外华人华文作品的文学期刊。时任福建省委书记的项南同志，极其重视，撰写了一篇言简意赅、极其精彩、影响重大的序文，他写道："我认为，这个选刊是可以担当起这一任务的。因此，我也相信，这个选刊是会受到炎黄子孙的欢迎和喜爱的。"

正如项南书记所期待的，《台港文学选刊》成为名副其实的"窗口纽带平台"，它起了文学窗口、文化纽带的作用，以各种文学形式为平台，广泛联系海内外华文爱好者，成功举办了诸多大型征文活动。

随着两岸文化交流活动的日益频繁，《台港文学选刊》也于 2009 年转型为双月刊的大型文学丛刊，全面突出台港澳、海外华人文化特色及重点作家和文学新人的作品，同时强化当期作品的评论。

30 多年来，在省文联党组和编辑部同志的重视和努力下，据不完全统计，《台港文学选刊》先后介绍了 2000 多名台港澳及海外华文作家的作品，字数达五六千万字，受到海内外读者的欢迎和好评。如台湾著名诗人洛夫在阅读 2009 年《台港文学选刊》第一期后，欣然致函盛赞所选作品"达到彰显人文、趣味、隽永、高于创意的素质"，选编的小说、散文具有"高品位、高可读性"，其"扎实而多彩"，是"真正的具有严肃意义的文学选刊"。这是《台港文学选刊》"文学窗口"作用和优势的体现。此外在"文化纽带"方面，该刊以闽台"五缘"为切入点，举办"海峡诗会"活动，在厦门、金门两地同期举办诗歌研讨会，并组团出席金门诗酒文化节。这里具有重大影响的是举办多届海峡诗会，台湾诗人余光中、洛夫等都参加过活动。这其中如"余光中原乡行""诗之为魔——洛夫诗文朗诵会"等，在闽台文化交流方面，功不可没。这份期刊还起了推介华人作品的"平台"作用，如原主编杨际岚参加了从第二届到第十一届世界华文文学研讨会。《台港文学选刊》如今仍在出版发行，设有《两岸青年文学作品联展》《名家新作》《影视文学专区》《世界华文文学论坛》等引人注目的栏目。

《中外电视月刊》，是在《台港文学选刊》出版不久后，由海峡文艺出版社向省委宣传部申报的刊物。宣传部考虑到当时电视正在走俏，应当有一个专门宣传电视的刊物，也就马上批准。《中外电视月刊》便于 1985 年 1 月正式创刊。这个刊物涵盖电视面广，有“中”，又有“外”，可说是电视的大观园。刊物栏目多样，较为固定的栏目有《电视剧本》《电视故事》《明星专访》《艺园艺员》《电视博览》《海外娱乐圈》等，它立足宣传，扶持本土影视剧的创作，在互联网资讯尚未普及的年代率先向国内读者系列翻译介绍国际经典影视作品和故事，追踪专题报道海峡两岸暨香港、澳门热点明星，以及重点影视资讯。刊物图文并茂，可读性强，深受读者的欢迎、喜爱和好评。在相当时间内，发行量曾保持在 30 万份左右，一度成为海峡文艺出版社的经济支柱。中央电视台新闻联播曾就《中外电视月刊》出版 100 期做过相关报道。刊物在影视圈形成良好的口碑，影响很大，有力地推动了我国电视文化的健康发展。后其于 2002 年停刊，经历了 18 个春秋，共发行 200 多期。

还应该提到的是《当代文艺探索》双月刊，它是省文联主办的另一个刊物，创刊于 1985 年 1 月，由福建省委书记项南题写刊名。这本双月刊在 20 世纪 80 年代中后期在全国文艺界反响很大，而且对“闽派批评”起了推波助澜的巨大作用，由魏世英任主编，赵增偕、王炳根任副主编。曾念长有篇论文论“闽派批评”与新时期以来的文学思潮，特别提到这个刊物对“闽派批评”的作用：“这本杂志一诞生，便亮出了‘闽派批评’的旗帜，其编委除了来自本省的许怀中、魏世英、孙绍振、刘登翰、林兴宅、杨健民、王光明、张帆（南帆）等等，还囊括了外省工作的大部分闽籍著名批评家，他们包括来自北京的张炯、谢冕、刘再复、何振邦、曾镇南、陈剑雨和陈骏涛，以及来自上海的潘旭澜和李子云，这是‘闽派批评’有史以来最大的一次结集，在此后近三十年，亦不曾重现过如此整齐、壮观的阵容。杂志的另一个亮点是，一批刚崭露头角的青年评论家也麇集在这面旗帜下，构成最活力的作者群和编务人员之一部分，他们是‘闽派批评’的新生代。它包括王光明、南帆、朱大可、陈晓明、林建法、张陵陵等等。”作家王蒙曾总结文学理论界的“京派”“海派”“闽派”三足鼎立之势。文中指出，这是闽人文论以“派”立足于中国文学版图的具体说法之一。

《当代文艺探索》从1985年初创刊至1987年底停刊，虽然历史不长，但内容极其丰富，刊登了文艺批评等方面许多有分量的理论文章，作者队伍极其壮观，影响深远。正如刊物封面所标明的：“以开放的眼光开拓思维空间，用改革精神革新文艺批评。”其创刊号便登载了蒋子龙、谢冕、舒婷以及楼肇明、孙绍振、杨健民等的文论。此后陆续登过刘再复、张炯、谢冕、陈骏涛、何西来、陈晓明、北村、刘心武、俞兆平、王炳根、杨纯钧、朱水涌、盛子潮、陈仲义、林焱、戴冠青等的论文，何少川同志的《坚持文艺的社会主义方向》、我的《文艺批评的科学性散论》也发表在上面。

当时何少川在省委宣传部主持工作，部里还曾召开两次关于文艺评论的专题会议，北京来的同志说：福建宣传部还召开这样专题会议，是少有的。我们帮助“闽派批评”的发展，尽了应尽的力量。

两部电视剧：《谷文昌》《林则徐》

我曾参加多部电视剧的制作，但值得回顾的是《谷文昌》《林则徐》这两部。

1991年2月间，由福建省宣传部、漳州市委宣传部、厦门市委宣传部、东山县委宣传部等联合拍摄电视剧《谷文昌》。记得组创人员春节还在东山过，春节过后开机。我和省委宣传部文艺处的同志在元宵节过后，便驱车到东山现场观看拍摄情况。到县招待所时，天色未晚，我们便连忙到现场。当时正在拍摄谷文昌在县委办公室的戏。我在机前看演出镜头，谷文昌的夫人史大姐也坐在那里观看，她当这片的顾问。她那时已离休，平易近人，朴实亲切。

那时那地，春节气氛犹未散尽，晚间主人请我们观看宣教系统的迎春晚会。会散归来，我在客房灯下夜读《东山文史资料——谷文昌同志事迹专辑》，专辑记录了这位原东山县委书记为改变贫困海岛东山落后面貌，呕心沥血，带领干部群众治理风沙，连续6年制服了千年为虐的“风妖”“沙虎”，实现了绿染海岛的夙愿的历程。

次日，是个东风骀荡、春阳明媚的日子，我跟着摄制组到现场观看拍县委会的外景，而后到东沈湾看当年被风沙淹没过的民房留下的遗迹。一个惊心怵目的场面赫然出现在眼前——风沙把石头垒起的民房埋下，露出屋顶的一小角残墙断壁，瓦砾碎片，告诉你风沙为害的悲惨历史。离开东沈湾，沿途所见沙田上已铺上一层翠绿，芦笋为大地披上绿衣，田野上荡漾出早春的气息。午后，我和史大姐一起瞻仰绿色丰碑纪念馆，看到谷文昌塑像前放满老百姓献的花圈。登高瞭望，见绿色“长城”重重环绕海岛，俨然是穿着绿色军装的哨兵。极目远眺，海天茫茫，浩渺的蓝天，一群飞雁排成“一”字。史大姐指着附近村庄说：“那是过去的乞丐村。”破烂的住房已经被新盖的楼房代替。

观看了这些，我心中满涨应该拍好《谷文昌》影视剧的愿想。后来，我们又赶到澳角村观看拍外景。靠海的一座小楼房，是剧中人阿香的家，她丈夫被国民党抓去台湾，生活艰辛，孩子生病，送药的人说：“谷书记说被抓丁去台湾，不叫伪军家属，而是兵灾家属。”阿香听了感动得不能自已，演阿香的演员朴实自然，演得十分成功。当我从围观人群里走出时，海风习习，我心情格外激动，心中洋溢着谷文昌的动人事迹。他不仅治风沙而且治人心，这在电视剧中都得到充分的体现。后该片获得中宣部“五个一工程”提名奖。当时拍摄的情景，我在散文《东山春早》中回忆起时，依然动人心弦。

另一部是18集大型电视剧《林则徐》。为了迎接香港回归，省电视台要拍一部电视剧《林则徐》。原电视台制作部主任张德新是制片人，他找我一起策划。当时省委宣传部很重视，成立领导小组，我是成员之一，又是该片顾问，介入较多。我们请了著名作家郑怀兴撰写剧本，请他到温泉宾馆住下，潜心创作。筹拍过程中，我们得到信息，著名导演谢晋正在拍电影《鸦片战争》，还准备拍电视连续剧。我们于是商量，能否请谢晋不拍电视，专拍电影，这样就不会撞车了。经影视熟人介绍，我和老张一起到北京，和谢晋商谈。见面后，谈得很顺利，他也觉得由福建省来拍电视剧《林则徐》名正言顺，就放弃了拍电视剧的计划。我们当然很感谢谢老对我们的支持。

一切就绪，请来宋昭执导，准备到上海开机。在这之前，我和老张一起去上海拜访时任上海市委副书记陈至立，她当上海市委宣传部长时，我在全国宣传部长会议上经常碰到她。厦门特区成立10周年庆典，她来参加活动，也到了福州，我参加了接待工作。我们到上海时，她正准备次日出访，特地约我们当晚在她家里会面。她很支持我们的工作，又交代当时上海市委宣传部金部长提供帮助，如减免有些拍摄场所的费用等等。开机很顺利，我也到现场观看。

经过一段时间的紧张拍摄，终于赶上1997年迎接香港回归祖国。我们在香港举行电视剧《林则徐》首播新闻发布会，受到香港人民热烈欢迎。发布会在香港高丽华酒店举行，会场座无虚席，挤得水泄不通。香港各界知名人士以及内地有关单位人员参加，新华社香港分社副社长张浚生在会上发表热情洋溢的讲话，省广播电视厅长兼台长林爱国在会上介绍了我们以大制作、大投入的决心，拍好《林则徐》电视剧。出席大会的还有中英联络小组中方代表陈佐洱，全国政协委员施子清，香港文康广播司司长周德熙和各界人士约200人。另外，一些新闻单位的不少记者也参加了大会。林则徐后裔、我国前驻联合国大使凌青也在会上讲了话。会场气氛空前热烈。

电视剧《林则徐》贯穿着林则徐身上一条爱国主义的思想主线，而林则徐的爱国主义是在和英国侵略者的斗争中升华和深化的。当清王朝道光皇帝召见他，授予他禁烟重任时，他就深知烟毒猖獗，痼疾难医，形势复杂，南下广州虎门销烟，凶多吉少。但他心怀为国为民的思想，抱定“苟利国家生死以，岂因祸福避趋之”的视生死于不顾的大无畏精神，和列强斗争，坚决禁烟销烟。一方面他严格执行政策，严禁走私，保护正常的贸易，另一方面，他又是开眼看世界的第一人。此外，他“海纳百川，有容乃大”的博大胸怀，和他留下的业绩诗文等，构成“林则徐文化”，开了我国近代史的新篇，也续写了源远流长的中华民族优秀传统文化。我们能为拍制《林则徐》电视剧做点实事，也是圆“中国梦”的一件实事。

电视剧《林则徐》走进了千家万户。我写了这部电视剧的观后感《划时代的民族伟人的再现》，说它是一部思想性、艺术性、观赏性高度统一的作品，采用了多种艺术手法，塑造了林则徐立体丰富的形象。它首先准确、深刻地揭示了林则徐所处的时代背景，其次通过外部和内部交叉两条线完成典型环境的塑造。此外它还把林则徐置于顺境和逆境的反差中去展现。

一台舞剧：《丝海箫音》

在非常重视丝绸之路历史性创举的今天，不能不回顾20世纪90年代初，省歌舞剧团创作演出的一台舞剧《丝海箫音》。记得当时何少川部长带我和文艺处同志去歌舞剧团，和团长一道研究搞一台以丝绸之路为题材的歌舞剧。这个倡议得到省歌舞团的赞赏和重视，他们立即研究如何创作。后由邹维之任总策划，组建《丝海箫音》创作组，由颜庭寿执笔，省文化厅艺术处练向高任监制，管俊中任艺术顾问，杨伟豪为总导演兼编导。

这台舞剧通过讲述一家两代水手开发海上丝绸之路的故事，艺术再现了我国宋代南方海上丝绸之路商船出发，东西方文明交流融合的繁荣景象，以闽南元素为主，充分展现福建在开辟海上丝绸之路，沟通各大洲商贸往来，促进东西方文化交流中的重要作用。

序幕“祈风祭海”展现了800年前的泉州刺桐港，水手们聚集海边，在市舶司提举的主持下，接受道士的祝福，勃发出与海搏击、开拓海上丝绸之路的奋进精神。第一场“情满街市”展现了刺桐城市井生活，人们在繁荣的街市忙碌贸易的场景。水手阿海即将远航，年轻的妻子桐花把心爱的洞箫给他。第二场枯燥的航行中，阿海吹了洞箫，倾诉思念之情。而后阿海为救哈马迪献出年轻的生命，临死之前他把洞箫托给哈马迪。第三场阿海的儿子小海出生，桐花祈祷海神保佑她丈夫，盼他早归。元宵佳节，她听闻远方带回的丈夫去世的噩耗，悲痛欲绝。第四场为“特使来朝”，17年后，作为波斯王国的特使的哈马迪重回刺桐城，他惊喜地看到小海高超的水手技艺。小海继承父业，桐花却不忍让小海重蹈丈夫的路。第五场小海在父亲坟前哭诉衷情，哈马迪捧出洞箫。在箫音中他们出海搏击，义无反顾，桐花忽有所悟，毅然把水手号衣披在儿子身上。最后哈马迪又将远航，小海接过父辈的大橹起航。

本剧参加在沈阳举行的1992年全国舞剧观摩演出，获优秀剧目奖，演出奖，优秀作曲奖，舞美、服装设计奖，邓宇获最佳表演奖，高国庆、程春玲获优秀表演奖。1993年3月获中宣部“五个一工程”奖，4月获文化部第三届文化大奖，以及编导、作曲、舞美、演员奖，福建省政府特地通报嘉奖，颁发奖金20万元。该剧1993年11月赴香港参加丝绸之路艺术节，1994年12月接受新加坡国家艺术委员会的邀请，在新加坡黄金剧场上演，受到热烈的欢迎。

舞剧演出了好几场，谁也没有想到在一场场的演出中曾有一位重要的观众坐在台下，并在 20 多年后，促成了这台舞剧的改编。他就是时任福州市委书记习近平。1991 年，福建省歌舞剧院年轻编导吴玲红因泉州人的身份，被邀请进入《丝海箫音》剧组，承担编舞工作，后又成为改编《丝海寻梦》的编导之一。

我的散文写作

我在念高二时开始在报刊上发表习作，主要是诗歌，也有小说、散文、杂感之类，如今正好70周年。在大学读书阶段，因受聘为党报的通讯员，我主要写通讯、新闻；在大学教学期间，以创作杂感随笔为主；从政以后，便写散文，陆续出版了十多本散文集。

到省委宣传部报到后，我住在西湖宾馆一套间，环境还算优美。我在厦大就教时的子弟、时任《福州晚报》主编前来约稿，他们有个副刊《兰花圃》。仲夏的某个薄暮，我到后区园圃漫步，注意到荷塘湖心亭的脚手架，八角亭拆掉后，改建成两层的亭子，已经成形，但脚手架依然在侧。我忽然感悟在人生道路上，难免充当“脚手架”的角色，一旦工程竣工，“脚手架”便永远不存在了。于是来了灵感，回房提笔写成散文《月下后园漫步》，文中写了这样一段：“日后人们在亭子里游览观赏，可谁也不会想起这曾经帮助亭子建成的脚手架。它的价值和可贵精神，便在于它的自甘‘消失’。人们可以设想，如果亭子建起来以后，脚手架不愿退走，却倒招人讨厌，便来埋怨它的碍手碍脚，大煞风景。”这篇散文发表后，夸张地说，我的散文创作一发不可收。

从政后，出差机会多，所到地方当地主人都热情招待，回来写写散文，也聊表谢忱之意。

《月下后园漫步》收进我的第一本散文集《秋色满山楼》里，1988年9月由鹭江出版社出版。我原想把杂文也编进去，后接受编者建议专收散文。正好曹禺先生来闽参加闽台京剧活动，便请他题写了书名。书名出自其中的一篇散文，是早年写的，书中还收进几篇未丢失的“少作”。编者还为此书写了内容提要：“这是作者积蓄半生阅历写就的一部感人肺腑的散文集，时间跨度长达30余年。全书用行云流水、淡雅质朴的文字，抒发了作者对世界、对人生、对事业、对友谊的款款深情和执着追求……”书出版后即将过去30个春秋，如今才又认真读了这段热情洋溢的“提要”，怦然心动。想不到著名教授王瑶先生读后，给我写了一封勉励有加的信：“……我以前仅读过您的学术著作和论文，甚佩，功力之深厚。自您调动工作以来，私意颇感惋惜，盖搜集资料，掌握动态，细致分析，潜心著作，皆与目前之工作不易协调。今读此书，不仅对您之经历等有了更深的了解，且文笔深沉优美，富有个人风格，因思今后似可多写一点此类文章，一则较易与繁忙之日常工作协调，二则此书篇幅似太少，大有发展余地。福建之诗人及散文家颇多，或与地域文化有关，故建议勿放过稍纵即逝之思维，长短不拘，暇即命笔，则待以时日，定可获得丰收也。”王瑶先生的信，感人肺腑。我尽力遵循其教导，勉力创作，不觉篇什甚多。

我把王瑶先生的来信，放在第二本散文集《年年今夜》的首页，冰心老奶奶为之题写书名，书上还附有我和她合影的照片。郭风老散文家写了序，序开头举古今中外散文家为例说明：“一些美丽的散文，似乎是出于一些学者名流以及教授之手。这种文学景象又似乎是一种世界性的景象。”他把我的散文称为教授学者散文，“许怀中教授的散文，写得无拘无束，写得自然，但在无拘无束和自然中间，有一种严谨”。所有这些都体现老前辈对后辈的厚爱。

使我毕生难忘的是，冰心老奶奶为我第三本散文集《许怀中散文新作选》（作家出版社出版）写序，还附一封亲笔信。序写于1992

年 1 月 6 日微雪之晨。开头写她的故乡福建沿海，山水的雄伟灵秀是描写不尽的，“我回故乡时才十一岁，只在福州城内外看过‘三山’和鼓山，看得少又写不出来，辜负了故乡的山山水水”，这是她自谦之词。“幸而有位我的乡亲，散文名家许怀中教授，写了这本《香山翠湖集》（现改为《许怀中散文新作选》），他的那枝生花的妙笔，把故乡的历史、风俗、人物，尤其是山水，描写得精深细腻、情境交融。不读到他的散文，就无从领略到福建这一片土地壮丽灵秀的一切……”序里充满对故乡的感情和热爱。我怀着无限感激之情，写了《珍记这份厚爱》后收进散文集《芬芳岁月》。

我的散文集书名，有几本带着“月”色。如《年年今夜》采自“年年今夜，月华如练”。《月色撩人》《月满西楼》更加明显。那些年，常到北京开会，往往下榻京西宾馆的西楼，我很欣赏李清照的《一剪梅》中“月满西楼”的情景，便取为书名。更深层地说，“月”往往和往事相连，岳飞流传千古的《满江红》中出现：“三十功名尘与土，八千里路云和月。”他的平生征程，和“云”“月”分不开。李后主词：“春花秋月何时了，往事知多少？”“秋月”和“往事”直接勾连。此类例子，不胜枚举。我的散文写故人和往事，写故乡的乡情、乡愁，写八闽大地的风情，写大江南北，写名山胜景。还有追记异域他邦的散文，如英国剑桥的散记、访问英国牛津大学的散文，是参加国际学术、艺术研讨会所写，《澳大利亚悉尼印象》系参加第二十二届艺术和传播大会所记……

散文中还有一些悼念文章，多是写领导、著名人士、亲朋好友等。前些年我每年都在老书画家吴老的组织带领下，到浙江金华一带采风、办书画展，金华市委宣传部为我出版散文专辑《放情婺州》，吴老称这一组团为“放怀”书画家一行。我们还在金华举行首发式、签名仪式等。

还值得提到的是，这些年请我写序的作者越来越多：上自省委领导，下至平民百姓；上有白发苍苍的老人，下有十多岁的学生。我把写的序也收进散文集中，另外出版《书城旅踪》专书。人所皆知，写序是件“苦差事”，有人写文章感叹“写序难”，这里所耗的精力可想而知，只有知己者懂得其中甘苦。

前几年由厦门大学出版社出版的散文集《岁月匆匆》，是中国作家协会重点扶持的项目，正如书名所标出的：岁月恰如流水匆匆而逝，我的散文是生活的厚赐，也是生命的一部分，它得助于文化清泉的滋润，发自于有感世界。散文脱不了一个“情”字，情与景交融，才有意境的营造，情与理结合，才有哲理的思考，情与趣渗透，才有理趣的韵味。它是岁月流逝中留下的心痕足迹。许多往事早已忘却，我却能从散文集中找到。

近年来，我参加走进海西大型纪实文学丛书的采风。新近出版的散文集《山海交响》，收进我 6 年来采风所写的将近 50 篇散文，它们都是写八闽县、市、区风采、风貌、风情的篇章。有人写评论文章，题为《描写特色文化，喷射文化魅力》。确实，该系列散文地方文化特色浓厚，文化底蕴较深，富有文化力度。“纪实性强，是散文集的一个特点，它是‘走进’八闽大地的各个县市区采风成果，贴近生活，贴近实际，贴近群众。回顾这些年采风团足迹遍及全省一半以上的县域，也特别欣慰。”（见《山海交响》后记）

感谢有关出版社和读者对我散文的厚爱。山东教育出版社把我的《访英三题》选入高中一年级的语文课本。那是我受英国剑桥国际传记中心和美国传记协会邀请，参加在英国剑桥大学圣约翰学院举行的第 19 次艺术与传播国际会议所写的一组散文，课本“阅读提示”写道：“本篇访问，根据内容拟标题，开头部分总领，行文线索是游迹。……本文运笔舒缓，九曲八折，时间、人物、景物、布局井井有条，信手拈来，不留痕迹，不愧是游记观光之佳作。”我还不时收到不同地方读者的来信，如 2007 年接到的新疆策勒县张先生的信，他在县委办工作。信上说他是一名边防转业军人，原在西藏昆仑山一处类似“生命禁区”的哨卡待了 20 年，业余喜读文学作品，“老师的作品我拜读过，至今印象深刻的有《秋色满山楼》大作”。接着写了一大段溢美之词。我的第一本“处女作”，居然在祖国的边陲也能被看到。每逢读了此类来函，我的心潮就犹如波涛翻滚，特别激动而复杂。这也是我散文创作的一种动力。

生命不息，创作不止。

2016年5月12日于榕城

校园文学之花在年轻人心中绽放

素称“文献名邦”的莆仙，自古以来一直重视教育事业。故乡莆仙教育源远流长，远在战国时期，已与吴越文化有交流。后中原、黄河文化入闽，梁陈时便有河南人士来莆筑庐讲学，并设书堂讲学。莆仙唐代建立县学，宋代教育进入鼎盛时期，元、明倡办社学颇盛，明、清学塾普及。自唐至清末，莆仙所建书斋、书舍、书堂多所，教育发达，人才辈出。1912 年学堂改为学校。新中国成立以后，尤其是改革开放新时期，莆仙继承和发扬尊师重教优良传统，教育事业蓬勃发展，为新文化建设、建立文化强国做出一定的贡献。

莆田在重视教育事业的同时，极其关注校园文化。而校园文学作为校园文化的重要组成部分，犹如争艳鲜花开遍校园，成为一道绚丽的文化景观。记得市里举办首届文学节时，出版过“校园文学丛书”，是文学天空闪耀着的一颗耀眼新星。后在举国上下庆祝改革开放 30 周年之际，莆田市第二届文学节有声有色地进行着。出版的第二套“校园文学丛书”，是校园文化建设的新成果。它从第一套的 12 本，增加到 15 本，相关学校从 12 所，增加到 15 所。这两届文学节，分别在 2003 年和 2008 年举办，是由莆田市委宣传部和莆田市文联共同举办的。时任市委宣传部副部长兼市文联主席郑祖杰约我为这两套文学丛书写了总序。他调任莆田市教育局局长之后，又于2012年及2013年分别举办校园文学节，出版中小学两卷校园文学丛书。这套丛书，浓郁了校园文化氛围，活跃了校园文学的创作，内容广泛，题材丰富，体现出莘莘学子在文学世界里的舞姿。他们如饥似渴地求知，留下新生代的聪慧和朝气的足印。我又为之写序。

在这金秋时节，郑祖杰局长又送来新编的校园文学丛书书稿，分中学和小学卷，各选17所学校，又将在校园文学节推出。这里的中学有公办和民办，有城市的和农村的，有一级达标中学，有高中和初中，它们都是完全中学。小学方面，也很齐全。

这套校园文学丛书，各册篇数多寡不一，篇幅长短不拘，有的设栏目，也有不设的，其中有的附老师评语，并署指导老师姓名。在作文习作中，老师的辛劳指导是功不可没的。各册文章以散文为主，又有评论，如书评、影评、诗歌评论。从中学卷窥见青春的美梦，其中有校园情愫、人生感悟、阳光成长、个性飞扬、人文抒写、社会风尚、日常生活、历史遐思、书海拾贝、社会广角、心灵方舟、理想追求、师生情谊、同窗情愫、亲人情怀、乡情乡恋……丛书题材广阔，内容丰富多彩，形式生动活泼，既有时代气息，又有心灵火花。小学卷散发奇思妙想，“童”字突出：童年忆趣、童心畅想、追梦童年、童幻王国、童梦花开、七彩童年……色彩缤纷。

校园文学节，除了出版校园文学丛书，又将举办各种活动，如办展览、开讲座、校园文学作品比赛等等。这套丛书的出版对提高中小学教育质量，促进文化交流，推动语文教学的发展，活跃校园文化，提升文学创作水平，培养文学新人，都有积极的作用。提高教育质量，要从小抓起，打好基础，中小学阶段，是基础工程的重要阶段。培养文学人才，也应从小抓起，所以出版这套丛书，意义重大。

还值得提出的是：这套书的出版，一定程度上反映出近年来莆田市中小学语文教学水平，也可以推动学校与学校之间、学校与社会之间的交流、学习，彼此借鉴，增进学校之间的了解，起到取长补短的效应。

莆田市的领导和有关部门，近年来重视文化教育，积极支持办好校园文学节，深入把握特色文化资源，大力实施文化强市的战略。基于此，校园文学节和校园文学丛书的问世，为海西经济区的文化大繁荣、文学事业大发展，为文献名邦莆仙的文化新辉煌，贡献出自己应有的力量。

愿故乡的文学新秀，从这里走出。

2015 年 8 月 18 日于榕城

弘扬主旋律，做到“三贴近”的力作

——读“走进‘海西’大型纪实文学丛书”

由福建省炎黄文化研究会、省作协组织作家、新闻工作者近400人次联合编纂的“走进‘海西’大型纪实文学丛书”，历时3年，已经出版11本，这是弘扬主旋律、坚持“二为”方向、做到“三贴近”的文学力作，省委原书记卢展工多次为之批示、作序、作总序，省长黄小晶也写了序。该项目历时之长、参与作家队伍之大、与“海西”经济区建设贴近之紧、卷数之多，可说是新中国成立以来我省前所未有的。

毛泽东《在延安文艺座谈会上的讲话》指出：人民生活“是一切文学艺术取之不尽、用之不竭的唯一源泉”。正如卢展工同志在总序中写的：“近些年来，我省县域经济取得了长足的发展，为广大作家、新闻工作者提供了取之不尽、用之不竭的创作源泉，提供了一个极其丰富的新闻矿藏。”这套丛书便是作家们深入生活所创作出来的优秀作品。

突出和凸现县市区域的地方特色，全方位、多侧面、多角度反映各地经济社会等多项事业的发展与建设成就，是该丛书的一个鲜明特点。

卢展工同志写道：“一个县（市）社会经济的发展，是全省发展的基石。”“县域经济，要重视特色经济。特色经济是市场的优质部分，以特色要素为基础，以特色产品为核心，以特色产业为依托，往往成为一个县的传统主导产业之一。”《铁观音的王国》突出了安溪的铁观音，《大红袍天下》凸现了武夷山的大红袍，《中国石雕之都》表现了惠安的石雕特色，《扬名中外的瓷都》反映了德化的名牌陶瓷，《电机之都、红茶名乡》写了福安电机的特色经济，《白茶祖地、海上仙都》体现了福鼎作为白茶的发源地的特色，《漫步中国花都》以浓墨重彩描绘了漳州市的花卉，表现花都、花乡的风采，《从田园到海洋》写出漳浦县从农耕文明到工业文明飞跃的特点。

这里可以看到，每本书都突出和凸现了每个县市的特色。然而，它并不是孤立地只写每个地域的特色经济、特色产品、特色产业等地方特点，而是全方位、多侧面、多层次地反映县域的方方面面，其中包括历史沿革、人文积淀、名流显宦、区位优势、城乡建设、科技文教、工农业发展、工贸园区、港口码头、革命老区、民族风情、风俗习惯、旅游景点、自然风光、山光水色等等。如安溪篇以铁观音为视角全方位展示了改革开放以来安溪发生的一系列巨大变化，“是一部了解安溪发展历程、感受观音铁韵的书籍”（卢展工序）。何少川同志的《走进安溪》，以今昔对比的手法，写出安溪的变化，不仅茶叶富民，而且百业兴旺。又如丛书除写了武夷山的大红袍之外，还从多个侧面和角度，抒写武夷山的文化和自然景观。原武夷山市委书记张建光开篇的《武夷山水一壶水》，把武夷岩茶与武夷山水精神融为一体、情文并茂。丛书在写德化瓷都和瓷产业历史发展道路、成就、前景时，还把镜头对准陶瓷产业集群中的一批富有代表性的先进集体和个人，并写了德化的生态文明建设、戴云山风光等。《从番薯县到百强县》（黄种生文）不只反映惠安的石雕历史和新发展，还采写斗尾港区的开发和巨变、园区经济、惠泉啤酒企业等多方面的历史性变化。白茶祖地福鼎，“如同打开一列福建县域经济的文化橱窗、旖旎多姿的山光水色和纷呈斗彩的特色产业交相辉映，让人徜徉不尽”（《前言》）。这里的经济、文化、自然景观，都一一呈展在读者面前。

以独特、新颖的视角，选择典型，注重挖掘文化内涵，表现经济和文化相依存关系，是这套丛书的又一特点。

如何少川同志的《古诗文中的武夷茶》，引用范仲淹茶歌，陆羽《茶经》，陆游、袁枚的诗，蔡襄的《茶录》等，从大量古诗文中“感受到武夷岩茶的珍贵和魅力”，深入挖掘铁观音茶的文化底蕴。他在写漳州花都的文章《花卉文化异彩纷呈》中，将历史上漳州地区有关花卉的论述，有关花的民间传说，漳州地区民间创造的与花有关的民谣以及形成的一些有趣的花俗，以花为题材的谜语、谚语，水仙花雕刻和榕树盆景艺术等，作为一种优秀传统文化和现代文化，挖掘出花卉的文化内涵。我所写的沙县小吃，也是将其作为中华饮食文化，永定的土楼，也从客家土楼文化的角度来观照。丛书一方面体现出对各地文化内涵的挖掘，又体现出各地经济和文化相辅相成、互相依存的关系，视角独特。

又如黄种生的《龙腾凤舞起楼台》，从安溪的省心亭、静心亭、清心阁、涵虚阁、明清楼等，反映安溪当地经济繁荣之时，不忘精神文明建设、发展文教事业，体现出作者的卓识远见。文中旁征博引，说古谈今，以古喻今。又如蔡天初的《德化陶瓷制造与数学思维》，作者运用数学的“运筹学”和“图论”，“对称”“重合”“全等”“平行”“相交”“相似”“四色定理”等思维，联系德化陶瓷的制作，视角新鲜。又如林思翔的《福祥安康话福安》，以一个“老闽东”的独特视角，全方位透视福安的新变化，展示福安打造“区域生态环境良好，人与自然和谐相处”生态型港口城市。如吴建华的《绿色家园》，分别写德化的“绿色环境”“绿色产业”“绿色食品”“绿色陶瓷”四个方面，以“绿色”贯穿全文，视角新颖。又如章武的《有了爱，就有了一切——记秦建华、吴碧华夫妇及其“振华雕塑”》从冰心文学馆的冰心塑像切入，他发现这座冰心塑像就是惠安振华雕塑厂厂长秦建华的作品，写了秦氏夫妇的故事，引了冰心的话，语带双关，这“爱”也是这对夫妻及其对事业的爱，视角新颖独特。

这套丛书的另一个特点是寓丰富的思想内容于完整、严密的体例之中，达到内容与形式的和谐统一，以利发挥文学为海西建设先行的积极作用。

作家依据采风中的感受，在定题会上自报题目，然后按照书的体例，适当调整，建构一本书的完整、严密体例。每本书从内容出发，拟定篇章，各有特色，但大体包括三个部分：上篇是综合篇，往往有县委书记、县长访谈录以及表现县域情况的主要文章；中篇一般突出本地特色，有典型企业公司、人物等等；下篇为其他篇，如这些地方的历史旅游景点、风俗习惯、风味小吃等等。在篇末往往选写若干则小贴士，收集有关趣闻逸事，增加知识性和趣味性。《漫步中国花都》除了报告文学、散文，又以科普小品文体开辟《当家花旦》专栏，介绍漳州特色花卉。本书下篇《名花·美文》选了过去发表的一些名家如郭风、汪曾祺、宗璞等写漳州花卉的散文。可见，每册大体相同，又同中有异。其中县领导的访谈录，往往体现该县域的建设蓝图，如何实现蓝图以及所取得进展、成就。如谢宜兴《中国瓷都的“小”与“大”——访德化县委书记陈全顺》，分别从“小”瓷器，“大”产业，“小”山县，“大”城市，“小”政府，“大”服务等方面，以“小”见“大”，全方位展现德化陶瓷产业、山县的城市化、政府职能转变的全貌。哈雷的《瓷冠天下　德化民生》县长访谈录则从民生角度来写，避免重复。邹南清的《打造海峡西岸花卉产业先行发展的旗舰——访中共漳州市委书记刘可清》着重从积极开展两岸及国际花卉产业交流合作，打造“海西”花卉产业先行发展旗舰，窥见漳州花卉产业发展的全景。各书中都有反映闽台关系的篇章和内容，如“闽台同缘”、台资聚集区、闽台茶叶同源同根、漳浦的闽台多缘关系、先行先试的浦台农业合作、台湾农业创业园等。

在采写这套丛书的过程中，相关人员曾多次组织作家到各地采风，采取相对固定和流动结合，省里作家和当地、外地作家结合，老中青结合的“三结合”方式，便于作家做到贴近实际、贴近生活、贴近群众的“三贴近”。丛书作者队伍阵容强大，有省里宣传、文化、新闻部门和其他部门的老领导、老作家，现任刊物的主编、编辑，有笔调细腻的女作家。每到一个县（市），组织方还邀请当地老作家和中青年作家参加采写，保证这套丛书的质量。

各级和各部门领导对出版这套丛书都极其重视。出版部门把它作为“优秀图书”来对待。

丛书的编委会，经常总结经验，讨论改进意见。主办单位在此基础上，精益求精，只为一个目标——力求把它出版得更好。

2010 年 4 月 3 日于榕城

桂香与书香齐飘

——《走进浦城·丹桂飘香的地方》述评

去年金秋，我省一批作家、新闻工作者来到福建“北大门”浦城采风，撰写“走进海西”系列丛书之一《丹桂飘香的地方》，最近该书已出版。

章武有一篇《浦城采风散记》，以生动有趣的笔调，对这次浦城采风的组织领导、作家队伍在浦城活动的全过程，作了有声有色的描述。

通读该书，总的感觉是作者各有千秋，富有创作个性，总体质量较好，真实性、文学性、可读性强。全书既反映浦城县域社会经济，又突出浦城地方文化特色以及历史风貌、人文、自然景观等方方面面，体现了贴近生活、贴近实际、贴近群众的“三贴近”要求。

戎章榕的县委书记访谈录，写出《县委书记的“三字经”》，农业的“新三宝”、工业的“三产业”、文化的“三工程”、制度的“三保障”，概括出浦城建设成就和发展路子。庄永章的县长访谈录，谈了浦城历史文化、产业“洼地”现代农业、宜居福地等，虽有交叉，但角度不同。访谈录这种文体，既不是个人传记，也有别于散文、报告文学。该书前言在访谈录前加上“新闻性”，是有道理的，它蕴含着访谈录的“新闻性”。何少川同志对柳墩村、翔安新村等地进行调查，写下了散文《一福造端，百福并臻》，肯定了浦城“造福工程”的“成绩斐然可观，前景一片光明”，“但仍是任重道远，需要不懈努力”！文章立意高，视野开阔。文中还对比以前到美国的考察，认为“造福工程”对推动国家社会的兴旺发达，起着重大的作用。“我们可以毫不夸张地说，是一福造端，百福并臻！”

正如书名所标明，文集对浦城的丹桂经济、文化、人文、自然等表达得相当充分。黄种生的《道不尽的浦城桂花香》，旁征博引，把丹桂飘香浦城，写得相当深刻。陈慧瑛的《老相识新相知》，则从少年时读白居易《忆江南》写起，把桂子渲染得引人入胜。文章最后写道：“青年时光，我在杭州相识金桥银桂；今天，我在浦城古县相知丹桂。老相识，新相知，今生总难相忘。但从此而后，浦城丹桂浦城人，当令我更添几分相思！”其他有些篇章也都涉及丹桂内容，如我的《古城文化新篇》，把丹桂文化作为浦城文化不可或缺的内涵。

南平市政协主席张建光的《江淹之花》，浦城县委书记陈国发的《寻梦浦城》，为本集增添了光彩。张建光曾在武夷山写过柳永，而在浦城他写梦笔生花的县令江淹，浦城的历史风情特浓，他写得情文并茂。“君读江郎诗赋，有如饮用丹桂花茶”，“江淹的梦笔生花，应是一如丹桂”。陈国发笔下的浦城的沧桑感，令人赞叹。“世事沧桑，岁月如烟。古城历经时空风光的消磨，曾经的灿烂如昙花现过，昔日的繁华似落叶飘零，梦想的种子只能在胚胎的黑暗里寻找着新生的阳光。”这里的“寻梦”，就是“中国梦”之一。

有特色的散文和报告文学，往往与选取有地方特色的题材相关。林思翔的《仙霞悠悠贯古今》，写的是浦城地势险要、峻峭雄伟的仙霞古道。他数度沿着古道，欣赏三省交界的美丽风光，浮想联翩。他从不同角度渲染了仙霞岭：这历史上的军事要地，它原本没有路，是黄巢带兵硬闯出来的。早于黄巢 200 年入闽的陈政、陈元光父子是在荒山峭壁上摸爬翻越前行的。兵家必争之地的仙霞岭，千百年来战事不断，多少英雄好汉、风云人物在这里留下足迹。接着，作者说，仙霞岭不光是一条金戈铁马、兵戎相见之道，“还是一条先贤过往之路”。多少八闽学子进京赶考，在岭上留下中举佳话。宋代以来，许多文人墨客过仙霞岭时留下佳作名篇。岭上翰墨飘香，岭下学风浓郁。诗书濡染熏陶的古色浦城，文气鼎盛，人才辈出。此外，“仙霞岭还是一条商旅之道”，最后“仙霞岭也是人民解放之道”。悠悠古道千载情，他如此多方位、多侧面抒写仙霞，其笔下的山山水水，往往蕴含文化底蕴。林思翔不愧为写山水旅游的好手。

唐颐的《绿色古董和千年县邑》，取材于浦城的古树名木，这个视角颇为独特。仙霞古道上的“王者”八闽银杏王，应是黄巢的化身，这个联想颇为大胆。此外是临江镇杨柳尖村的“九龙桂”，这是目前发现的全国最大的桂花树。它又是匡山国家森林公园的一座古树名木大观园。如香榧群落、红豆杉群落、乌岗楝群落、青钱柳群落、黄山松群落等等。屹立于古邑石陂镇布墩村的“樟木王”更为奇观。这都是生态文化的彰显。“面对这些‘绿色古董’，其可细细观赏、频频回眸、啧啧赞叹、百感交集、大彻大悟……”

蔡天初的《天下粮仓》，选取浦城作为“全国重点商品粮基地”“全国粮食生产先进单位”的角度来写。他查阅了大量史书、科普著作，又深入采访，实地考察，因此，写得相当到位。

吴建华是位擅长撰写农业题材的散文家，他的《灵芝草》写的是浦城特色草药和一些其他植物，这种题材是较难驾驭的。他开门见山指出，“灵芝”自古以来就是圣洁、美好的象征，并引出屈原《九歌·山鬼》“采三秀兮于山间，石磊磊兮葛蔓蔓”中的“三秀”。“三秀”即是灵芝的别名，文章一下子就生动起来。他主要写浦城灵芝人工栽培和制作的发展历史和成就，如着力发展仙芝科技等，把灵芝草写得神奇而又有经济价值。灵芝被历代帝王作为长生不老的良药，如今企业部门“为灵芝草插上科技的翅膀，让灵芝草变成真正的良方妙药，造福人类，造福世界”。

朱谷忠的《薏米的传奇》写的是浦城的另一种特产薏米。这和“灵芝”一样难写，而他写活了。这篇报告文学开头段“浦城薏米，搭乘神舟八号飞船遨游太空胜利归来”，将薏米的“传奇”色彩体现出来。作者由此铺写开来，笔下的薏米成了国家认定的名优土特产名片，为浦城催生一系列龙头企业，官路乡薏米“神珠玉粒”谱写了新篇章。最后作者怀着深情礼赞：“浦城薏米：你太传奇了!”

采写县城的某些企业，是必不可少的。王晓岳所写的《荣华山的荣华》，介绍了南平合成革产业协会会长郑建华的事迹。这篇报告文学有人物、有故事、有情节，令人信服地写出轻纺工业园发展历程，刻画了郑的家庭、为人和品格。王晓岳还写了全国老花镜龙头企业、闽城公司的老板邓双兴由“大山深处的一个放牛娃成长为优秀企业家”的创业过程。郑国贤的《鸡鸣三声，人在途中》，采写浦城食品加工创业的人与事，其中的三个农民企业家，富有新农民特色，他们敢闯，而又注重学习，具有现代企业家的品位。如临江镇的绿之星食品公司老板管连云，勤劳朴实、顽强执着，有一股创业的精神。

散发出浓郁乡情的散文，出于两位浦城作家汪兰和张冬青之手。汪兰的散文《回娘家，逛新城》，写了回娘家感受新城的变化：一是老街从人字形到五纵五横的发展，二是饮水工程的发展，三是从大小圆弧到四大城雕广场的变化。“生花妙笔不是梦。我可爱的家乡，必定梦想成真!”这又是一个“中国梦”的缩影。张冬青的《吉祥匡山》写的不是城市，而是他的故乡山区匡山。重返故乡，人事非昨，然而故乡的美丽，依然在目。“马鞍山的巨大山影在云雾中依稀可见；山的那一边，就是我祖祖辈辈生长的地方……一瞬间，我的双眼潮湿一片。”乡情如大山绿水长流不息。

其他如哈雷的《浮桥、古道和南浦溪的梦境》，如诗如画，如入梦境。陈济谋的《古城琴韵》洋溢着浦城“闽派古琴”的飞扬琴声。文章铺得开，收得拢。杨少衡的《京台访古》，写的是浦城两个“全国十大”考古新发现。正如章武在《浦城采风散记》中所写，小说家来写纪实文学是份苦差事。但他乐意承担，翻山越岭去现场考察，写得朴实又有文采。

历史人物方面，楚欣的《走近“西山先生”》写的是真德秀，不仅史学味很浓，而且能从今天的文化角度去关照历史的底蕴。

此外，还有李治莹的《北大门的光荣》和浦城本土作家陈旭的《雄姿如虹浦城商》、初学敏的《跟随徐霞客游浦城》等。章武在前文已有评述，这里就不赘述了。

郭风先生风范长存

在新年钟声余音缭绕中，莆田籍享有盛名的散文家、儿童文学家郭风先生悄悄地离开人间，驾鹤西归。郭老虽然逝世，但他的风范将永远留在我们心中。

郭风的风范，是由他的人品和文品铸就的，正如人们所说的：道德文章。他不愧为我省文艺界的楷模，是文学艺术家的领导、老师、朋友。他的文学成就与为人，是有口皆碑的。

郭风的一生，是潜心创作、辛勤笔耕、真诚执着文艺追求的一生。他在散文、散文诗、儿童文学等领域创作出一批优秀佳作，可说是著作等身，而且屡得有权威性的文学大奖，曾被文学泰斗冰心老奶奶所欣赏。我曾在抗日战争胜利60周年这天，和省里几位文艺家到抗战时福建临时省会永安采风，深入了解当时永安成为抗战进步文化阵地的情况，得知永安当时集中了一大批进步文化人士，留下了郭风青年时期活动的足印。1939年黎烈文在永安创办出版社，编辑出版《改进》《现代文艺》《现代儿童》杂志，郭沫若、朱自清等名家为之撰稿，郭风也在这刊物上发表作品。他和当时省立师专中文系主任兼《现代文艺》主编章靳以认识，开始发表成名之作，出版第一本儿童诗集《木偶戏》。我怀着崇敬之情，在这块热土上追寻郭风文学创作的起点和足迹。郭风文学创作一发不可收，新中国成立后的散文集《叶笛集》以清新的格调和旋律，闪耀在当时的文坛。在改革开放新时期，他的创作获得新的成就，获得的奖项更多。

作为一位文学创作成就丰硕、功成名就的老作家，郭风在荣誉和成就面前，始终保持谦虚谨慎、虚怀若谷的态度。他不追求权位，淡泊名利，在物欲横流、为虚名虚利趋之若鹜的不良风气中，其高风亮节，更显得难能可贵。

我所认识的郭风，不仅是文学家，而且是文艺界的领导、编辑。我在厦门大学中文系执教时，曾被选为厦门文联副主席、作协主席，到福州开全省文联或作协会议时，总去拜访郭老。有次听他传达中国作协会议精神，我认真记笔记，郭风便在会上表扬，我很感动。我在厦大时，郭风在编刊物，常写信约稿，我便收到过他用毛笔写的约稿函。那时编辑部经常办班，有次我参加在仓山办的文学班，和他相处过程中，更感到他是我的良师益友。20 世纪 80 年代初叶，有次我到福州参加文艺工作会议，郭老告诉我我要调到省里宣传文化部门工作。我听后感到十分突然，毫无思想准备，如果是别人说的，我是不会相信的，但出自这样一位我极为尊敬的长者之口，却不能持怀疑态度。

郭老言中。我到省委宣传部工作后，分管文化文艺教育工作，后又兼了省文联职务，和郭风先生接触更为频繁，可说是走近了郭风。那时我常到黄巷他住的一栋普通的楼房上，楼房又挤又旧，郭风毫无怨言。我深为他生活很不讲究、生活简朴所感动。榕城的夏天，酷暑难当，他并没有空调，只开了电扇，一边和我谈话，一边挥汗。我们谈工作、谈创作、谈学术研究，虽只像闲谈，可我得益良多。记得我刚到新部门不久，请教他关于文联工作的问题，他谈了作协工作的意见。在工作报告中，我吸收了郭老的建议，大家感到我的讲话谈到点子上了，这都和郭老的帮助分不开。每逢春节将临，省委书记陈光毅到郭风家拜年，都要我伴同。在谈话中，书记要我们到福州一带了解文物保护情况。春节过后，我和郭风由市文联部门带领，观看了陈文龙尚书庙和一些名人故居，发现尚书庙被市场占据，后来靠郭老的影响和有关部门、人士的共同努力，把集市从尚书庙搬出，将尚书庙作为爱国主义思想教育基地。

郭风先生办事认真、胸怀广阔、宽容大度、与人为善、真诚和睦，对我省文艺界有亲和力、凝聚力，我省文艺界的和谐团结，郭风起了表率作用。郭风先生的创作，也为文艺繁荣起了带头、领军作用。此外，他扶掖后辈的精神，对培养文艺人才，产生了长久的推动力。他和我们参与莆田“云里风文学评奖”活动，每有新人出现，他总喜形于色。凡莆田市的文学活动，他能走得动时，都亲临指导。他曾为我的散文集《年年今夜》写序，序中表现出他知识的渊博，一开头便写道：“一些美丽的散文，似乎是，往往是出于一些学者名流以及教授之手。这种文学景象又似乎是一种世界性的景象。”接着以国外的法国蒙田的散文、伏尔泰的散文，英国的约翰逊博士的散文、培根的散文等的创作来印证。他还从我国的现代散文出发说明问题，旁征博引，提出学者散文的论题。他对拙作写了一些溢美之词：“许怀中教授的散文写得无拘无束，写得自然，但在无拘无束和自然中间，有一种严谨。”文末谦顺地写道：“盛暑，信笔写来，不当处请读者和怀中同志指教。”这便是“郭风风格”，它使我终生难忘。

在郭风先生追悼会后，我便和一起参加追悼会的何少川同志及由他带领的一批作家到仙游故乡采风，撰写《走进仙游》散文报告文学集。在故乡参观枫亭时，我不禁想起刚来福州不久的一个元宵夜，和郭风一起到枫亭观灯，而今他却已长辞人间，哀痛之情，充满胸臆。愿先生安息罢，你的风范我们将永留心间。

王凌与冯梦龙研究

我明天就要到北京参加中国作家协会第九次全国代表大会，杂事很多，但我今天还是要来参加此次学术大会，并作发言。因为冯梦龙研究是习近平总书记关心的大事，也是改革开放以来福建学术界、文艺界卓有成效的一件善事。我参加了全过程。

我的发言题目是《王凌与冯梦龙研究》。我觉得此次大会筹备秘书处学术组、外联组组长王凌，对福建冯梦龙文化研究，有突出的贡献和影响，他和冯梦龙研究结下了不解之缘。对此，我的论述如下：

首先，王凌 1982 年得知冯梦龙在寿宁亲笔写下一部《寿宁待志》，这本奇书在国内已经失传，幸得寿宁政界一位有心人，查到日本某图书馆尚存此书，费尽心机得到胶卷本。王凌时为福建人民广播电台记者，到寿宁采访，得知此事，作为北京大学中文系毕业生的他，敏锐地感到此书的价值。从此他走上研究冯梦龙的艰辛道路，并立即从地方志和通俗民情的角度，深入剖析此书的独特文化价值和深刻性，撰写了《别具一格的县志——谈谈冯梦龙的“寿宁待志”》。文章发表后，引起了社会的重视，在宣传《寿宁待志》方面，是一个巨大的推动，为研究冯梦龙揭开了新的序幕。

其次，王凌在关于如何加强、深入研究冯梦龙的方法论上，体现了首创精神。1984 年是冯梦龙诞生 410 周年及入闽任寿宁县知县 350 周年，中国作协福建分会在福州召开纪念会。会上我和王凌初次谋面，他在会上作了很好的发言。我和黄寿祺教授、散文名家郭风在发言中都对王凌的发言予以热情鼓励。同年，他与宁德学术界共同发起创办了全国第一个研究冯梦龙的地方学术团体——闽东冯梦龙研究会。更可贵的是，王凌于 1984 年 11 月 15 日在《文学报》上发表《冯梦龙研究应该有个大突破》，起了振聋发聩的作用。他认为："研究冯梦龙要有一个大的突破，就必须在加强基础研究的同时，强调进行总体研究、比较研究和综合研究。如果不进行总体研究，不分清主流和支流，不着重研究这些作品比前人提供了什么新的东西，怎么能够得出正确结论呢?"这对一些人只对冯梦龙做些考证或只作些零零碎碎的支流研究，而不着重研究冯梦龙在文学史上占据一席特殊的地位这个关键问题，无疑是个纠偏，从而推动了冯梦龙研究的重大突破。如果说五四时期冯梦龙研究取得第一个重大突破的话，那么这就是新时期冯梦龙研究开始的第二个大突破。

再次，王凌多年来对冯梦龙研究取得的成果，丰富了我省乃至我国学术界的冯梦龙研究。1985 年王凌调任宁德地委宣传部副部长，后兼宁德地区文联主席，他不但努力参与筹备全国冯梦龙学术研讨会，还进一步深入研究冯梦龙。1992 年他的《畸人情种七品官——冯梦龙探幽》出版，约我写序。我于 1990 年夏，特地到寿宁考察，写了一篇带有散文色彩的序。王凌这部著作，对冯梦龙做了比较系统的研究，大体为：第一，冯梦龙生平和思想探幽；第二，冯梦龙与李贽比较研究；第三，关于冯梦龙的故居与遗踪的探索；第四，冯梦龙文学作品和《寿宁待志》的研究；第五，冯梦龙学术讨论和研究综述；第六，冯梦龙生平简编。这部著作体现了对冯梦龙进行总体研究的特色，提出要正确认识冯梦龙及其"三言"在文学史上的地位。王凌的论文《试论冯梦龙及其"三言"在中国文学史上的地位》，在全国性的学术研讨会上得到重视。王凌于 1987 年参加全国第二次冯梦龙学术研讨会，借机寻访冯梦龙故居，挖掘冯梦龙的新材料，进一步把冯梦龙作为一个“全人”来研究。冯梦龙研究推动他有关地方特色文化的创作，他在宁德参与策划并拍摄大型电视音乐片《山海的交响》，该片获得福建省电视文艺一等奖及全国电视星光奖。我在《福建日报》发表赞美的评论文章，文学界泰斗冰心亲笔题词：“赞美家乡海山的歌声是最壮美的！”这些都是在时任宁德地委书记习近平同志的领导和关心下开展的，大家都很怀念习总书记！

最后谈一点，王凌近年来对冯梦龙研究的发展和深化。

王凌后来调到我省出版部门工作。他为“二十一世纪人才库”写的“世纪寄语”是：“作为一个普通人，我想对二十一世纪说：时代在前进，我们也要前进！”是的，做一个有积极追求的学者应该是与时俱进的。新世纪以来，王凌依然在冯梦龙研究中做出积极贡献。就在这次学术研讨会论文集中，便有他单独或与他人合作的论文多篇，这些论文都有新的角度。如他与别人合撰的《依托梦龙文化提升“无讼”理念为社会主义法治建设做贡献》从法治方面论述了冯梦龙的司法实践及法制文化理念的当代价值。此外还有探访解密冯梦龙生平以及再评冯梦龙“三言”的文章等，就不一一列举了。

这些年与王凌交往多是因为一些文化活动，如到浙江金华一带采风，他也为地方文化考证做了不少工作。我曾受他邀请出访寿宁，印象很深。几年前随作家代表团到寿宁采风，撰写“走进寿宁”报告文学、散文集，我写了《寿宁之三大文化名片》，即把冯梦龙、北路戏和廊桥作为寿宁的三大名片之一，重点写了冯梦龙。他在任期间“政简刑清，首尚文学，遇民以恩，待士有礼”，做了修县衙、建学宫、围城隘、修东坝、明疑案、禁溺女婴、捐俸除虎、禁巫施药等善事。他那除暴安良的政策，寿宁老百姓有口皆碑。他在任上所写的诗和用白话文写成的《禁溺女告示》明白通俗易懂，体现出男女平等的民主进步思想。冯梦龙文化首先是他抱着“一念为民之心”的民本思想，他的廉政使人民受益。他关注民生，荒年发赈，轻赋役，除重税，减轻负担。他本着“不求名而求实”的精神，深得民心。至今寿宁人民犹认为他是一位贤明的县令。同时，冯梦龙的文化（其中包括教育）建树中的人文精神和价值，值得重视。冯梦龙的《寿宁待志》保存了丰富的历史文化内容，具有研究冯梦龙生平思想的可贵资料价值。他在寿宁所写的诗文，也构成冯梦龙文化名片的内涵。冯梦龙这张文化名片是寿宁珍贵的精神财富，它将永远流传。

最后这段算是题外话，但对这次冯梦龙学术研讨会来说就是题内话。祝会议圆满成功！愿王凌的冯梦龙研究获得新成果，谢谢大家！

2016 年 11 月 20 日于榕城

女作家散文犹如“琵琶”细语

新年伊始，散文家、挚友林思翔转来女作家徐华丽的散文、诗歌集书稿《琵琶语》，嘱我写序。从作者简介中得知她出生于 20 世纪 80 年代初，系青年作家，毕业于福建师范大学中文系。我曾就教于厦门大学中文系，同一专业，便有一种亲切感。她毕业后执教于中小学校，几年前通过公考选拔到故乡周宁咸村镇任副镇长。思翔同志曾在宁德市任副专员，对这一带作家熟悉。

读了书稿，似聆听到悦耳、优雅的琵琶乐声。书名取其中一篇散文题目，可作本书注脚——《琵琶语》乃一部电影里的一首插曲，当作者静处时，经常喜欢听这首歌曲，喜欢曲子那悠扬、哀婉的调子，“更为曲子那意境无穷的名字着迷”。这正如文集充满生命的气息，动人的旋律，美妙的意境，散发出青春的活力。

全书分《茶里人生》《美丽遇见》《山居岁月》《诗心起兮》四章，从这些乐章中我品味到作者所描绘出的悠远的茶韵，洋溢着的纯真深沉的爱意，抒发出的浓郁气息的乡情，跳动着的真挚淳朴的诗心。

第一章《茶里人生》这组散文读茶、论茶、爱茶、品茶、咏茶、赞茶、采茶、观茶、买茶、敬茶、送茶、泡茶、煮茶，无所不包，还谈论茶壶、茶盘、茶杯等茶器。其中有茶山、茶镇、茶田、茶厂、茶园的描摹，又涉及茶人、茶农、茶女、茶友、茶师等。茶里人生被描绘得惟妙惟肖，淋漓尽致，可谓“茶之大观园”。如《茶女如莲》写出武夷山小楼莲花里的茶女，她爱茶、爱莲，把莲荷、茶事精巧结合，难能可贵。《茶中岁月》在品茶中感悟人生，品味茶那千种风情，万般滋味，沉醉于“茶带给我的那禅意无法言说的绝妙的境界里”。作者对故乡山城的茶情有独钟，说高山的茶犹如“绿衣仙子”，对福州茉莉花茶心存倾慕，在《匠心不染尘》里展现紫砂壶琳琅满目的世界。在她笔下，茶和乡愁割不断：“我却一次又一次思念家乡的茶园……思念那个茶香飘扬的地方。”（《绿色乡愁》）在茶烟四起中，她品读王维的“行到水穷处，坐看云起时”，“想起来还是茶和唐诗韵味无穷”（《坐看茶烟起》）。在这里茶韵无穷，千姿百态，引人入胜。

纯真深沉的爱意，贯穿在多个篇章，而在第二章《美丽遇见》中体现得更为充分。开篇《爱，让你如此美丽》，写了女作家三毛、席慕蓉的遭遇中爱带来的美丽：“我想一个心中有爱的人，她的仁慈定会为她平凡的外表增添无限光彩。”有些描写地方风景和人物的散文，也有爱意。如她喜爱“江南的气息”，江阴令她“沉醉”，那里有“很人文，很雅致的气息”，美丽的厦门则是她“心灵的美丽故乡”。《江南女子》也是一篇美文。她感受到江南的柔性如水，江南女子如杏花春雨，如一方春水、一江清秋、一朵素雅的荷，如清泉般的温润、风一般的轻柔。“你的淡定、从容，值得我一生追随!”爱意连篇。

第三章《山居岁月》篇幅最多，内容也比较广泛，而浓厚化不开的乡情，是其中精彩的篇章。这里有故乡的亲情：奶奶、外公、父母的爱及父老乡亲、友人的情，故乡的山山水水、青山碧流，故乡的小村子、居住的小屋、故乡的风土人情，故乡的古寺、古廊桥，故乡的琅琅书声，故乡的梧桐、花卉，故乡的茶香……“想起人生的很多乐事，似乎都和故乡有关。”她深深怀念乡村，“一直就在我的身边和我不离不弃”(《花木有情》)。故乡永远是她心灵的安居所，是她梦想起飞的地方，是“有梦的地方，心底无限美丽的地方”。

书中末章《诗心起兮》，是一组诗歌，感情真挚、纯朴。其中有歌颂白鹭湖山庄世外桃源般的安详自在，有抒发在清茶中的“沉醉”之情，有歌咏故乡九龙滦“九龙飞舞/舞出激烈奔放的热情/舞出绵延不断的序曲《情殇》”，有抒发静夜深弹琵琶之“征夫的泪花、离人的别恨”等。

这许多诗文，是作者以平常的心看生活、感受生活的结晶。她说：“拥有一颗平常心看生活，我终于领悟生活的真谛，爱的真谛。”(《大爱无所求》)她寻找宁静致远的从容和淡泊明志。从书中能读出她喜爱淡定、从容、柔和、恬静、雅致和真情，而这些并不意味着她心如古井，而是对生活充满热爱。作者的兴趣是多方面的，如文学、茶艺、音乐等等。《器之乐》中谈到洞箫，引起我青年时代的回忆，那时我也喜欢吹洞箫。当月白风清的夜里，吹着洞箫，其低沉、婉约、凄清的乐声可传得很远。这位女作家又喜爱琵琶，“她集千娇百媚于一身却不矫揉造作，她亦有铿锵澎湃气概却不喧嚣扰人”，这乐器如说有性格，“那琵琶的性格妥帖到了我的心底里”。这正是她作品中所发出的“琵琶语”吧。

作者还年轻，文学创作的道路还很漫长，在这途中是愉快而又艰辛的。愿她不畏辛劳，刻苦跋涉、攀登，进入更加美好的境界。

2015 年 2 月 6 日于榕城

值得品读的人物传记

在喜迎新中国成立66周年的日子里，平潭籍作家冯秉瑞送来书稿《峥嵘岁月稠——翁绳金传》，请我作序。记得11年前，我曾为他的传记文学《曾焕乾传奇》作序。他所写的曾焕乾和翁绳金都是从平潭走出来的共产党员、革命者，曾焕乾又是翁绳金的引路人，这两书可以说是姐妹篇。

尽管这一段手头压着一大堆参评作品，我还是怀着对革命老前辈敬仰的心情读完了20余万字的《峥嵘岁月稠——翁绳金传》。在《曾焕乾传奇》一书的序中，我对冯秉瑞做了比较详细的介绍，他是个经历丰富、广涉文学各个领域的作家，当过中学老师和教导主任，又在平潭当过文化部门领导，以及县报总编，后在省台办任职。他20世纪60年代开始发表文学作品，出版过多部长篇历史小说及其他门类文集。他所写的《曾焕乾传奇》，文笔细腻，善于刻画人物的微妙心理，擅长布局，情节故事跌宕起伏，引人入胜，笔下的主人公一心为党，因一大错案被杀害，造成千古奇冤，后被追认为革命烈士。书内围绕着曾焕乾写了许多革命者，其中便有翁绳金（杨华）的名字出现。

《峥嵘岁月稠——翁绳金传》保持了作者撰写人物传记的特点，

又有些生色。作者把本书定位为纪实小说，即所写的都是真人真事，在保证人物事绩、重大事件、时间地点真实的前提下，在情节安排和细节描写上，有所想象和虚构，带有小说的色彩。作者演绎了这位英杰的革命一生，组成了一组精彩的传奇故事，善于从平常的生活素材中发掘带有戏剧性的内蕴，精于探索人物的内心世界，展示其思想情感、性格特征，故事情节一波三折，真实动人。

书中完整地描绘、刻画了翁绳金的一生。他出生在平潭县侯均区（现为中楼乡）一个叫后旺久的贫穷落后的山村家庭。村中有座山像展翅欲飞的金凤凰。他母亲施金凤，一连生了 6 个女儿，再次临盆时期盼生个男孩。其父亲翁训基为儿子取名翁绳金，“金”含有“金凤凰”之意。主人翁的出生便带有传奇色彩。

传奇性贯穿、渗透于翁绳金的一生。他的父亲为人正直，爱打抱不平，热心公益，严格教子，牢记“养不教，父之过”的古训，对其儿子的教育极为重视，管得严、抓得紧，一心要把儿子培养成才。他教儿子读《三字经》，把中华民族的文化精华，作为儿子的启蒙教材。他还因为村里建校而跌断双腿。翁绳金不负父望，把一本《三字经》读得滚瓜烂熟，而且还能按书中所说去做。《三字经》规范了他的做人行为，影响着他的革命一生。他面临的生活道路颇为艰辛：当他小学刚毕业时，不幸父母双亡。15 岁的他被迫辍学，在家当农民整整 3 年，后在老师帮助下，到福清念初中。由于他品学兼优，顺利读完初中，又以优异成绩考入迁往沙县的省立福州高级中学。时值抗战，当班长的翁绳金利用周末和假期，走上街头演讲，深入农村发动群众，进行抗日救亡运动。高中毕业后，他又当了一年半农民，然后离开故乡平潭，走上读书救国救民之路。

有幸的是，翁绳金考入协和大学之后，遇见引路人中共地下党员曾焕乾，他们是同学又是同乡，志同道合。在曾焕乾的带领下，“金凤凰”展翅高飞，谱写下革命新篇章。在协大，他如饥似渴地阅读革命书籍，参加“斗霸”，发动罢课，入党，组织学生向政府请愿，举行反迫害、反饥饿、反内战的示威游行，成了协大学生运动的主帅。翁绳金大学毕业后，还一度被派遣到台湾从事革命活动，回大陆后被任命为福长平工委书记，统一领导福清、长乐、平潭三个县的地下党组织和革命斗争。他长期战斗在连江、罗源等地，改名杨华。因城工部错案，翁绳金失去了党籍，但他依然忠心于党，信念不动摇。在“大跃进”运动中，被认为右倾，从连江县长贬到三明当一个不到百人的工厂厂长，他却泰然处之。在反右倾运动中，他被错划为“右倾机会主义分子”，受到党内处分，但他能正确对待，依然积极工作。在社教运动中，他任罗源县社教总团长，坚持党的实事求是原则，严防冤假错案发生。他在“文革”中挨批斗，但坚守原则，不讲违心话。“面对艰难浩劫，翁绳金没有放弃信念，他相信这只是暂时的，时间会还自己一个清白”。后由于积劳成疾，翁绳金不幸得了恶病，英年早逝，享年 53 岁。本书有一回写翁绳金夫人陈雪蓉继承夫志，为村里做好事，筹建小学新校舍，改建原祠堂，修建村间大道，建立杨华（翁绳金）纪念室等。2013 年，陈氏无疾而终，享年 90 岁。

翁绳金和平潭岛是分不开的。书中有许多地方抒写他的思念故乡平潭之情。他在上海医院，提出要回家，当时他未到莆田报到，还未安家，他说：“我说的回家，当然是回我的故乡平潭老家。”又说：“可我说，平潭是一个宝岛，她就像一块深藏青山尚未被挖掘雕琢的玉石，鲜为人知。”生命的最后时刻他还念念不忘故乡。平潭也是我到福州工作后，经常去的一个地方，我在散文集里留下不少写平潭的散文。平潭还有我的不少好友。2013 年金秋，我随采风团到平潭采写散文《平潭的海洋文化》，文中赞美“平潭精神”，赞扬平潭“海山哥”的精神，冯先生所写的曾焕乾、翁绳金都是“平潭精神”的生动体现。愿正在加大力度建设、日新月异的平潭更加美丽。

2015 年 10 月 26 日于榕城

“问世间，情为何物”的回答

年前，我到北京参加全国文艺界的盛会，即中国文联第十次全国代表大会、中国作协第九次全国代表大会，刚刚归来，心中依旧储满大会所带来的激情。在一个微雨霏霏的日子，平潭年逾八旬的老作家林文照，在陪同者的扶持下，到我家来送新著的书稿《问世间·情为何物》，并请我写序。10多年来，他在眼睛几近失明的情况下，发愤著作，写了好几部文集，除了第一本《生命好花园》外，我已为他的4部文集写过序，这算是第5部了。人们称他为“奇人”，写“奇书”，做“奇事”。我觉得他身上所体现的除了“奇人”和“奇书”外，还表现出“奇才”。

先说“奇人”。林文照出生于平潭岛上的一个渔村，幼年家境贫寒，早年失母，他和祖母、父亲三人相依为命。他从小懂事，操持家务，读书聪慧，在私塾出类拔萃。新中国成立后进小学，成绩优秀，于1956年考上闽侯师范学校，毕业后成为平潭县委党校理论干部。他以出众的成绩和诚实的为人，在学校备受重视。但没有想到一场毁灭性的灾难降临：由于过于操劳，他眼力下降，几乎成为“盲人”。但他没有向命运屈服，以顽强的意志，创造出奇迹。除了做好本职工作，他还克服重重困难，刻苦研究哲学课程，实在撑不住了，就让妻子和孩子为他念资料，故而他的哲学课在学校独树一帜。他还开始研究生命科学，提出自己对生命科学的独特见解。20世纪80年代初期，他调任三〇二台长兼书记。针对新的业务，他刻苦钻研无线电知识，从一个门外汉成长为得心应手的无线电台的组织者、管理者，让台里所有的人都叹服。而主持县医院的工作，又给他研究医学的机会，他工作也很出色。更可贵的是，1996年林文照退休后，勤奋著作，在贤内助姚钦萍的帮助下，他坚持每天3个小时的写作，随后由姚氏帮助抄写、整理参考资料。在10多年间，姚氏至少为林文照抄写了一两千万字的文稿，她再苦再累，也从不埋怨。林文照在著作之余，还靠着微弱的视力出外参加会议，参观访问等等，以拓宽视野眼界。他以成功创作了《钢铁是怎样炼成的》的双目失明的奥斯特洛夫斯基为榜样，并对记者说，世界文化史上有三大怪杰，文学家弥尔顿是瞎子，大音乐家贝多芬是聋子，天才的小提琴演奏家帕格尼尼是哑巴，这说明生理有大缺陷者，也能创造奇迹。林文照以他们为榜样，把自己铸造成“奇人”。

这位“奇人”在超常的情况下，以顽强的意志书写的书，可称为“奇书”。林文照在退休之后，并没有在家闲着，而是克服难以想象的困难，奋笔疾书，撰写出版多部著作，屡次得奖。第一部《生命好花园》阐明生命课题的研究著作，出版后引起海内外文化界的关注，荣获国际炎黄文化研究会举办的首届“龙文化”金奖，创造了人生的传奇。

经著名剧作家陈道贵介绍，我和林文照认识，于2003年为他的《拥抱世界》作序《生命如歌吟不止》。我在序中指出：“作者充分发挥生命学研究成果，多方面的知识使这本书学术性强，内容丰富，具有文化品位。”后该书荣获大奖，被选入中国当代文学作品综合集。他本人也荣登省电视台2004年度“感动福建提名奖”榜首，多家新闻媒体予以报道。接着，我于2005年为他的《咏叹人生》作序，该书围绕着人生的主题，论述人生的情感、历史名人、普通劳动者、中外民俗风情、民间传说、人生事迹等等，是以单篇文章组合成的探索人生、吟唱人生的交响乐。之后，文照于2008年出版

《勒马朝天》集子，书名副题为《我的乡土歌谣》。该书写了故乡的历史故事和人物，其中穿插诗歌、歌谣等，资料翔实，得到有关部门的认可，将其作为乡土教材分发到平潭各中小学学生手中。到2010年，我又为他的《咏梅看世界》写了序，此书以梅花为主线，是带有自传体的散文随笔，其中穿插故事传说、游记等，遣词造句，有自己的风格，颇为独特。

林文照新著《问世间·情为何物》，书名颇能牵动读者的心。他虽问世间"情为何物"，却有自己的答案。第1篇《党恩国情》，首先"情"来自党的恩情。每节以诗开头或结尾，或穿插其中，类似散文诗。这里有对党成立所在地"红船"的歌颂，有对老一辈革命家的缅怀，有对建党九十周年和九十五周年的吟咏，有对党的十八大召开的高歌，可以说作者对"党的恩情说不完"。第2篇《艺苑文坛》，"情"来自文艺的情怀，其中大量篇幅谈平潭当地的词明戏，表现出作者对艺苑文坛之深厚感情。此外，"情"来自祖国大地。第3篇《闽南之行》是一组闽南游记，涉及崇武古城、惠安女、洛阳桥、泉州古刹、文庙等等，与第5篇《警世豪情》中的祖国大地篇章相连，如其中的海南三亚之鹿回头、"情谷槟榔缘"和南国风光等，都是祖国大地所引发的"情"。第4篇《人生插曲》，说明"情"来自人生感悟，如长诗《人生路遥》，抒发人生的体会和感悟。本书末篇《情为何物》，演绎几个"观"，即价值观、信念观、生命观、哲理观、事业观、廉政观、处世观、情感观等等，也都是理想信念的体现。

从林文照的著作中，可以窥见他的"奇才"。所谓"奇才"，主要指他所研究学科之广泛。他的兴趣是多方面的，如哲学、易学、医学、史学、文艺学、民俗学、社会学、宗教、无线电学以及地方文化史等。文照在任时，干一行，爱一行，为了熟悉业务，静心钻研；退休后，为了写作，他刻苦研究探索，在视力极其微弱的情况下，学习广博知识。这里的"奇"并非夸张之词。

"奇人""奇书"及"奇才"，在林文照身上集于一体，愿他生命之树常青，永葆青春的不老精神。

2017年1月15日于榕城

读长篇武侠小说《戎马人》

最近，金星和余文通过微信陆续传来他们合撰的长篇小说《戎马人》，使我能先读为快。金星系陈金星，是仙游大济中学退休老师；余文是郑志忠的笔名，我对他比较熟悉，可谓是密友，他是仙游县委报道组组长兼《仙游今报》副总编，出版过多部文集，我曾为之写过序。

这是一部武侠小说，据我所知，故乡仙游的作家，创作武侠小说的并不多，或说是寥寥无几。金星、余文合著的这部长篇武侠小说，主人公诸小海，乃精通中华武术的近代中华武林一位融合诸家秘术、既有名师教导又有家传祖术的出类拔萃的大侠。中华武林文化，驰名古今中外，是我国传统优秀文化中的奇葩。作者塑造诸小海这个典型，对传承和弘扬中华武术文化，具有较高的艺术价值，这构成这部长篇小说的鲜明特色。可喜的事，作者描绘有关诸小海比武的情景，运用大量武术的俗话，使用起来了如指掌，如数家珍，运用自如，增添了武侠小说的色彩。

这部长篇小说通过跌宕起伏的故事情节，在真人的基础上，进行艺术虚构，塑造出一位个性鲜明的武林大侠形象，可说是这部作品的又一特色。诸小海 1908 年出生于榕城一个破落的商人之家，父亲随孙中山参加辛亥革命，小海幼年遁入深山跟近代武林大师读书习武，苦练十多年下山，不但精通武术，而且心志高远。作者在结尾第二十四章《质本洁来还洁去》中概述：他是“一位为了国家前途和民族命运舍生忘死前仆后继战斗的勇士，在二十年坎坷曲折的戎马生涯里，他经历过许多战争的痛苦和死亡，杀过的日本鬼子、汉奸、伪特工和土豪劣绅逾六百，其中日本鬼子就有三百之多”。他的经历富有传奇色彩，作者以倒叙手法，开头写他隐居在清源县（即仙游的前身名）之深山慈云观当郎中，后在“文革”中偶然被人发现武术高明。后追叙他在卧牛观拜师学艺，赴闽西参加红军，战斗勇猛被提为科长等事。在一次战斗中队伍几乎全军覆灭，他死里偷生，后又在中山舰立功，然又死里偷生，误入军统特工，还好未干出卖人民的事。他曾被派谋杀汪伪和日本扶植的溥仪，虽未遂，但是这是为民除害之壮举。后来他识时务急流勇退，逃离军统，最后遁入清源慈云观。作者辅叙：“他的身上有着许多可歌可泣的英勇杀敌故事，也有许多抑郁不得志的忏悔经历，还有一桩催人泪下遗恨千古的爱情悲剧，他失去了家庭的亲情和爱情，由于他的孤傲和特殊经历，有家不得归，其一生功过是非扑朔迷离，谁人曾与评说?”作者笔下这位人物，特征极其鲜明。

从中可窥见小说的故事性很强，这也是它的一个特点。作品围绕主人公诸小海的经历，组成一个又一个故事。如他最后在深山小村行医治病救人的故事，他小时离家上山学武术的故事，他到闽西投奔工农红军战斗立功的故事，他上中山舰在武汉长江守住门户立功的故事，他和洋人在擂台比武逞英豪的故事，他误入军统的故事，军统派人寻踪杀害他未成的故事，他亲娘被恶势力“五虎”杀害，他挺身而出报仇的故事，他大姐翠兰为“乐天”马戏班伸张正义与侯官精艺武术馆馆主季九山搏斗的故事，等等。尤其是他的爱情悲剧故事，更是动人心弦。他在桐城遇到南山广源寺武僧教头，这位恶棍曾下毒手杀死外地来的卖艺人，如今母女俩寻他报仇而来。小海听了此说，怒从胸来，朝着和尚走的方向追去。原来这和尚在关帝庙前设下擂台，三年前桃源县艺人尤天申惨遭暗算，昨日擂台之上尤家颜夫人险些步其丈夫后尘。今日其女儿尤玉莲誓为父母报仇。这个盖一法师颇有武术，但他以暗镖企图杀害尤女，小海在她危难中相助，把飞镖折回击中和尚手腕而致其倒下。母女俩追踪小海，定下姻缘，女方以短剑赠他作为信物，约定在榕城相见。但因尤母生病误了时间，酿成爱情千古悲剧。后尤玉莲就在小海大姐出家的寺庙等待多年，误了青春，最后也当了尼姑。作者安排小海有次终于寻找到爱人，到了寺院门口，又怕有人跟踪，折道而返，一步之差，失去见面机会。小海病重，托人带信物去寻尤氏，向她诉说小海的经历，尤氏将爱情信物短剑折断，不久便也归西，留下一桩悲剧在人间。综上所述本作品的故事引人入胜。

作者的叙述语言富有张力，叙事和抒情融合，每章回设有标题，结尾附诗一首作结，如第二十四章结尾的“有诗曰：爱惜芳心莫轻吐，情多最恨花无语。悲见生涯百忧集，剧怜病骨如秋鹤。遗憾已随流水远，恨到弥留方始休。千寻短剑沉江底，古来皆被多情误。”表达了爱情的悲剧结局。这章开头写道：“诸郎中讲完自己的故事，时候已近午夜了，陋屋外的风一阵紧一阵，呼啸着从屋顶上刮过，凄厉的狼嚎声已经偃息，丛林摇曳的‘沙沙’声依然不绝，……我只好紧紧依偎在他身边。”最后结局的悲惨场面跃然纸上，使读者心情久久不能平息。

这里向读者推荐这一部可读性强的长篇武侠小说。是为序。

2018 年 10 月 9 日于榕城

有风情的散文

女作家怡霖祖籍浙江武义，那是个山水美、人文美、人更美的胜地。她曾笑谑说，地方虽美，自己却不幸出生在金华最贫困的武义县，最贫困的云华乡，最贫困的云溪村，最贫困的那一户。她自幼丧父，仅靠母亲苦苦支撑长大。怡霖虽只念到初中，后进修了大专文凭，加上平时勤奋好学，10 年来出版了散文集《岁月追风人》《月上柳梢头》《追梦霞满天》《风雨送春归》《人约黄昏后》，诗集《眉眼盈盈处》。

怡霖情感世界广阔，洋溢着乡愁、亲情、爱情、友情、文情，山山水水之情，在散文中展示出犹如海洋般广阔的情感世界。她作品情感世界丰富多彩，体现了纯真、深沉、细腻、感人的品味。纯真之情，最突出的是表达了对母亲感人至深的亲情，她 6 岁时父亲不幸去世，留下瘫痪的奶奶在病床，年仅 33 岁的母亲带着一双女儿苦苦谋生，担起家庭重担。开篇《声声慢》的开头写道："春风拂绿，春光明媚，草长莺飞、蝶舞蜂鸣。又是一年一度清明节，每年这个时候，是我心中最纠结最疼痛的日子。母亲过世整整十年了，我始终未能走出自责的阴影。十年前的端午节，母亲得知我身疾卧床，即日动身，千里奔波到漳州，为我侍食熬药。在去菜场的一个清晨，命丧车轮。在那些日子里，我悲痛欲绝，彻夜难眠，以泪洗面，浑身不停地发颤”。文中回忆她母亲日夜操劳，拼命劳作，以偿还父亲留下的债务。《温暖的隐痛》等多篇散文记叙母亲的贤惠，情感真切。作者的乡情也晶莹透彻。“梦里萦绕的是乡情，剪不断，理还乱。乡情是一条清澈的涧水，乡情是一首经典的老歌，乡情是一朵馨香的花瓣，乡情是空中云天上月，时刻牵动游子的脉搏。”

深沉是作家情感世界的另一个特征，在《情花》《情潭》中，她对“郎君”的情感深沉似海。《情花》不是一朵，也不是一束，不只一圃，不光一园，而是一片海洋。情花的世界表述了相处的幸福，别离的苦念。不仅《情花》盛开，而且《情潭》深沉。“从别后，忆相逢，万回魂梦与君同。”“这长长长长长长的萦念、追念、忆念、钟念、誓念、积念、盼念、遐念、痴念，哪里是说得完讲得清道得尽啊！”这里用了6个“长”字，9个“念”字，实称奇特，表达了爱裂变成巨大的核能，放射出独我的相思。结尾是：“圣情之花！生生世世、不离不弃。情花有花语啃”。《情潭》亦有11则“情潭无浪，却汹涌澎湃。情潭无波，翻腾心海”。这潭也深如海洋。

细腻是怡霖情感世界的又一体现，她所描绘的人和事都很细腻，其中的民俗风情、节日佳期、日常生活或是一朵牵牛花，都能牵其无限情思，就是一片杂园，也能寄托无比深情。

“精灵”辑对动物如鹰、鼠、猴、狗等的观察，也描述得细致入微。这里的细腻来自作者对事物的深刻思考和观察，形成她散文的特色之一。如《苍穹之王》所写，有一座村庄，流传着鹰孩的故事：山上有一只奇特的矫健的雌鹰，有天出现一个巨大的黑洞，带来重大的灾难。雌鹰在废墟中发现一个男孩，并抚养了他。长大后雌鹰告诉他：“堵住那个大洞，你的村民就会摆脱苦难获救”。作者听了这个故事，对鹰充满崇拜之情。鹰是苍穹之王，有气量，“神奇而威猛得让人滋生无法言喻的敬畏”。从这一切，“让我看到鹰的不朽的精神，燃烧着的不死的激情，不屈的傲骨和生命的光芒”。

所有这些情感世界的韵味，构成感人的艺术效应，也可说是其特点之一。描摹友情的篇章，以及所写的旅游散文，都有感人效应。集子里的散文，风情万种，亲切动人。

评《福建诗歌精选》

2017 年是我国新诗诞生百年，为了向外界展示福建诗人的精神面貌以及创作水平，乡亲倪伟李、沈丙龙编选《福建诗歌精选》一书，他们力求为福建诗歌整理一份真实的档案，为研究者和读者提供一份翔实可靠的资材。以民间个人之力，从事这一项文学献礼的工程，精神可嘉。

中国新诗自五四新文化运动前夕诞生以来，走过了一百年的春秋，有过不平凡的历程和经验教训，其道路并不平坦。1926 年，我们文艺界曾经总结诗歌出现过“浅露”和“晦涩”两个极端：早期的白话诗太过直白，一切作品都像一个玻璃球，晶莹透彻得太厉害了，没有一点朦胧，为了使诗歌多一点“余香和回味”，在诗歌中使用西方所谓象征手法，于是便有朦胧诗来“反拨”。但那些受西方现代主义诗歌影响的诗派，后来又逐渐偏离时代，悖于传统，有些诗歌越来越走向“晦涩”，走进看不懂的窄巷（周作人为刘半农写的《扬鞭集》序）。历史有时会有重现现象，新中国成立以后的当代新诗，也曾有“浅露”到过于“晦涩”的重演。

福建是舒婷“朦胧诗”诞生的重地，在当代新诗发展史上做过贡献。出版《福建诗歌精选》，是有现实和历史意义的。这是一部民间个人编选的诗歌选集，可以说是一件“大工程”，旨在推动福建诗歌创作的发展。为了编好此选集，他们坚持把质量放在第一位，提出“质量为上，择优选稿”的要求。尽管征稿过程中，困难重重，但他们还是尽力为之，顶着质疑声，并坚持自己的选稿标准，才有了这本书的雏形。由于种种条件的制约，也因稿件来源有限、参差不齐，或许还存在着个别瑕疵，也未能面面俱到，但是我从这些文本中，已切切实实感受到了编者的真诚和用心。

正因为本书以征稿形式选编，有些诗人没有应征，为了避免版权纠纷，只好割爱，十分遗憾；有的已故著名诗人如蔡其矫、彭燕郊等，编者很想选入其作品，但找不到他们家人的联系方式，也无法选入。

选本精选了 100 多位诗人的作品，可以说是一次“诗歌的盛宴”。该选集按各个地市划分，分成了福州诗群、三明诗群、泉州诗群、宁德诗群、厦门诗群、南平诗群、漳州诗群、龙岩诗群、莆田诗群等，既是福建诗歌的一次集体展示，也是各地市诗人的一次交流、碰撞，既可相互促进，又能相互弥补不足。希望能通过这个机会相互学习，取长补短，保持地方诗群的特点、优势，不立“山头”，不以自己之长，排他们之短，形成福建诗歌的整体优势，具有鲜明的个性、地方性。这是编写选编的初衷。

除了编选本选集之外，倪伟李、沈丙龙还在编选《中国朦胧诗 2017 卷》，他们在日常工作之余，担任如此繁重的选编工作，其工作量之大，可想而知。此外，他们在工作之余，仍坚持创作。据悉，倪伟李已出版过 6 本文集，沈丙龙也出版过 4 本诗集，我曾为沈丙龙的《四合院里的风雨》和《水云的图腾》两部诗集写过序。我在序上说，他的诗内容丰富、语言柔婉、含蓄内敛，有一定的哲理性，既不“浅露”，又不“晦涩”。我认为他第二本诗集里的作品更有诗性的张力，文字也更加老练了，这主要体现在他诗作的内蕴更深、更开阔。倪伟李的诗，则体现出对社会生活的关注和透视的深刻，不拘一格，既有时代性，又有鲜明的个性，可以体现福建省诗歌的创作水平。

衷心期待《福建诗歌精选》的问世。

林秀美诗歌的“三重奏”

林秀美写的诗歌以丫丫、吟儿、冰子等笔名，发表在《诗刊》《诗潮》《北京文学》《福建文学》，以及《中外论坛》（美国）等多种刊物上，已经结集出版《水上玫瑰》《想象》《河流是你》等诗歌集，作品获得省内外不同奖项。她曾被评为三明市“十大杰出女性”，现供职于福建省文联。

这些诗集，专家学者如刘登翰、孙绍振、谢冕等为之写序，对秀美的诗歌做过深刻的评论。我读罢她送我的这三本诗集，从中感受到她诗歌的“三重唱”，或说是三个特点，即她的诗歌处理好了三种关系：既不“浅露”又不“晦涩”，“小我”与时代、社会生活，高雅又不曲高和寡的雅与俗的关系。

五四以来的新诗，已走过了90多个春秋的历程。在诗歌发展的道路上，曾出现过从“浅露”到“晦涩”的极端。周作人在《〈扬鞭集〉序》里做过概括，他指出早期的白话诗太过直白，一切作品都像一个玻璃球，晶莹透彻得太厉害了，没有一点朦胧。为了使诗歌多一点“余香和回味”，他认为应该在诗中使用西方所谓的象征手法。新诗发展到太白的地步，便有朦胧诗来“反拨”。但那些受西方现代主义诗歌影响的诗派，后来又逐渐偏离时代，悖于传统，有些诗越来越走向“晦涩”、看不懂的窄巷。历史经验教训告诉我们：诗歌不能“浅露”，又不能走向看不懂的“晦涩”。秀美的诗歌创作中，既不“浅露”又不“晦涩”，这是她诗歌的“一重唱”。她的诗歌有一定的意象、象征，避免了“太白”的毛病，读者一般都看得懂，没有像有些朦胧诗走向“晦涩”的地步。有的读者在诗歌离我们越来越远、充满读不懂的空灵和怪异时，读了秀美的第一部诗集《水上玫瑰》，不觉心头一震：“久违了，久违了！”高兴地感到又能读懂了。秀美诗中有意境和含蓄，如写罗源可门海湾，渲染大海的蓝：“可门的蓝/可以一朵朵连接飞鸟/……这些蓝/让黑夜的骨骼更坚硬”。“可以倾听一朵蓝保留所有的真与善。”诗的结尾定位在：蓝色的海在我的身体内/唱出多么美的声音。（《蓝海》）大海的蓝使黑夜变得坚硬，让诗人的内心唱出美丽的音声。《走过桃源洞》中的桃源洞“没有桃花盛开”，然而“无言的桃花/开在心口/昨日的桃源在何处断裂/断裂成世纪之缝/一生/一生只容一个人走过”。桃花和一线天的风景，都被象征得如此深情。她的抒情、想象、象征等手法，进入诗歌的诗学规律，富有诗意。

秀美的诗歌，离不开“小我”或“自我”，但没有沦于标语口号化。她从“小我”出发，走向时代，通向社会，不囚于封闭的、狭窄的“小我”，把“小我”和“大我”紧密联系起来，处理好“小我”和时代的关系，这是她诗歌所唱出的“二重唱”。当然这里有一个发展演变过程，一开始秀美诗歌中的感情天地不够开阔，心灵空间也较单纯，后来她逐渐开拓了心灵的广度，增强了时代性。而后秀美诗歌中写了许多所谓公共题材，这些如果脱离“自我”的感受，便会流于苍白、空泛。她出生在“林海明珠”的明溪县，在三明市读书、工作、生活多年，诗中不少抒写三明的题材，如第二本诗集《想象》大多是三明题材。诗中展示的三明市人文和自然景观，都是心灵感应所作。诗集《河流是你》第五辑“绿色三明”中《三明十大名片（组诗）》，写出三明文明城的美：“走进城市的叶片里/颜色那样新/风一吹/簌簌掉下些城市的温暖”。这里的美从内心深处发出。三明的绿树、白云、轻风、河流、青山、夜晚，都“闪着爱的光芒”。对三明林博会、闽江源、“三钢”、雕塑、公园，诗人都有自己的感受，“哪怕走在闽西北红军路上”，“血管里就奔涌出一股红色激情”。三明的大自然——格氏栲、上清溪、仙人谷、倒排岩，都被她感情化、诗化，“在雨声中道别倒排岩/一半记忆是此景/一半记忆是此情”，情景交融。诗人把“小我”融化在“大我”（时代、社会生活、自然）之中，使人们想起以小见大，或化大为小，举重若轻，或举轻带重的创作辩证法。

评论家称赞秀美的诗歌高雅、雅致，不错，她的诗无论柔美或阳刚，都是美丽的。人们读了她的诗，都感受到高雅，而这“雅”并不“曲高和寡”，而是雅俗共赏。处理好雅与俗的关系，是秀美诗歌的“三重唱”。诗中往往将客体比喻得很美，如将倒排岩，比成“一架竖琴”，“弦断了才知道/什么是千古绝唱”。无论她置身于社会，或投入大自然的怀抱，都情不自禁地萌生出深深的爱，哪怕是一朵小花、一根小草，都怀着浓情深意，都被美化得富有诗意。而那些重大题材，更沁人满怀激情。如写给玉树地震中失去孩子的父母，以小孩的口吻写出日常生活的往事，结尾写道：“爸爸妈妈/回家的路太远了/我爱你们/爸爸妈妈”。读来催人泪下。诗的高雅，饱含着真、善、美的元素，读着秀美的诗歌，是一种美的享受。而这“雅”，一般读者都能享受，不故弄玄虚，弄得玄而又玄。

愿林秀美不断“穿越”，缩短“从根部到花瓣的距离”。正如谢冕教授所说：“她正沿着自己设定的从根到花的距离和过程，一路艰辛地前行，她一定会在实践中不断地完善自己，用辛勤的劳作换取花的盛开。”我向她深深地祝贺。

2012 年 8 月 6 日于榕城

《东山寺庙志》的文化品位

在秋高气爽、风和日丽的日子里，我收到东山著名作家孙英龙赠送的几本著作和有关资料以及其新著《东山寺庙志》书稿，其中还附有一封热情洋溢的信，请我写篇序。

读了书稿和资料，我的脑子里涌现出“丰富多彩”四个字，具体表现在经历、活动、著作、成就等四个方面。

孙先生的经历丰富多彩。他出生在东山岛钱岗村这个偏僻的小山村，自幼聪慧好学，尤其爱听民间歌谣、谚语、故事等，勤于动笔。他初中毕业后入伍，先后在东山县青年团县委宣传部门、漳州县文化科（局）、东山县毛泽东思想宣传站（代文化局）、县文化馆、县文物管理委员会办公室、县博物馆、黄道周纪念馆等宣传文化部门工作，曾任县文物管理委员会办公室主任兼黄道周纪念馆馆长，兼任县民间文学三套集成（民间故事、民间歌谣、民间谚语）办公室主任、东山县文联一至四届委员等。退休后他任东山县关心下一代工作委员会报告团副团长。他虽只念到初中毕业，但刻苦、勤奋工作，在宣传、文化、文艺等多部门工作，后为文博研究馆员，如今已 80 岁高龄，依然笔耕不辍，可谓经历丰富多彩。

活动丰富多彩是本书作者的又一特点。他为写好这部著作，经过10年时间的活动，阅读大量史志等资料，又深入调查研究，重视回头调查，走遍城乡200多个寺庙，足迹遍及东山的山山水水，调查研究、拍摄资料，从山村到海滨，采访寺庙主持、主事以及社会人士，其中甘苦，可想而知。

他的活动面相当广，如到台湾访问，收集诸多文化资料，在闽文化交流方面，成效卓著。在文物考古方面，活动成效显著。他对家庭教育也很重视，儿女成才立功，一家4个共产党员，其中3个获高级职称，先后获市、县五好文明家庭等9次，并受市委、市政府表彰。他退休后为关心下一代作了120多场报告，听众5万多人次，深受欢迎。

著作丰富多彩，是孙英龙的人生亮点。几十年来，他不改初衷，常年伏案，著述硕果累累，已出版约20部著作，这部《东山寺庙志》是其中力作之一。这部著作除前后记外，分为概述、寺庙分布、各镇村寺庙概况、东山寺庙信仰民俗、东山寺庙建筑、东山寺庙文物古迹、东山寺庙纪事等8篇，并附录东山寺庙神灵故事传说，内容极其丰富，其意义和价值正如“概述”所写：“寺庙是人类历史上物质文明和精神文明的遗存，是历史文化遗产和重要部分，是历史发展的见证。寺庙包括它的文物是研究寺庙信仰的形成、由来、发展和历代文化史、经济史、民俗史、海外交通史、军事史、与台湾关系史、渔业史、抵抗外侮史、地方史等各个方面的资料库，也是重要的历史档案馆”。寺庙文化涉及各个领域，具有独特的重要历史文化价值，东山寺庙“是历史上东山人宗教信仰之地，是东山历史文化的汇聚之所”。这书作为第一部将要出版的东山寺庙方面的书，很有意义。

和我有关的是，20世纪80年代初叶，我兼任省文化厅厅长，曾主持过编撰民间文学“三套集成”工作，孙英龙是东山县“三套集成”的主编、责编，对我的工作有过支持。记得我上任不久，便到东山县开一个有关文化方面的会议，在会上讲了话。他在最近来信说：“至今我常拜读您任文化厅长时在《文化之窗》的文化工作报告，深感亲切。”他还记得我曾在东山和他合影留念的事。他的著作还有对东山历史文化的研究，如《黄道周故事集》《中国历史名人黄道周》。又有地方的风物、名胜古迹方面的如《东山风物》，还有东山民间文学、妈祖文化、县志族谱等方面的著作。尤其是他对关帝文化的研究，更引人关注。

从中可窥见孙英龙先生的成就丰富多彩。首先他的贡献在为党为人民尽心尽力，正如他的文章所写，“他时刻牢记自己是个共产党员”，他是个先进共产党员。他的成就是多方面的，突出表现在继承和弘扬中华优秀文化方面，主要还体现在东山文化的研究上。他在文物考古方面成绩斐然，1987 年初，首次发现“东山人”古人类化石，为福建省首次发现，把福建人类历史从已知 7000 年推前至 1 万年。此外，他的黄道周研究、关帝文化研究等，成就斐然。他努力宣传东山县的名胜古迹，如风动石等，为东山迈向国际旅游岛做了有益工作。他的兴趣在多方面，如民间文学创作，收集民间歌谣、故事、谚语等，甚至连中国海外交通史也有涉足。他尤其在闽台文化交流方面，做了大量工作。摆在我案前的这部《东山寺庙志》书稿，也是东山文化发展史上的别开生面之作。

由于他的成就，多年来他不断获得各项荣誉称号，在纪念毛泽东同志诞辰 125 周年“人民艺术十大家”评选活动中被评为“人民艺术大家”。《文化人物》将其评为“全国百人感动中国杰出文化人物”之一。其他荣誉称号就不一一列举了。他的传记，也被多种辞书如《中国当代学者辞典》《世界华人当代名人大辞典》《世界人物辞海》《国际名人录》等收入。

我向孙英龙先生的《东山寺庙志》的问世表示祝贺。愿他谱写丰富多彩人生的新篇章。

2018 年 10 月 31 日于榕城

试论闽台文艺交流

改革开放打开闽台文艺交流的窗口

一年多前，在中国文联第十次全国代表大会、中国作协第九次全国代表大会上，我聆听了习近平总书记的重要讲话，深受教育。他指出：“改革开放近 40 年来，我们党领导人民所进行的奋斗，推动我国社会发生了全方位变革，这在中华民族发展史上是前所未有的，在人类发展史上也是绝无仅有的”。今年正是我国改革开放 40 周年，40 年的历程给地处东南沿海的福建文化、文艺事业带来了深刻的影响，使其形成了前所未有的繁荣发展态势，尤其是打开了闽台文化、文艺交流的窗口，促进了海峡两岸的交流，为中华民族伟大复兴发挥了应有的作用。

福建在海峡两岸文艺交流方面具有独特优势和重要地位。闽台关系曾被精辟地概括为地缘相近、血缘相亲、文缘相承、商缘相连、法缘相循的“五缘”关系，或“五缘”优势。1984 年初夏，福建省文联筹办《台港文学选刊》，得到福建省委的重视，时任省委书记项南同志为之撰写发刊词，题目是《窗口和纽带》。他写道：“地处祖国东南的闽、台、港，可以说是一个国家，两种制度。也可说是一个国家三种社会”。他对选刊寄予热切的期望：“《台港文学选刊》将成为瞭望台港社会的文学窗口，联系海峡两岸的文化纽带，团结三种社会力量的一种精神象征……因此，我也相信，这个选刊是会受到炎黄子孙的欢迎和喜爱的”。

随着海峡两岸文化交流的频繁，海峡西岸经济建设地位的凸显，《台港文学选刊》进一步发挥了优势，40年来，据不完全统计，先后介绍了2万多名台湾作家、作者的作品，约五六千万字，受到海内外读者的好评和喜爱。台湾知名诗人洛夫欣然致函，称赞所选作品“达到彰显人文、趣味隽永、高于创意的素质”。

闽台文艺交流基于丰厚的海峡两岸文化背景，诸如民俗文化、宗教文化、历史文化、闽南文化、宗族谱文化等，文艺创作渐成交流的核心。闽台文艺活动和创作在文化交流中起到了辐射、牵引作用，推动了闽台文化交流向深度和广度发展。

闽台文艺交流内容丰富，形式多样，如举办多届海峡诗会，反响巨大，台湾著名诗人余光中、洛夫都参与其中。“余光中原乡行”“诗之为魔——洛夫诗文朗诵会”，都显一时之盛景。又如福建省海峡世纪影视公司、厦门歌仔戏剧团、福建人民艺术剧院等演出团体组团赴台湾演出，受到台湾各界的欢迎。此外，还举办了多门类、成系列的座谈会、研讨会以及书画展，内涵丰富，生动活泼。

各文艺门类展开全方位的交流，成为闽台文艺交流浓墨重彩的篇章。仅2017年福建省文联对台文艺交流方面，就有多种文艺门类参与。文学方面，成功举办了海峡两岸暨港澳地区青年文学作品交流研讨会，吸引了许多台港澳青年参加。舞蹈方面，举办了舞动中国梦——第二届海峡两岸青少年街舞展演、传承弘扬——海峡两岸青少年舞蹈夏令营活动，通过展演、课堂、交流、采风、研习等活动，促进了闽台青少年舞蹈艺术的交流、借鉴与提升，共同继承和弘扬了中华博大精深的舞蹈艺术。曲艺方面，成功举办了第七届“海峡两岸曲艺欢乐汇”，以“说唱青春，共筑梦想”为主旨，汇聚了两岸高水准的曲艺表演，传承曲艺薪火，展示传统魅力。电视剧交流方面，举办了第九届海峡电视主持新人大赛，增进两岸同胞同根同源的认同感。书画交流方面，举办了第六届“海峡杯”全国书画作品展，承办了中国文联主办的“中华情·中国梦”中秋展演活动，汇聚了海峡两岸书画名家的精品力作，它不仅高水平展示了书画家们的高超艺术，更以艺术形式表达了海峡两岸人民心中的追求和向往，见证了两岸“血缘”相连、“文缘”相通、源远流长的特质。杂技交流方面，举办了第三届闽台大学生魔术交流大会，提供了互相观摩学习的机会。戏剧、音乐、民间文学这些门类，也通过不同形式开展交流。

闽台文艺交流，带动了闽台文艺创作的合作，在合作中提高创作水平，反过来又促进了福建文艺事业的繁荣。这一时期，海峡题材创作的影响力不断扩大，一些作品在全国产生较大影响。如曾荣获第十四届电影“华表奖”提名奖的《百年情书》，入选第十九届北京大学生电影节首映电影的《为你而来》，在第二届海峡影视展映、展播周期间公映的《金门新娘》，曾入围第十届长春电影节的《江山风雨》，荣获第十届“五个一工程”奖的《施琅大将军》，以及影视剧《妈祖》《海峡往事》，其收看率都很高，可以说走进了千家万户。此外，《血战长空》《怒海雄心》《神医大道公》等对台题材的电视剧，也多为佳作。《神医大道公》是由厦门广播电视集团出品的一部古装喜剧，由郑基成指导，陈文贵编剧，该剧于 2010 年 5 月在中央台黄金档首播。1995 年的电视剧《厦门新娘》，则由我省影视制作人张君到台湾联系台湾著名导演林福地执导，王中平编剧，黎燕山等主演，是大陆和台湾合拍的一部爱情、传记类电视连续剧，播出时段，闽南地区万人空巷。除了影视，其他门类文艺作品，获“五个一工程”奖的有，歌曲《吃苦就是吃补》《海峡之梦》《两岸一家亲》等，歌仔戏《邵江海》《蝴蝶之恋》等。长篇小说《我的唐山》等佳作，多围绕着海峡主题展开。

还应该看到，闽台文化、文艺交流不仅对文化建设、文艺事业发展产生积极影响，而且增进了闽台的了解，加深了彼此的友谊，丰富了“五缘”的内涵，传承了中华传统文化思想，促进了现当代文化、文艺观念的交融。这些交流含有诸多民间的特色，作品贴近普通百姓，联系实际生活，很接地气。随着闽台文艺交流的发展，从官方到民间，从团队到个人，都保持了文艺活动和演出安排的活跃。如 2012 年厦门歌仔戏研习中心“乡音之旅”巡演交流团，首度赴台开展 17 场巡演。又如福建人民艺术剧院实验话剧《雷雨》剧组，首次实现经典话剧艺术“宝岛校园行”。又如中国音乐家协会和福州市政府以及台湾的音乐团体联合举办海峡合唱节，先后在福建和台湾分别举办。这些活动都深入民间，影响广泛，对文化建设、文艺发展，乃至民族复兴伟业，都具有历史和现实意义。

福建省人民政府台湾事务办公室还曾出台文件，支持和推动闽台文化交流规范化常态化，促进闽台文化交流布局更加优化。

改革开放打开了闽台文艺交流的窗口，在这 40 年里，闽台文艺交流谱写了无负于这个伟大时代的新篇章，为海峡两岸同胞带来了春天的气息，弥足珍贵。

2018 年 5 月 23 日于榕城

海峡两岸名家书画展

在这春潮涌动的海峡西岸榕城，我和台胞、乡亲黄典本先生再次谋面。他是台北福建省同乡会副理事长，主编《莆仙会刊》。这次他带来文化喜讯：今年金秋十月，将由台中市文化局、台湾大中书画会、台中市中国文学研究发展学会、翠华堂艺术中心、台北市福建省同乡会和大陆的福建省美术家协会，共同举办海峡两岸名家书画展，邀请大陆书画名家赴台参展，其中有中国美协主席刘大为，福建美协主席翁振新，四川画院院长陈寿岳，南京画院院长付小石，书画名家林楷、石齐、周秀挺、黄学峰、唐东坚等的 100 多幅作品和台湾书画名家的 100 幅作品共同展出。联办单位之多、规模之大、档次之高，可谓海峡两岸文化交流中一件振奋人心的事，生动展现了弘扬中华文化、促进两岸书画艺术交流、推动共同繁荣与发展的主旨。

海峡西岸经济区与台湾一衣带水、一水相隔，是我国沿海经济带的重要组成部分，在全国区域经济发展布局中处于重要位置，福建在海峡西岸经济区中居主体地位，与台湾地缘相近、血缘相亲、文缘相承、商缘相连、法缘相循，担负着两岸人民交流合作的先行先试的区域要任。福建书画家赴台文化交流的历史悠久、影响深远。

如清代郭尚先、现当代李覆等，在台湾办展或授徒，深受欢迎。莆田市妈祖文化在台湾的巨大影响，已是众所周知的事。

黄典本先生出于爱国爱乡之情和对书画艺术的热爱，积极推动海峡两岸书画交流活动。几年前在莆田市妈祖文化旅游节期间，他邀请台湾书画家参加海峡两岸名家书画展，并担任台湾书画家赴闽交流代表团团长。如今，他又邀请大陆书画名家赴台参展，在海峡两岸之间架设一座文化交流彩桥。展现在读者面前的这本书画册，收集了两岸书画名家的精品佳作，闪耀着两岸文化交流的光彩，值得热情祝贺。

2009 年 5 月 8 日于榕城

评《闽台民间熟语研究》

最近，林蔚文的新著《闽台民间熟语研究》出版了，这是一部富有新意、具有较高语言文化理论价值和应用价值的著作。

本书的学术价值，首先体现在文化理论的创新，它首先将闽台两地的民间熟语，进行了系统的比较研究。除了第一章的概述外，全书系统论述了闽台民间熟语的基本内涵、闽台民间熟语的主要类型、闽台民间熟语的源流与传承，布局周密、体系完整。近几十年来，闽台两地的语言学、文化学界的专家学者对福建和台湾民间的各类熟语有过许多研究，并出版了一些学术专著，但是，这些研究基本上都是侧重于福建或台湾两地，有的则是集中于某一地区、某一方言区域。把闽台两地的民间熟语汇集起来，进行系统的比较研究，这是第一部专著。

本书的理论价值，是建筑在大量翔实的资料基础上的。读者从附录的主要参考文献资料中，可以看到作者阅读了大量的文献资料，如通志、地方志、台湾通史、各种语典等多达 80 多种书籍。此外，作者又深入各地民间做细致的田野调查，加上他“长期耳闻目濡故乡父老乡亲那精彩纷呈的方言熟语，令人深受感染和启迪”。（《跋》）著者在掌握相当丰富资料的基础上，对闽台两地为数众多的民间熟语进行精挑细选和梳理。这些熟语资料的挑选和梳理，都比较科学和有代表性。

尤其值得肯定的是，本书详细而系统地对闽台两地数量众多的各类熟语，进行了科学、周密的分类。由于闽台民间熟语所反映的内容繁杂庞大，涉及的面非常广，长期以来，这项工作使许多研究者望而却步。一些方言熟语相关书籍的编纂者往往只进行大体的分门别类，有的甚至因为难以下手准确判断，而采用了简单的以字母音标为序的分类法。这些分类手法，在一定程度上影响了读者和研究者的阅读和分析，使丰富多彩的闽台民间熟语，仅仅成为一堆内容庞杂、堆积起来的资料，令人无所适从。在本书中，作者从天文地理、山川自然、农时节气、农业生产、传统手艺、家庭生活等方面，对数量庞大、题材繁杂的闽台民间熟语，进行科学细致的分类。因此，这些详细、周密而科学的分类，是本书的重要亮点之一。作者的研究功力，使得本书的研究深度和力度得到很好的提高，其学术价值也因此得到提升。

对闽台民间熟语的结构形式、修辞手法和文化内涵等方面的深入论证和分析，是本书学术价值的另一重要体现，它使本书的研究深度达到两个新的高度。闽台民间熟语的丰富内涵，历来是研究者必须面对而又难以深入探讨的问题。本书对这些至关重要的学术问题的论证和探讨，愈加显得其深具学术价值。其对分析、展现闽台民间熟语深层次的文化和历史面貌，具有重要的学术意义。在具体写法上，著者在本书每条熟语的词条中，都加了准确的注释。这些注释的内容涉及天文地理、山川自然、农时节气、农渔生产、传统手艺等方面。加注的工作量不但巨大，同时还需要著者具备全面和渊博的社会与文化知识。本书对每条熟语还引经据典，详细论证，精彩纷呈。这些注解不但可以帮助读者打破方言的隔阂，理解其中的含意，同时还可以借以了解各地熟语所包含的哲理性、民间智慧和风土人情等方面的内蕴。因此，在一定意义上，本书又可以说是一本反映闽台社会历史文化和民间风情的雅俗共赏的好书。

闽台民间熟语的源流和传承关系，在本书中也得到很好的阐述。著者通过闽台两地共同流传的一些典型熟语，对它们的源流和历史上的传承关系，做出令人信服的分析和论述。本书从语言文化学的角度，进一步论证了闽台两地源远流长的历史文化亲缘关系。正因为如此，本书对加强闽台两地的文化和学术交流，增进两岸人民的感情交流，进一步阐述闽台两地历史悠久的文化亲缘等关系，都将起到重要的促进作用。

一部有价值的闽台文化研究著作

从在武夷山召开的第九届全国文学院院长联席会归来，见林蔚文同志转来的陈英娟研究员的书稿《板桥林家与台湾诗人林尔嘉》，要我作序。蔚文是省文联的同事，从事民俗学、闽台文化等多学科研究，著作甚丰。他在附信中介绍：陈君是厦门市博物馆副馆长，也从事闽台文化研究，毕业于厦门大学人类学系，是他的校友。我曾在厦大任教多年，都是校友，当欣然命笔。

这是一部有分量的闽台文化研究著作。具体价值在于：通过一个板桥林氏家族，以无可辩驳的史实、大量翔实的资料，见证大陆和台湾的血肉联系，闽台的地缘相近、血缘相亲、文缘相承、商缘相连、法缘相循的“五缘”关系。

书中详尽描写了台湾板桥林家宗族的发达史、兴旺史。板桥林家是海峡两岸最具影响力的名门望族之一。以林家为切入点展示闽台不可分割的关系，可谓视角独特。林氏家族源远流长，最早可追溯到西周初期和比干相关。纣王的叔父比干，系忠良之臣，他苦谏纣王而被害，正妃陈氏逃亡，生下遗腹子名泉，周武王灭纣后，以泉生在长林而赐姓林，林氏共尊比干为始祖。但林氏直接溯于西晋永嘉二年（308 年）先祖林禄随元帝东渡，封晋安郡王，林禄入闽后生三子，中有一支派居莆阳，分衍仙游。板桥林家，即是清朝中叶，从漳州龙海移民到台湾，先祖林平侯随父到台，在桃园、宜兰、台北等地开垦购地、从事贸易、兴办水利等创下家业，为林家奠基。第二代林国华、林国芳兄弟，继承家业，锐意经营，大有发展，将宅院迁至板桥兴筑板桥城，家声大振。第三代林维源将林家进一步发扬光大，成为全台首富。第四代林尔嘉于中日甲午海战后随父迁至厦门，实际是林家第四代掌门人。对林尔嘉诗人的行为书中多处涉笔，并设专章重点介绍。

作者不仅写了板桥林家的发展过程，而且总结其成功经验，阐述林家的宗族制度与财产管理、林家的婚姻关系与家庭教育等。林家在台湾捐资任官，亦官亦商，交结政商名流、文人雅士，政商两栖，农商兼涉，始以农为本，以商为辅，后愈重工商业。其与官方交游，不仅建立公私之谊，而结以婚嫁，政商联盟。林家事业愈来愈旺，人才辈出。板桥林家宗族的繁衍与发展，涉及面十分广阔，正如作者所写："全面研究板桥林家发展史，对研究清至民国闽台两岸的政治、经济、文化和宗族等各方面均有重大意义。"一个家庭，是一部历史。

着重阐述板桥林家对闽台的贡献，是本书价值的另一体现。从本书可读到：林平侯在台注重慈善、文教活动，建文庙、学院，嘉惠学子；在故乡有建"林氏义庄"等善举。第二代林国华、林国芳兄弟在台开辟道路、改善交通等，在家乡继承父辈的事业。第三代林维源在台兴筑铁路，振兴实业，推进台湾近代化进程。他创建书社，增设义学，聘请文人雅士莅台讲学，开启台北文风，在台湾近代史上留下重要一页。他在闽台创养济院、修志、造桥修路等，留下辉煌业绩。第四代林尔嘉对台湾和厦门的贡献更是巨大，其在厦门的贡献集中体现在对外贸易、市政建设和兴办教育、慈善事业上。总之，林氏家族积极参与社会公益，对闽台的贡献是有目共睹的。

作者以大量事实描述林家对闽台的贡献，充分体现出林家的爱国爱乡精神，这是本书价值的可贵亮点。这在林尔嘉身上集中表现出来：林尔嘉自小喜爱读书，经史百家、汉学诗赋无所不读，国学功底深厚。他是著名的爱国爱乡的实业家、爱国爱乡的诗人。他于国家政事变幻中明辨是非，择善弃恶。甲午国殇后，他保持民族气节，坚持不入日本籍。他洁身自爱，不与军阀同流合污，敢于与列强抗争。定居厦门后，他作为一个诗人以诗歌表达“忠孝”，效忠祖国，孝敬先贤，创作300多首诗、几十对楹联，收入《顽石山房笔记》《菽庄诗稿》中。其诗咏吟祖国大好山河，赞美厦门风光，歌颂民族英雄郑成功，抒发爱国爱乡情怀。他不仅乐于诗文，而且热心社会公益，在鼓浪屿建菽庄花园和八卦楼，对厦门的市建、教育、科技、文化、建筑等方面的发展功不可没。尤其是他作为诗人，对文学的贡献更令人难忘。他在鼓浪屿创办菽庄诗社，和长子林景仁在台北创办东海钟社，成为两岸两个重要文化活动中心，也是闽台“文缘”的重要体现基地。他描绘菽庄景色的诗歌《菽庄口占》吟道：

卷帘一角海天清，静里从容是物情。
潮水也知人世变，去来时作不平鸣。

这里心态与景物融为一体，感人至深。本书作者对菽庄花园的描绘，我很感兴趣。出生于菽庄花园附近鼓浪屿龙头的我，小时随父母在花园乘凉，我不知不觉在沙滩上睡着了。20世纪50年代中叶在厦大执教时，我又宿于菽庄花园旁的厦大职工宿舍楼中，书中所写，勾起我如烟的往事。

最后引书中的一段话作结：“由于海峡两岸长期隔断，对板桥林家迄今难有全面而深入的研究，希望两岸学者利用各自优势，共同努力，将对板桥林家的研究向纵深发展。展现一部全面、真实而且生动的闽台家族史，这对闽台两岸的交流将是十分有益的。”

2010 年 11 月 10 日于榕城

附录

火炬照亮人心　号角催人奋进

——全国文艺盛会侧记

全国文艺界的盛会——中国文联第十次全国代表大会、中国作协第九次全国代表大会在北京召开。虽是严冬腊月，会却开得热气腾腾。这次盛会，高擎民族精神火炬，吹响时代前进号角，呈现出我国文艺欣欣向荣、朝气蓬勃的繁荣景象。

我第一次参加全国作代会，是在1984年，后来多次参加全国文代会。5年前我参加了第八次全国作代会，这次又作为代表参加全国作代会。代表们宿于北京国二招宾馆，据说这是颇有名气的宾馆。刚到那晚，中国作协主席铁凝、中国作协党组书记钱小芊就到住处看望我。钱书记曾来福建指导工作，于五四那天到我家来看我，我和他交谈中，表达了想参加作代会的心愿。我们在京聚会，算是实现了这个心愿，会务人员为我们摄影留念。

在赴人民大会堂途中，红彤彤的朝阳在东方冉冉升起，进入会堂后我们参加了两会开幕式。会场高挂标语："紧密团结在以习近平同志为核心的党中央周围，高举中国特色社会主义伟大旗帜，推进社会主义文艺繁荣发展，为实现'两个一百年'奋斗目标，实现中华民族伟大复兴的中国梦而奋斗。"习近平总书记做了极其重要的长篇讲话，首先他表明党对文艺工作历来高度重视，这是因为文艺事业是党和人民的重要事业，并充分肯定文艺工作者所做出的十分重要的贡献。他讲话的结尾激情满怀，催人奋进："'江山留胜迹，我辈复登临。'伟大的时代呼唤伟大的文学家、艺术家。广大文艺工作者要牢记使命、牢记职责，不忘初心、继续前进，同党和人民一道，努力筑就中华民族伟大复兴时代的文艺高峰！"

分组讨论会由陈毅达主持。我在会上说，习总书记的讲话很重要，很新颖，很有文采，内容丰富，又很精辟。他站在时代高度，立足于中华历史文化，遵循文艺规律，指导性、针对性强。这是继总书记于2014年10月在文艺工作座谈会上讲话后又一个指导性很强的文艺工作纲领性文献，体现了总书记一贯重视文艺工作的精神。我来北京之前，在福建省参加了冯梦龙学术研讨会。习总书记在福建宁德地区任地委书记时，多次谈到冯梦龙。大家知道，冯梦龙是明代有名的通俗文学家，60岁高龄到宁德地区一个山区县寿宁当县令。习总书记对此十分重视，说明他对历史文化和文学的关注。后来他当了省委、省政府的领导，极其重视文艺工作，福建文艺界至今还很感念他。聆听了总书记的讲话，我非常激动，讲话提到文艺"奏响了时代之声、爱国之声、人民之声"，"文运同国运相牵，文脉同国脉相连"。他对大家提出四点希望，强调文化自信在时代发展和文艺发展中的作用，希望大家坚持服务人民，用积极的文艺歌颂人民。讲话中关于勇于创新和坚守艺术理想的论述，论理透彻、阐述精当、极其深刻。我的这段发言被登在大会简报上，又在《文艺报》上发表。

两会开幕之后，文代会和作代会分别开幕。800多名作代会代表参加开幕式，比上一次代表大会人数增加不少。中国作协党组书记钱小芊作《高举旗帜　改革创新　书写中华民族伟大复兴中国梦的文学篇章》的报告。报告首先肯定习总书记讲话"对新形势下做好作协工作提出了明确的要求，是指导我国文艺事业发展的重要文献"。接着回顾了过去5年的文学发展状况和作协工作，号召代表们深入学习贯彻习近平总书记文艺工作座谈会重要讲话精神，坚持中国特色社会主义文学前进方向，改革创新，激发文学创作活力，共同开创我国文学事业繁荣发展的新局面。他希望广大作家和文艺工作者积极行动起来，从人民创造历史的伟大实践中汲取智慧和力量，“以更加充沛昂扬的激情，重加绚烂多彩的笔墨，书写中华民族伟大复兴中国梦的文学篇章!”在分组讨论会上，我谈了四点体会：一是报告有一定的高度，从实现“两个一百年”的奋斗目标的中华民族伟大复兴中国梦的思想高度，总结5年来中国作协的工作，充分肯定各门类文学创作的成就，根据新形势新任务的要求，提出今后工作任务。二是通篇体现了学习贯彻习总书记在文艺工作座谈会上重要讲话精神。三是视野比较广阔，从中国文学对世界文学贡献的角度，说明我国文学的重要作用和地位，并强调“我们要继承中华文学精神，坚守中华文化立场，同时以世界性、人类性的眼光积极吸收各国优秀文化成果”。四是尊重文艺规律，实事求是，既肯定成绩，又指出存在的问题和弊端。大会还通过对章程的修改，选举新领导班子和委员，也很顺利，铁凝仍为主席，钱小芊继续担任党组书记和作协副主席。我仍然受聘为名誉委员。铁凝致闭幕词，中国作协第九次全国代表大会圆满成功。她说：“同志们、朋友们都会想到下一次代表大会，那是2021年，是中国共产党建党100周年，也是中国全面建成小康社会的一年，在那一年，当新老作家再次相聚时，‘两个一百年’奋斗目标已经胜利实现……”

两会闭幕之后，“百花芬芳时代绽放”联欢晚会在人民大会堂二楼宴会厅举行，晚会由朱军、姜昆等主持。节目安排巧妙，开场和结束都是文代会、作代会百名代表大合唱，开场是《到人民中去》，结束是《在你伟大的怀抱里》，其中卓玛等的歌舞，郭兰英等的演唱，作家张抗抗、贾平凹等的朗诵，精彩纷呈，表现出文艺在时代的绽放。习近平总书记出席了晚会，并上台和演员合影。晚会散场，两个文艺盛会画上一个圆满的句号。

在会议期间，我还和北京的朋友如创办儿童剧团的王淑琪等会面。也和会内外在厦大任教时的子弟相聚，尤其是老乡，他们有的住在北京，有的是会议代表。其中有在中国作协工作的老乡李朝全和老朋友、老同学黄永鉴，有在厦大中文系任教的林丹娅教授等。这次会议服务周到，高龄代表都由小车直接送到人民大会堂。宾馆人员也热情服务。我有外孙金平陪同，平平安安、愉愉快快、顺顺利利地在北京度过一周，完成了参加文艺界历史性盛会的任务。

2016 年 12 月 10 日于榕城

文艺界良师益友
——痛悼何少川同志

我在患病住院期间，忽得到噩耗：何少川同志病逝。哀痛之情袭上心头，一夜辗转难眠。少川您为何走得如此突然、匆促。不久前，我们还一起参加福建省作家协会第七次代表大会，全体代表留影时我就坐在您的身旁。为您送别时，我在病床上又无法参加，真是心如刀割。

和少川同志交往几十年的往事，犹如大江流水，滔滔不绝。我初次和他较深接触，是在“大跃进”年代的三明工地上。他 1956 年考进厦门大学中文系，几年后全系师生搬到三明工地，筑竹棚住下，边教学边劳动。我被留校办校刊搞宣传，那时正值“炮战”，我常去“前线”采访，因此过些时间才去三明。当时少川在工地办油印报刊，我给刊物投稿，觉得他工作认真出色。后全系搬回厦门，少川因品学兼优，提前一年留校，就留在我所在的文艺理论教研室。由于他表现很好，我当了他加入中国共产党的介绍人，这也是我毕生难忘的一件事。在这期间他发愤读书，文章出众，我和他写过影评在厦门日报副刊发表。1962 年 9 月他被调到《福建日报》当编辑。我有时到福州出差经常去看他。时隔多年，想不到 1983 年我和他一同调到福建省委宣传部，他当部长，我协助他分管文化、文艺、教育、理论等工作。报到前，我到福建日报社他的办公室看他，他说好几天都没有睡好，这是他事业心强所致。

在宣传部门共事多年，我们彼此尊重，公是公，私是私，职责分明。在这期间，我觉得他确是党的优秀干部，我衷心地支持他的工作，并有“青出于蓝胜于蓝”的感受，也向他学习并受益匪浅。我退休后，仍担任一段时间的省文联主席，也曾为他的散文集写过序，他的散文深得部领导翟泰丰的高度评价。他的文章千古，可经得起时间考验。最近读了新出版的《八闽新画卷》，开篇便是他的散文《走进安溪》，将中国茶都描写得淋漓尽致。文中新旧对比鲜明，叙情叙事有条有理，历史与现实被勾勒得很充分，引用古诗词又增添了文采，描绘出一幅安溪百业兴旺的画卷，不愧是思想性艺术性俱佳之作。他的作品，正如我为他写序所概括的，有厚重感、时代感、清新感。

有缘共事的机会又来了。福建炎黄文化研究会成立时，伍洪祥会长聘请我任副会长。伍老引退后，把少川请出来接他的班，2003年少川当了会长。他既继承又创新，专门成立了文艺委员会，由我负责。他抓了两件大事，一是由学术委员会组织编纂《闽台文化大辞典》，二是由文艺委员会编写“走进海西”大型纪实文集，由炎黄文化研究会和省作协共同完成。少川虽挂编委会名誉主任，但亲自参加采风全过程，调整当地提供的选题计划，尤其是负责书稿的最终审定，直到临终前还在修改书稿。12年来，他走遍了全省84个县(市、区)，采写了报告文学，散文2000多万字，组织千人次老、中、青作家、新闻工作者采风。我虽挂编委会主任，但工作主要依靠少川完成，心中感激之情难以言表。后我因年事已高，不能采风，少川同志为此还特别写信给我。他信上说：“不管在省委宣传部或是省炎黄文化研究会，有幸与您共处，您对我们工作的支持和帮助，我十分感激。您做了大量工作，为我省文化建设作出的贡献，也是公认的。近年采风没有通知您，主要是考虑车旅劳顿……”他这样热情洋溢的信，读了动人心弦。他对我的厚爱，我终生难忘。

少川同志主持省炎黄文化研究的成绩是多方面的，在每次例会上，他都认真听取学术委员会关于编写《闽台文化交流大辞典》的汇报，精心指导。这一大文化工程，对闽台文化交流有着重要作用，功不可没。此外，他还带领学者赴台，共同举办闽南文化研讨会，接受专家和新闻媒体的采访，而且在台举办茶文化书画展，受到国台办的肯定，影响很大。

他对我省文艺创作的指导，十分得力，后受聘为省文联名誉顾问。他有会必到，并经常作重要讲话，热情而中肯。他重视中宣部“五个一工程”评奖。记得有次他带我和文艺处同志到省歌舞团研究创作泉州海上丝绸之路相关的歌舞剧，后歌舞剧得了大奖。此外，我们还一道致力于打造“闽派批评”。我省文艺界都会永远铭记这位好领导、好顾问。

何少川同志的一生，是无私奉献的一生，是大公无私的一生，是兢兢业业的一生，是廉洁奉公的一生，是辛勤笔耕的一生，是美满完整的一生，是非凡创造的一生。……

我们永远不会忘记“这一生”。

2019 年 2 月 22 日于榕城

学术简表

学术专著

《鲁迅与文艺批评》 江西人民出版社 1978 年版
《鲁迅创作思想的辩证法》 福建人民出版社 1980 年版
《鲁迅与中国古典小说》 陕西人民出版社 1982 年版
《鲁迅与文艺思潮流派》 湖南人民出版社 1985 年版
《美的心灵历程》 江西人民出版社 1987 年版
《中国现代小说理论批评的变迁》 上海文艺出版社 1990 年版
《关于“人”的审视和建构——鲁迅与世界文学的一个重要视角》 陕西人民出版社 1991 年版
《中国解放区文学史》（主编） 海峡文艺出版社 1994 年版
《中国现代文学史研究史论》 厦门大学出版社 1997 年版

文学创作

《秋色满山楼》 鹭江出版社 1988 年版
《许怀中散文新作选》 作家出版社 1992 年版
《年年今夜》 海峡文艺出版社 1990 年版
《芬芳岁月》 福建教育出版社 1994 年版
《月色撩人》 海峡文艺出版社 1999 年版
《月满西楼》 海风出版社 2002 年版
《大海情缘》 海风出版社 2006 年版
《岁月匆匆》 厦门大学出版社 2013 年版
《山海交响》 海峡文艺出版社 2015 年版
《似水流年》 厦门大学出版社 2017 年版

后　记

在庆祝改革开放 40 周年的热烈气氛里，我接到“闽籍学者文丛”编辑部热情洋溢的约稿函，了解到这套丛书由林继中、张炯、吴子林同志主编。林继中是闽南师范大学教授，是中国古代文学研究专家。张炯主持中国社科院文学研究所工作时，也主持国家哲学社会科学基金项目的评审工作，我也是中国文学研究方面的评委，每年我都和他在北京聚会一次。他是从闽东走出去的老革命，每当家乡有重要文化活动他回来时，我会和他谋面。另一位主编吴子林，从和他短信联系中，知悉他是文研所研究员，担任《文学评论》编辑等职务，他出生在闽西红土地。他们是地地道道的闽籍著名专家学者，他们来主编这套丛书，再合适不过。

读了约稿函，我立即开始编新约书稿，从过去文著中，选出约 25 万字，分成试论鲁迅，试论中国现代文学史及中国现代小说批评理论，试论“闽派批评”与闽派作家、作品，试论闽台文艺交流等几个部分。因这些文论，既有纵的历史发展线索，又有横的专题论述，故书名便取《文学纵横论》。

本书既有历史发展线索，新收的文论中有些是“文革”刚结束时所写，遣词造句，引文颇带有当时的色彩，就不去改动，保持原貌。这里的试论鲁迅，选自笔者鲁迅研究系列著作及论文，此外关于中国现代文学史、中国现代小说批评也是从笔者有关作品中选取。这套丛书带有“闽派批评”的特色，我便选了一些与此有关的论述，以及闽派作家作品评论。这部分只取最近所写的一些文章，这不过是几百篇这方面评论的一小部分。闽台文化交流，是改革开放给福建带来的新天地。这部分收入我为改革开放40周年约稿所撰写的文章，以及有关闽台文化交流研究著作的评论。此外附录有参加中国文联第十次全国代表大会、中国作协第九次全国代表大会的感想文章，以及悼念何少川同志的文章。

编成书稿，岁之将暮，辞旧迎新，百感交集，叹韶光易逝，正如我散文集书名所书：岁月匆匆，似水流年。感谢林继中、张炯、吴子林等名家，感谢有关部门的领导以及专家学者的关照和支持，也感谢和此书编校和出版有关的亲朋好友。

编成书稿，松了一口气，望窗外阳光灿烂，格外明媚。愿生命不息，笔耕不止。

2018年12月20日于榕城